Анна Молодцова

ТАНГО ВОДИ ТА ПОЛУМ'Я

Перша книга "Танцювальної серії"

2021

Редактор: Любов Дяченко-Лисенко

Літературний редактор: Любов Дяченко-Лисенко Макетчик: Володимир Мантуляк

215с. – 2024р.

Хельга живе в світі, де магія переплітається з науково-технічним прогресом. Вона володіє унікальним магічним даром, який дозволяє їй отримати престижну та високооплачувану посаду в засекреченій організації, що спеціалізується на новітніх медичних і магічних технологіях. Одночасно з переходом дівчини на нову роботу навколо неї починають відбуватися таємничі та зловісні події. Ситуація ускладнюється непростими стосунками з привабливим співробітником. Чи вдасться Хельзі впоратися з джерелом небезпеки та з'ясувати справжні наміри залицяльника, а головне – вижити?

ISBN: 978-617-95163-0-6

Літвир

Анна Молодцова

Моєму татові, Молодцову Олегу Костянтиновичу, який непохитно вірив у мене, присвячується

МАГІЧНІ МЕРЕХТІННЯ СЕНСІВ…

Сюжет першої книги Анни Молодцової «Танго води та полум'я», як на мене, не лише захоплює, а й інтригує вже з перших рядків. Тут вдало поєднуються звичайні стосунки людей, щирі, емоційні, чуттєві, та магічні властивості й уміння тих самих героїв, які інколи перебувають на межі емоційних сплесків, навіть – на межі життя. Ключовий епітет, котрий є стрижневим у творі, – це слово «магічний». Як розшифрувати авторське бачення, авторський задум?! Як виникають, формуються магічні мерехтіння сенсів? Як створюється індивідуальний художній стиль письменниці? До смислової орбіти доєднуються такі образи, як: «потоки», «ініціація», «техніки», «аромати» тощо. «Потрібно сказати, що в нас усі люди володіли тим чи іншим магічним даром», – промовисто зазначає прозаїк.

Головна героїня Хельга-Елль належить до касти «бойових лікарів», це – супергерої: «Ми (бойові лікарі. – Л.Д.-Л.) шукаємо точки дотику і, коли знаходимо, розвиваємо, завдяки цьому, у людей нові здібності – живучість, магічний потенціал, силу думки й таке інше». Вона має статус «вогняна бойовчиня», що свідчить про надпотужний потенціал жінки-«профі». Проте має зворушливу дитячу фобію: боїться павуків. Отже, людина майбутнього не ідеальна. Мабуть, на щастя.

Авторка вибудовує своєрідну футуристичну матрицю дійсності, на порозі якої вже знаходиться людство, нетерпляче зазираючи туди, щохвилинно використовуючи новітні технології, котрі стали нормою і стандартом нашого буденного життя. «Яким буде людство? Яким буде кожен з нас? Якими будуть наші нащадки? Що буде домінувати в соціумі: емоції, почуття, «раціо», інтелект, магічні вміння чи технології?» – розмірковує Анна Молодцова, і ми разом із нею, занурюючись у глибинний Всесвіт наративу, футуристичну модель: «БУТТЯ-СЬОГОДЕННЯ», «БУТТЯ- МАЙБУТНЄ».

У будь-які часи, у будь-яких цивілізаціях, у будь-яких технологічних «проривах» і «сплесках» основою спілкування представників різних культур, рас, етнічних груп є власне людські почуття та емоції, незважаючи на технічні здобутки та глобалізаційні виклики. Так, Хельга-Елль чує такі важливі для її самоповаги слова керівника секретної структури – Відділку: «У

Вас, до речі, приголомшливий потенціал вогняної бойовчині, я вражений». А вона, як звичайне закохане дівчисько, ніяковіє, зустрічаючись зі своїм обранцем Даном- Професором, навіть соромлячись дивитися на нього. З одного боку, – СЛАБКІСТЬ, ТЕНДІТНІСТЬ, ЕМОЦІЙНІСТЬ… З іншого, – НАДПОТУЖНА СИЛА і ЗНАННЯ… Що віддзеркалюють і численні фемінітиви, а саме: лікарка міс Клара, безпечниця, фахівчиня з аури Джулі, бойовчиня Хельга-Елль, тренерка Інга.

Не менш важливою сюжетною лінією є стосунки головних героїв, людей з істотами, яких коректно називають «підопічними». Це – ГРЕНОНИ, КЛЕВРИ, ЛОНКІЇ: «Наші підопічні – гренони, клеври та лонкії – мають свої особливості… Кожен різновид відрізняється деякими небезпечними рисами, які обов'язково треба враховувати під час роботи з ними». Так, «гренони – жителі іншої планети»; «…клеври та лонкії (як вони хоч виглядають ці клеври та лонкії? – ось що вабило мене з дитинства, як найнедосяжніша мрія», – розмірковує Хельга- Елль. – «І всіх людей сприймають такими собі молодшими. Як ми собак. От і є в них улюбленці (люди. – Л.Д.-Л.)». Це сказано про гренонів, а лонкії «ставляться до нас, як до дітей».

Отже, це – прекрасний інтелектуальний і чуттєвий текст, думки, фантазії та пристрасні відчуття сучасної молодої людини. Авторка книги «Танго води та полум'я» Анна Молодцова, корелюючи футуристичні проекції з реаліями сьогодення, зворушливо розповідає про НАШЕ БУТТЯ-ЗАРАЗ і БУТТЯ-ЗАВТРА… Як МАГІЮ… КОХАННЯ… ЖИТТЯ… ІНТЕЛЕКТУ…

Любов Дяченко-Лисенко, кандидатка філологічних наук, членкиня Національних спілок журналістів і краєзнавців України

Пролог

У ординаторській столичного пологового будинку для породіль із патологіями сиділи два втомлених лікаря.

– Я залив у нього весь свій магічний резерв, – ледь чутно промовив чорноволосий чоловік. Він сидів із заплющеними очима, піднявши обличчя до світла ламп у стелі. Впалі щоки, синці під очима та зморшки видавали крайній ступінь його виснаження.

– Я бачила, Професоре, – так само тихо відповіла сива струнка жінка, плечі якої поникли через спустошення. Здавалося, що їй важко тримати власне тіло у рівному положенні, тому лікарка майже лежала на спинці стільця, на якому зараз відпочивала. – Ми всі намагалися його витягти, та коли магічні потоки не є повноцінними, нічого вже не вдієш.

– Біда в тому, що цю патологію можна було б відкоригувати протягом п'ятого місяця вагітності, але ми ще й досі не навчилися її вчасно виявляти, – прошелестів лікар. Він наче звинувачував у недосконалості діагностичних методик самого себе, але голос його звучав настільки тихо, що жінці довелося напружити слух для того, щоб почути сказане.

– Отже це – не Ваша провина, – м'яко відповіла вона. – Ви зробили все, що могли. Сидите зараз, і рук підняти не здатні. Випийте хоч солодкого соку щоб відновити резерв. Бо ж заснете просто зараз.

– Так-так, місіс Кларо, дякую! – чоловік з натугою підняв руку та взяв зі столу кухоль, наповнений для нього кимось із медсестер. Рука тремтіла, сік плескав. Лікар в'яло відмітив, що навіть не пам'ятає, хто саме проявив щодо нього таку турботу. – Треба ще з батьками поговорити. Я не маю права зараз заснути.

– Я візьму на себе татуся, – запропонувала жінка.

– Місіс Кларо, я не можу дозволити Вам нести цей тягар, –- почав заперечувати Професор.

– Припиніть, – скривилася лікарка. – Я перекладаю на Ваші плечі гіршу частину – говорити з матір'ю.

Вона важко підвелася зі стільця та поволі рушила до виходу з ординаторської. Їй сьогодні дісталося трохи менше за Професора, чорноволосий молодий лікар навіть постарів років на п'ятнадцять. Нічого, подумала жінка, зараз одіп'ється солодким, потім виспиться та помолодшає. Знов почне дівчатам серця розбивати.

Їй довелося докласти неабияких зусиль для того, щоб дійти коридорами пологового будинку до кімнати очікування. Ноги тремтіли, місіс Кларі доводилося періодично зупинятися та відпочивати. Сил надавали крики немовлят, які долинали з усіх боків. На жаль, не з кожної палати сьогодні вимогливо загукає малюк.

У кімнаті очікування сидів кремезний чоловік років сорока. Він неспокійно теребив щось пальцями, не звертаючи жодної уваги на оточуючих і розмірковуючи про щось своє. Краєм ока помітивши лікарку, чоловік виринув зі своїх думок, підхопився та кинувся їй назустріч.

– Мені дуже шкода, – тихо промовила місіс Клара. Чоловік змінився на обличчі, й жінка поспішила додати: – З вашою дружиною вже все майже добре. Але вашого сина ми врятувати не змогли. Ледь не втратили разом із ним нашого Професора, який віддав хлопчикові весь свій магічний резерв. Кожен із нас докладав усіх можливих зусиль. Але за подібної патології під час пологів вже нічого не можна вдіяти. Її треба корегувати ще у другому триместрі.

– Вбивці, – процідив чоловік, дивлячись на втомлену лікарку з ненавистю. Місіс Клара аж сахнулася темряви, яка, здавалося, йшла від нього. – Я вам ще помщуся за мого сина, ось побачите.

– Охорона! – закричала жінка.

– Не треба, – мерзотно всміхнувся чоловік. – Я вже йду. Живіть. Поки що.

Глава 1

Я сиділа на даху та напружено думала про те, що ж мені робити далі. Моя зміна в лікарні закінчилася кілька годин тому, але повертатися додому я не поспішала. Сьогодні мені належить прийняти рішення, яке, можливо, змінить все моє подальше життя. На одномуважелі терезів лежав мій спокій, а на іншому – мої почуття та нова, неймовірно цікава, але небезпечна робота. Я мріяла про неї тринадцять років. Завдяки цій мрії, я стала фахівцем у своїй справі. Пам'ятаю навіть, з чого все почалося. Наче це сталося вчора.

– Хельго, ходи-но сюди! – покликав мене у той день тато та поклав мені в долоню мій перший чарівний огірок. Ні, насправді цей плід називався зовсім інакше, але поміж нас його прийнято називати саме так – чарівний огірок. Відкусив шматочок, і магічний потік концентрується в одному місці, що дозволяє використовувати його ефективніше й не витрачати час та сили на збір крихт по всьому тілу. Мені в той день виповнилося дванадцять, і це означало, що мені належало пройти свою першу магічну ініціацію. Тому тато й підготував для мене цей огірок. Виглядав він, як скорчений корнішон кольору індиго – малесенький овоч з одним товстим кінцем, а другим – тонким. Синій та мініатюрний.

– Кусай, крихітко, – запропонував батько. Я несміливо відкусила шматочок і мало не виплюнула. Гірка капость!

– Можеш не пережовувати, але проковтнути треба, – терпляче пояснив тато. – Це добре, що огірки настільки несмачні, інакше люди запихалися б ними, а надмірне споживання є шкідливим для людського організму.

Після тортури синім гірким ботанічним непорозумінням я оперативно добігла до школи, де пред'явила перепустку до зали тестування. Мене пропустили швидко, щоб не гаяти час. Дія огірка не є безкінечною, а жувати його через власну нерозторопність нікому особливо не хочеться. Ну, принаймні, мені так здавалося тоді, у мої дванадцять років.

Школа представляла собою величезний комплекс будівель, до якого входили не тільки лекційні авдиторії, але й тренувальні спортивні приміщення, лабораторне відділення, сектор магічних експериментів, зала для тестування та теплиця для вирощування лікарських рослин. Звісно ж, тут були й технічні приміщення, такі як: їдальня, роздягальні, душові, медпункт. Зала для тестування знаходилася трохи осторонь від основного лекційного корпусу. Це маленьке приміщення ізолювали від будь-якого впливу. Туди не проникали ані звуки, ані зовнішнє освітлення, ані магічні потоки. Все було облаштовано для того, щоб не заважати першій ініціації учнів.

У невеличкому приміщенні без вікон мене зустріла молода жінка в сірій сукні, яка їй дивовижно пасувала. Міс Каті не відрізнялася якоюсь особливо видатною вродою, але вміння підібрати стильний одяг до фігури виділяло її серед інших жінок. Так говорили про неї дівчата зі старших курсів, і я підтримувала цю думку. Міс Каті посадила мене на зручний м'який стілець, одягла на мою голову шолом і опустила на обличчя спеціальний екран.

– Розслабся та заплющ очі, – запропонувала вона. – Подихай трохи носом в своєму звичайному темпі. Потім розплющ очі та дивись просто перед собою. На екрані з'являтимуться фотографії та малюнки, а датчики шолома зчитуватимуть твою реакцію на ці зображення. Після закінчення процесу я повідомлю тобі результат.

Сенсу в цьому тестуванні особисто я не бачила. Вся моя родина давно вже знала, що в мене сильні задатки лікаря. Подібні речі видно від того моменту, як дитина вчиться говорити та починає ставити запитання. Але якщо вже треба, то треба. Я стала дотримуватися інструкцій тестувальниці. Заспокоїтися вдалося легко – я тільки зручніше влаштувалася у кріслі та почекала, коли шалене серцебиття після бігу трохи вщухне. Відмітивши комфортабельність крісла, у якому сиділа, я розплющила очі, готуючись проходити свій перший серйозний тестю

– Лікарка! – проголосила міс Каті після завершення процедури. Я полегшено зітхнула, гмикнула та почала підводитися. Я ж казала, що лікарка. – З чималими задатками бойовчині зі стихією вогню!

Я ледве з крісла не випала. Яка з мене бойовчиня? Я павуків боюся! Мишей, щоправда, люблю. Взагалі тварин люблю, навіть гадюк. У нас уся родина така. Батько спеціалізується на магічній ботаніці, мама – на педіатрії, брат – на магічній зоології. Тому й лікарі. І я з ними. Але павуки, як і інші комахи, стояли для мене в одному ряду з нечистю. З якою і билися бойовики. Крім того, ці люди також йшли в охорону, робили військову кар'єру. У будь-якому випадку, подібна діяльність – точно не для мене. Щоправда, кажуть, мій прадід працював у таємній службі короля. Офіційно вважається, що теж лікуванням займався. Але мама натякала, що не все так було просто там. Можливо, він-то мені й підкинув цей "подаруночок" у генетичну магічну мапу.

Приречено взявши папірець із вердиктом, я поплентавалася до деканату школи.

– Цікаво! – потираючи підборіддя, промовив декан. На відміну від зали тестування, де я не побачила жодного вікна, деканат просто заливало сонячними променями. Мабуть, саме це і забезпечувало власникові цього приміщення настільки піднесений настрій. – Ну що ж, Хельго, вітаю з ініціацією та визначенням майбутньої програми навчання! На чому хочеш спеціалізуватися?

– Лікування! – випалила я. – Який з мене бойовик? Я павуків боюсь! І бійки не люблю.

– Розумію, – посміхнувся декан. – Добре, лікування так лікування! Але ми не можемо ігнорувати другий напрямок, який у тебе виявився досить сильним. Тому в індивідуальну програму навчання треба включити й деякі дисципліни, обов'язкові для бойовиків. Почнеш за нею займатися з нового навчального року. А тепер іди, спокійно святкуй свій день народження, а до занять повернешся завтра.

Легко сказати "спокійно святкуй"! А в мене перед очима стояли жорсткі заняття бойових. Ні, зброї та тренувань я не боялася. Зрештою, вони були обов'язковими для всіх, і я бачила в цих тренуваннях неабияку користь для себе. Але ось заняття з подолання власних страхів, де особисто мене змушуватимуть битися проти гігантського павука... Який вже тут спокій?

Вдома мама, дізнавшись про мою нову програму навчання, таємничо посміхнулася мені та потягла за собою до їхньої з татом кімнати. Діставши із сейфу старовинний фотоальбом, розгорнула його на середині.

– Ой, а я цього альбому і не бачила! – здивувалася я.

– Звісно, що ні! Хто ж дітям подібні страхіття показуватиме? – сказала мама та тицьнула пальцем у якийсь кадр. – Дивись!

Я перевела погляд на світлини. Чорно-білі знімки, без звичного нам руху й об'єму, зовсім старі, простенькі. А на одному з них красувався прадід в оточенні дивних істот. На павуків вони були, на щастя, не схожі, але й зі звичними нам магічними тваринами теж мали не так вже й багато спільного. Як на мене, то вони більш за все нагадували змій. Або восьминогів? Такі лускаті восьминоги з великими дивними очима.

– Це гренони, – сказала мама. – Щось неймовірно засекречене. Я знаю тільки назву та бачила тільки ось це зображення. Працювати з ними можуть винятково бойові лікарі. І є ще деякі... м-м-м… істоти з тієї ж категорії. Мене вони завжди неймовірно цікавили, але я не бойовик. А в тебе з'явилася можливість доторкнутися до таємниці. Ну як, тобі полегшало?

Ще б пак! Мені не просто полегшало! Мама подарувала мені чудову таємницю до дванадцятиріччя. Гренони не лякали, хоча я розуміла, що вони, напевно, небезпечні. Вони викликали благоговіння, пробуджували цікавість і бажання стати ближчою до їхнього світу. Дивлячись на них, я підозрювала, що ці істоти – розумні, але розум їхній є чужим нашому. Я подумала, що старанно вчитимуся аби доторкнутися до цієї таємниці.

Потрібно сказати, що в нас всі люди володіли тим чи іншим магічним потенціалом. Були більш обдаровані та менш обдаровані, але зовсім без магії не було нікого. Напрямки розрізнялися, звісно, але ж інші таланти в людей теж різняться. Магічний дар міг дозволяти працювати з планетарними надрами, погодою, живою матерією, атомами й електронами, плазмою, водою... Але він не визначав професію. Погодники почасти обирали професії медиків та інших спеціалістів, а атомники легко обирали шлях пекаря чи перукаря. Хоча пекарі зазвичай виходили з тих, хто мав магію вогню та плазми.

З лікарів виходили, власне, медики, ботаніки, зоологи, мікробіологи, ветеринари та фахівці з реінкарнації (яких ще іноді злі язики звали некромантами). До розмови з мамою я воліла робити кар'єру медика. Як називається професія, якою я захотіла займатися після цієї бесіди, я тоді ще не знала.

Глава 2

Навчатися надалі мені, відверто кажучи, виявилося дуже нелегко. Так, мене не стали тренувати за повною програмою бойовика, але й без того поєднувати заняття відразу за двома напрямками зовсім не просто. Справа погіршувалася ще й тим, що я не є натурою відкритою та товариською, тому однолітки не горіли бажанням мені допомагати. Все доводилося робити самостійно. Напевно, це й добре, тому що так інформація краще засвоюється. Але важко.

На заняттях з бою нас навчалося всього три дівчинки. Хлопчаки спочатку так чи інакше смикали нас усіх. Дванадцять років – самий вік для ідіотських жартів. Дві мої однокурсниці виявилися досить сміливими, тому швидко навчилися платити нахабам тією ж монетою, а ось я більше ніяковіла та червоніла. Моя реакція тільки підбадьорювала кривдників, і все ставало ще гірше. Я могла б поскаржитися братові, який саме закінчував останній курс, але я розуміла, що це тільки погіршить ситуацію, і мене почнуть не просто дражнити, а й зневажати. Припинилося знущання одного дня, коли місіс Ельза, наша вчителька з бою, помітила неподобство та запропонувала однокурсникам спробувати подражнити її. Адже вона – теж дівчинка. Охочих не знайшлося, а мене відтоді чіпати перестали.

Даремно я боялася занять з боротьби зі страхами. З моєї обов'язкової програми їх вирішили вилучити, залишивши у вигляді факультативу. Як вже, напевно, зрозуміло, цей факультатив я не відвідувала. Проте місіс Ельза навчила мене легко перемагати реальних павуків – я дуже швидко стала кращою на курсі з метання ножів. Це, мабуть, не дивно, адже я тренувалася вдома. І саме засвоєння даної навички допомогло мені стати сміливішою та вільнішою і в інших сферах мого життя. Після цього однокласники мене почали поважати. А через пару років я опанувала деякі вельми корисні лікарські технології та навчилася позбавляти хлопців гематом, отриманих під час занять. Крім того, я була провідником у світ лікарів, де здебільшого навчалися дівчатка. Однокурсники-бойовики саме почали женихатися, і я часто знайомила хлопців із подругами. І тоді зі мною стали дружити, кликати до гурту та навіть трішки зверхньо оберігати, як це вміють тільки підлітки.

З часу моєї ініціації минуло тринадцять років. Я старанно засвоїла запропоновану навчальну програму за обома напрямками, приховуючи від усіх причини подібного завзяття, і пішла працювати за розподілом... до пологового будинку. Щоправда, не до рядового, а до столичного закладу для породіль із патологіями. Лікар повинен бути присутнім при кожних пологах, щоб підправити те, з чим не можуть впоратися звичайні акушери. Тому в будь-якому закладі подібного плану завжди працює два або три магічні спеціалісти. А в закладі для породіль із патологіями нас був цілий колектив із Професором на чолі.

Взагалі у нашій команді відчувалася нестача чоловіків. З нами працювали троє: здоровенний акушер-гінеколог, огрядний і лисуватий, та молоденький худенький санітар, у жилавих руках якого текла чимала сила, котра допомагала йому з легкістю переміщувати породіль на ноші, якщо в цьому виникала така необхідність. Ну, і Професор. Останній був середньої статури, не надто високого для чоловіка зросту, молодий, неймовірно привабливий та неодружений. На нього задивлялася вся незаміжня частина колективу. Навіть деякі породіллі червоніли, коли бачили нашого керівника. У ньому відчувалася якась внутрішня енергія, підживлена магією лікаря, шалено приваблива для протилежної статі.

Мене складно назвати наївною німфою з тих, що плескають очима на чоловіків. Характер у мене потайний, я душу всім вітрам напоказ не підставляю, але й товариства не цураюся. Під час останнього курсу навчання я навіть зблизилася з одним із бойовиків моєї паралелі. Мені вже виповнилося вісімнадцять, тому ми наважилися з'їхатися. Але стосунки тривали недовго – до першої голови гідри, яку я побачила, відчинивши холодильник у кухні. Я після цього швиденько зібрала речі та повернулася до батьків. Хлопець так і не зрозумів, чому ми розійшлися.

Професор вів мою практику всі чотири роки – одразу після школи. Спочатку два роки я отримувала навички за всіма основними напрямками медицини, із травматологією й анестезією включно. Здавала керівникові відповідні звіти після закінчення кожного шматка. У той час бачилися ми вкрай рідко – раз на місяць-півтора. Останні ж два роки я працювала в пологовому будинку та зустрічалася з Професором практично кожен день. Ну, як зустрічалася? Віталася, не підводячи очей, тому що на свого керівника я боялася навіть дивитися. Мама говорила мені, що я вродлива, але я відмахувалася. От мама куди вродливіша за мене! Струнка, мініатюрна, навіть тендітна жінка, з витонченими рисами обличчя та чорними, наче воронове крило, косами, які немов обходила сивина. Я ніколи не могла зрозуміти, що вона знайшла в батькові – височенному, огрядному, навіть повнуватому чоловікові з рудим волоссям. Мені від нього дістався чималий зріст. Посудіть самі, сто сімдесят вісім сантиметрів для жінки – це занадто. Особливо в порівнянні зі ста шістдесятьма сантиметрами моєї мами. На того ж Професора я дивилась на рівних, що змушувало мене комплексувати та ніяковіти. За моїм уявленням, жінка повинна бути набагато нижчою за чоловіка. Щоправда, отримала я від тата й подарунок – розкішні мідно-каштанові коси, якими я завжди пишалася та потайки вихвалялася. Загалом, свою зовнішність я вважала середньою, такою, що нічим, окрім волосся, не виділяється, і тому намагалася робити незалежний вигляд і спілкуватися з Професором винятково в рамках службових стосунків.

Але сьогодні країна святкувала велике свято, і весь робочий колектив мав піднесений настрій. Я зайшла до ординаторської та побачила там Професора, який задумливо дивився у вікно.

– Ви знаєте, – сказала я йому, – у нас із Вами сьогодні річниця знайомства. Рівно чотири роки тому, одразу після закінчення мною школи, Ви проводили зі мною співбесіду ось у цьому самому кабінеті, а ввечері постукали до мене в друзі в соцмережі.

Професор посміхнувся. Я відвела погляд, тому що дивитися на нього, коли він посміхається, боляче. Цього сяйва не витримують жодні жіночі очі. Принаймні, мої не витримують.

– Скажіть, Хельго, а чому Ви погодилися пройти повне медичне та магічне обстеження за моїм проханням? На подібне мало хто погоджується. Конфіденційність інформації, та й процедура, відверто кажучи, не з найприємніших, – спитав раптом він.

Мені здалося, чи в голосі Професора я дійсно почула хвилювання? Дивне взагалі запитання він поставив у відповідь на мою репліку про річницю, але якщо вже запитує…

– Я вам довіряю, – просто відповіла я, і тут він зробив крок до мене, стрімко обійняв і поцілував. Я навіть не зрозуміла одразу, що відбувається.

Ми цілувалися самозабутньо. Я насолоджувалася кожною миттю. Суміш захоплення, магії, вина та невіри була просто космічно вибухонебезпечною. Я відірвалася від нього, через силу сприйнявши наполегливий стукіт у двері, що пробився крізь пелену божевілля. Професор дбайливо посадив мене за стіл, обличчям до вікна та спиною до входу, поправив свою зачіску та пішов відмикати двері (як вони опинилися замкненими?). Я намацала на столі якусь історію хвороби та втупилася в неї, приховуючи губи зі слідами поцілунку.

– Знову замок зірвався, і двері не відчиняються, – невдоволено буркнув наш величезний акушер, коли Професор його пустив. – А я, наче спеціально, ключ у кишені куртки залишив. Треба перекласти у формену сорочку. Коли там вже слюсар прийде полагодити?

Він бурмотів і бурмотів, риючись у шафі та не звертаючи на нас жодної уваги. А Професор сидів на краю мого столу та з посмішкою поглядав на моє збентеження. Напевно, я дійсно виглядала кумедно, втупившись у папери носом, немов короткозора бабця.

– Йдемо звідси, – шепнув він мені, коли акушер учергове пірнув у надра шафи, розшукуючи свій зниклий ключ. Ми вибігли з ординаторської та піднялися на дах будівлі.

– А якщо будемо потрібні? – запитала я.

– Наберуть, – відмахнувся Професор і, пригорнувши мене до себе, знову поцілував.

Ви, напевно, знаєте, як це буває? Ми не відчували ані прохолоди, ані часу. Я не пам'ятаю, скільки минуло днів, годин або секунд.

– Настільки незалежна! – шепотів він мені між поцілунками. – Горда! Ходить, на мене не дивиться. Я змучився! Я посміхаюся, а вона очі відводить! Я сумую, а вона питає, чи все з породіллями добре! Я захворів, сподівався, бульйон свій фірмовий зварить! Іншим варить. А мені не приготувала! Жорстока!

Я сміялася та цілувала його у відповідь. А він продовжував:

– А сьогодні – диво! Сама заговорила! Річниця, Господи! Невже я не просто керівництво? Подумав: "Поцілую. Отримаю ляпаса, так хоч поцілую, нарешті. Може, не встигне стукнути?"

І от зараз, після закінчення чергування, я сиділа на мокрому від дощу даху будинку моїх батьків і думала. Прохолодна квітнева ніч ніяк не давала налаштуватися на серйозні думки. Холоду я не відчувала, адже моя стихія бойовика – вогонь, і я вмію зігрівати себе магією. Внизу в невеликому сквері поруч із будинком сидів гурт підлітків із гітарою, вони тихенько наигравали щось ненав'язливе. До мене звідти долинали відгомони чужих емоцій, що так влучно накладалися на мої і тому ще більше відволікали від роздумів. У якийсь момент поруч зі мною сів величезний смугастий котяра, якого ми підгодовували всією вулицею. Бандит рідко дозволяв себе гладити, але тут чомусь вирішив піддатися. Навіть мугикнув пару разів під моєю рукою. Саме погладжування кота й допомогло мені нарешті зосередитися. Підозрюю, що ці істоти теж мають якусь магічну силу, незважаючи на офіційне спростування наукою даного припущення. Мій досвід спілкування з хвостатими муркотиками свідчив про те, що коти завжди забирають надлишки емоцій, як негативних, так і позитивних.

Чесно кажучи, я повинна була повернутися з роботи годин п'ять тому, але у мене не знаходилося сил на те, щоб йти додому. Телефон я вимкнула. З даху я бачила, як неспокійно пішов кудись батько, напевно, шукати мене. Але я особливо не переймалася. Члени родини відчувають одне одного на відстані. У нас абсолютно неможлива ситуація кіднепінгу, всі одразу ж стривожаться. Батько знав, що я жива, здорова, що мені ніщо не загрожує. Так, випадок дуже дивний – дочка не повернулася додому та не відповідає на телефонні виклики. Але в цілому нічого тривожного немає. А мені треба було побути наодинці з собою.

Якщо навіть татусь піде на роботу, там я всіх попередила, що мені потрібно відлучитися, щоб не турбувалися. Батькові перекажуть мої слова, і він повернеться. Краще було б, звісно, зателефонувати чи написати повідомлення, але я просто не могла змусити себе це зробити. Мені необхідний час, щоб привести до ладу гормони, емоції та магічні потоки, що розбурхалися після останніх подій.

Справа навіть не в поцілунках. Зрештою, я – молода жінка, і мені це за віком годиться та й, чесно кажучи, давно вже час. Подібне від рідних приховувати немає жодного сенсу. Справа в іншому. Після того, як пристрасті трохи вщухли, Професор зізнався, що мене хочуть перевести на іншу роботу.

– Гренони... – вголос подумала я.

– А ти звідки знаєш? – здивувався Професор. – Так вони. І клеври, і лонкії. Розумієш, бойових лікарів дуже й дуже мало. Їх збирають по всій планеті в одному місці. Це – унікальне поєднання магічних потоків. Зазвичай бої з лікуванням не сумісні. Але істоти, з якими доводиться працювати таким, як ти, дуже важливі для людства. У нас вельми схожі мапи магічного поля. Ми шукаємо точки дотику, і коли знаходимо, розвиваємо завдяки цьому в людях нові здібності – живучість, магічний потенціал, силу думки й таке інше.

– У мене прадід мав таке саме магічне поєднання сил, і я бачила його світлину з гренонами. Зі мною все зрозуміло, а ти звідки знаєш? – запитала я його.

– Ти думала, ти тут практику без нагляду проходитимеш? – посміхнувся чоловік. – Я ж кажу – бойових лікарів дуже мало. Кожен на вагу діаманта. Якщо ти погодишся, то завтра тут з'явиться інший професор, а ми з тобою, скажімо так, передислокуємося.

– А я можу не погодитися? Нас же мало. Хіба у мене є вибір? – я здивувалася.

– Вибір є завжди. Ти можеш залишитися просто лікаркою. Робота складна, небезпечна, найчастіше нічна, тому що ритми життя у нас з гренонами та лонкіями не збігаються.

– Мої батьки матимуть питання щодо мого графіку…

– Родині говорити не можна. Але якщо всі твої заперечення зводяться лишень до цього, то проблема вирішується досить просто. У Відділку у подібних ситуаціях зазвичай одружують співробітників. Бойові лікарі взагалі завжди приходять на роботу молодими, і процедура весілля є найпростішим виходом ще з прадавніх часів, коли жінок взагалі не вважали за людей. Але дар не обирає статі, тому у нашій організації завжди була гендерна рівність. От тільки для суспільства доводилося знаходити прикриття. Відтоді й застосовують ту саму процедуру заключення браку для прикриття. Хоча сьогодення внесло свої корективи, звісно. Зате потім у родини не виникає питань щодо того, чим там співробітник займається ночами. Та й взагалі, у Відділку є декілька фахівців з легенд й прикриття, доберемо щось.

– Тебе теж одружили? – спитала я. Професор розвеселився.

– У мене мама – бойова лікарка. Я одразу знав, до чого мене готують, і родина не питала, куди я зникаю ночами. Та й чоловікам простіше. Нами зазвичай рідні настільки сильно не опікуються, як дівчатами.

І ось я сиділа на даху й думала. Робота манила мене, як магніт, ще з дня мого дванадцятиріччя. Але заміжжя? Професор із посмішкою сказав, що він готовий вдавати мого нареченого та майбутнього чоловіка, але я так не хотіла. Ці його слова мене немов холодним дощем облили. Я не хотіла заміж заради роботи. Особливо за нього. А якщо виявиться, що це все божевілля сталося сьогодні тільки через необхідність отримати для Відділку лояльного бойового лікаря? Я тут розтеклася, як рідкий мед по гарячому тосту, а він просто співробітника вмовляв на небезпечну нічну роботу. Я намагалася не думати про те, скільки дружин у нього було до мене.

Утім, чого тут сумніватися? Гренони, клеври та лонкії (як вони хоч виглядають, ці клеври та лонкії?) – ось що вабило мене з дитинства, як найнедосяжніша мрія. А із особистісними стосунками якось вже розберуся.

З неба почав накрапувати дрібний дощик. Кіт під моєю рукою стрепенувся та неквапно рушив до дверей, які вели всередину будівлі, показуючи, що час на роздуми вичерпано. Я тихенько підвелася, зайшла під прикриття та дістала телефон.

– Так, – почула я в слухавці голос Професора.

– Я згодна. Але мені потрібна буде легенда на перший час.

Глава 3

Наступного місце Професора в пологовому будинку зайняв сухорлявий літній лікар, який додав спокою в душі жіночої частини персоналу, але сильно зіпсував настрій деяким молодим співробітницям. Одразу стало видно, хто розраховував на руку й серце колишнього керівника.

Я ж цій зміні тільки зраділа, тому що піти зі старої роботи хотілося спокійно та без негативу, а наші дівчатка швидко differently рознюхали б, що між мною та начальством щось відбувається. А так засмучені колежанки сконцентрувалися на обговоренні нового керівника і мене проводжали з максимально можливою теплотою. Я передала справи й оформила всі необхідні дозволи. Виявилося, що документи про моє переведення прийшли дуже швидко – з самого ранку – і зміна місця роботи пройшла без жодних зволікань.

Через три дні Професор прийшов до нас додому з квітами для мене та мами і з коньяком для тата. Я хоч і попередила батьків про майбутній візит, але вони вочевидь не змогли впоратися з емоціями і не встигли ще звикнути до нової ситуації. Ми зі знервованою мамою накрили на стіл, ганяючи з кухні рушниками стривоженого батька та мого нахабного кота.

Трохи пізніше сталося урочисте представлення нареченого родині. Ми посиділи за столом, гість жартував і дивився на мене закоханим поглядом. Навіть мій вибагливий кошак, який терпіти не міг чужинців, змінив свою звичайну стратегію поведінки та видерся Професорові на коліна. Я спробувала зігнати нахабу, розбалуваного нашою спільною родинною увагою, але "наречений" мене зупинив і тепер погладжував вусату морду. Батьки заспокоїлися та розвеселилися, кошак замуркотів. Я теж старанно грала свою роль, звично опускаючи очі, коли Професор посміхався.

– Як ви познайомилися? – питала мама стандартні речі, які, напевно, цікавлять абсолютно всіх мам світу.

– На роботі, ма, – втомлено казала я, тому що відповіді на подібні питання, напевно, напружують всіх на світі доньок.

– О, Хельга настільки незалежна! Я не знав, як привернути до себе увагу, – Професор, хитро глянув на мої губи. Здається, він, на відміну від мене, отримував від вечері справжню насолоду. –

Довелося йти на приступ і одразу цілувати.

– Вся в матір! – гордо сказав тато, і я витріщилась на нього з подивом. Цієї частини батьківської історії я не знала. – Вона теж мене по величезній дузі обходила кілька місяців, поки я її не підстеріг з квітами в темному провулку. Отримав стусан і поцілунок. Вас не били, хлопче?

– Не встигли, – розсміявся мій супутник. – Щоправда потрібно сказати, що все відбувалося не в темному провулку, а Хельга після маленької робочої вечірки була в гарному гуморі. Так би, напевно, теж ходив із синцем.

Я посміхнулася сама собі. Не ходив би.

Мама почала розпитувати Професора про особливості роботи в пологовому будинку (наче моїх власних розповідей на цю тему їй було замало), і незабаром вони перейшли до обговорення якоїсь теми, пов'язаної з педіатрією. Батько не втручався, хоч і прислухався. Він уважно дивився на мене. Я намагалася вдавати, що мені теж неймовірно цікаво брати участь в обговоренні нюансів роботи педіатра.

Після вечері "наречений" відпросив мене в батьків на всю ніч.

– Ми кататимемося нічною столицею, – заливав він моїм рідним. – Обіцяю повернути її вам уранці цілою та неушкодженою.

Мама сміялася та підморгувала мені, тато морщив лоба, але не заперечував. Мені на якусь коротку мить здалося, що батько зчитує мої геть не райдужні емоції, але я від цієї думки відмахнулася – наскільки я знала, дару менталіста в татка у дванадцять років не виявили. Я пішла перевдягатися для прогулянки. Хотілося вибрати щось таке, що підійшло б і в якості одягу для побачення, і в якості робочого комплекту, і, до того ж, щоб годилося для польотів. Подумавши, я вирішила зупинитися на темно-зелених штанях і білій приталеній сорочці з коміром-стійкою. Зверху вдягла плащ. Квітнева ніч на дворі все ж таки.

– Як думаєш, вони ні про що не здогадалися? – запитав мене Професор, коли ми вийшли на дах і рвонули в небо. Прохолодне вечірнє повітря огорнуло мене, заспокоюючи та гасячи пожежу на моєму обличчі. Хвилювання від фіктивних оглядин трохи вщухло, думати стало легше. Я почала помічати красу навколишнього пейзажу, відчувати запахи природи, яка пробуджувалася навесні. Вітерець приносив аромати набухлих бруньок та вогкої землі.

– Впевнена, що ні, – все ще трохи сумно відповіла я на

запитання, і супутник взяв мене за руку, обережно стиснувши пальці. Його тепла долоня та ніжний дотик зігріли мою змерзлу душу. Я поспішила змінити тему. – Слухай, а чому саме пологовий будинок?

– Бойовий лікар повинен навчитися контролювати енергії, що курсують під час народження. Ми не маємо змоги та бажання бути присутніми при зачатті, коли магічні потоки нової людини тільки формуються, тому прищеплювати людству нові можливості доводиться на етапі появи на світ, – посміхнувся Професор. – У цей момент магічне поле дитини відривається від поля матері та стає сприйнятливим до вливань ззовні. Спіймати налаштування на нові здібності може тільки бойовий лікар через специфіку магії наших підопічних. І йому ж доводиться передавати їх наступному поколінню людей, вплітаючи в потоки новонароджених. Достатньо передати нове знання певному відсотку дітей, і через пару поколінь все людство починає ним володіти. Магія якось дивно вбирається в загальні мапи – не по крові переходить від батька до сина або від матері до доньки, а немов поширюється по всьому роду людському. Потрібен просто певний відсоток тих, хто володіє технологією, і в третьому поколінні вона вже буде у всіх. Хотілося б швидше, але ми не можемо розірватися – нас занадто мало. Поки ти практикувалася, я передавав здатність до більш швидкої регенерації малюкам.

– Зараз же пологовий будинок залишився без нас?

– Так, але на даний момент передано більш ніж достатньо, адже ми працювали в установі для породіль із патологіями з усієї країни. А нам вже конче треба вводити тебе в курс справи. На твою появу у Відділку всі дуже чекають. Завтра мій колега вирушить на інший континент та почне передавати здібності малечі там. Я його поки що заміню на роботі у Відділку.

– А родинам чому не можна розповідати? Що за таємниця?

– Забагато людей хочуть одноосібно володіти знаннями та новими здібностями. На початку діяльності Відділку, коли інформація була в доступі, наших фахівців підкуповували, погрожували їм і членам їхніх родин. Тоді керівництво ухвалило рішення дотримуватися секретності. Відтоді минуло кілька століть, і в суспільстві залишилися тільки туманні міти. Які, до речі, сильно підживлює останнім часом глобальна мережа. Корисний винахід, але є з ним і свій клопіт. Ми навчилися боротися з проблемою зустрічною хвилею, так би мовити.

Запускаємо свої, продумані міти, що не мають нічого спільного з реальністю. І в результаті в населення зникає довіра й до небезпечних для нас чуток.

– А якщо б я не погодилася працювати на Відділок?

– Тобі б довелося стерти шматочок твоєї пам'яті, – він відвів очі, а потім знову глянув на мене. – Але ти ж погодилася?

– Жартуєш? Я мріяла про цю роботу з дванадцяти років!

– Чому саме з дванадцяти? – зацікавився мій супутник.

– Тоді мама показала світлину прадіда з греноном.

Професор якось одразу спохмурнів. Ми летіли крізь нічне місто, прямуючи у бік королівського ботанічного саду. Проносилися повз хмарочоси та шпилі старовинних будівель. У багатьох вікнах горіло світло, адже ще було зовсім не пізно. Періодично ми зустрічалися з іншими людьми, які так само, як і ми, надавали перевагу польотам і не хотіли пересуватися по землі. Для цього існували спеціальні вулиці, де ти не ризикував зачепитися за дроти чи зіткнутися з торговельною вивіскою.

– Треба щось робити з цією вашою родинною світлиною, – сказав Професор.

– Не треба! – злякано вигукнула я. – Якщо за стільки років батьки не проговорилися, то не проговоряться й надалі.

– Хельго, так не можна, вибачай. Якщо раптом випадково світлина потрапить не в ті руки, можуть виникнути дуже великі проблеми. Ми не маємо права допустити навіть найменшої можливості щоб ця випадковість сталася. Сам факт існування цієї світлини говорить про те, що твій прадід скоїв злочин. Давай так: ми тебе навчимо техніки чищення пам'яті, і ти сама вилучиш фото, а мамі прибереш спогади про гренонів. Щоб ми не лізли. Так навіть краще, тому що процес передбачає довірливі стосунки. Чи влаштовує тебе цей варіант?

Я кивнула, не бачачи жодного сенсу сперечатися. Я раптом усвідомила, наскільки серйозною організацією є цей Відділок, де я тепер буду працювати. Не погоджуся, так мене навіть не питатимуть. І мені разом із мамою пам'ять підітруть. І Професор втручатися не наважиться або не захоче.

– До речі, а що це за техніка чищення пам'яті? Наскільки я знаю, лікарі нею не володіють, – наважилася зачепити нову тему я.

– Це одна з тих здібностей, яку ми виділили у лонкіїв. І вона ж, до речі, відноситься до найнебезпечніших. Про неї ніхто не знає, окрім співробітників Відділку. Навіть владі ми не розповідаємо. Бо забажають користуватися у власних цілях. Шпигунство, військові завдання, допити й експерименти – ця технологія розв'яже деяким персонам руки. Нехай краще навчаються обходитися без неї, – пробурмотів Професор.

Я уявила собі масштаби застосування та вжахнулася.

– Тобто новонародженим ви її не передавали?

– Звісно ж ні. Її та ще декілька інших, які вважаємо небезпечними для людства.

– Але ж цю технологію можна теж використовувати на благо. У психіатрії або реабілітації дітей, які побачили страшні речі.

– Це дуже небезпечно. Як контролювати її застосування? Людям тільки дай щось подібне, і відразу почнеться використання проти конкурентів або недругів. Доки ми не придумали способу контролю, людство залишиться без техніки чищення пам'яті.

– Можна створити лікувальний заклад, де будуть працювати фахівці під контролем Відділку, – запропонувала варіант я. Чомусь ідея пристосувати настільки цікаву техніку на користь людства сильно захопила мене.

– Можливо й так. Але навчатися новій техніці в дорослому віці можуть тільки бойові лікарі. Решті треба передавати знання в момент зачаття чи народження. А хто погодиться відразу визначити дитині долю та віддати її, по суті, у наше повне розпорядження? Ти ж розумієш, що нам доведеться забрати дитину з родини, щоб тримати її під наглядом і правильно розвивати?

– А діти співробітників Відділку? Нікого б забирати не довелося, всі в курсі, все під контролем.

– Ось будуть у тебе діти, займатимешся, – пожартував мій співрозмовник. – Ми прилетіли, до речі.

"У тебе"… Не "у нас", а "у тебе"! І на що я, дурна, сподівалася? Треба терміново щось думати з цим весіллям. Професор же продовжував:

– Так, готуйся, народ у нас веселий, зустрічатимуть тебе радісно. Іноді вони занадто захоплені, але ти не лякайся. І ще дещо: припиняй називати мене Професором, тут я просто Дан. Професор! Так і не звик до цього звання за чотири роки.

Глава 4

Ми пролетіли над ботанічним садом до самого його центру. Навколо блимали різнокольоровими вогниками магічні рослини, утворюючи для внутрішнього погляду лікаря приголомшливо красиву композицію. Немов хтось увімкнув святкову ілюмінацію у всьому саду. Я могла бачити цю красу від самого раннього дитинства, з чого батьки відразу зробили висновок про мій основний дар. Зараз я вже якось звикла до такого видовища, але коли магічні рослини зібрані в одному місці, то це, як і раніше, викликає в моїй душі бурхливий захват. Ми опустилися на землю біля величезного критого павільйону. Начебто в таких павільйонах тут проводили експерименти з рослинами. Мій супутник відчинив двері, і ми зробили крок усередину невеликого тамбура з електронним замком. Дан. Треба ж тобі! Він так і не звик до звання професора. А мені як звикати називати його просто по імені? Всі ці події відбулися настільки швидко, що я не встигала пристосовуватися!

Тим часом мій супутник натиснув великим пальцем на якусь кнопку, відчинилося віконечко для сканування райдужки ока. Потім у дверях з'явилося ще одне віконце, і хтось звідти вимовив: "Магічний зліпок аури збігається". Тільки після цього нас впустили всередину.

– Вона погодилася! – голосно вигукнув Дан, і будівля вибухнула радісними криками. Мене вітали звідусіль, я бачила цілий ліс рук, що махали нам. Охоронець біля дверей потиснув долоню Данові та поцілував мій зап’ясток.

– Ти ж говорив, що вас мало! – ошелешено сказала я Професорові. – А тут осіб сто, не менше.

– Сто тридцять, – виправив мене Дан. – І зараз на зміні десь дві третини. Ще частина працює вдень. Але бойових лікарів всього відсотків десять. Решта – супутній персонал. Служба безпеки та сектор документації, юристи та бухгалтери, лаборанти та комп'ютерники, кухарі, прибиральниці, постачальники, помічники з роботи з підопічними... Директор, наприклад, не бойовий лікар. Він – менеджер, який просто добре робить свою справу. Трохи менталіст, що дозволяє простіше вести перемовини. Йдемо до нього, він спеціально залишився після денної зміни, щоби з тобою познайомитися.

Директор виявився невисоким представницьким чоловіком з чіпким розважливим поглядом і невеликим черевцем. Коли ми увійшли, він жваво вискочив з-за столу та теж пішов потискати й цілувати руки. Данові потискати, а мені цілувати, звісно.

– Вітаю, Дане! Вітаю, Хельго! Залишилися тільки формальності, і ви почнете працювати в нашому колективі. Бажаєте в нас працювати? – радісно вигукнув він.

– Так, сер!

– Ти диви, яка хвацька дівчина. Просто ось: "Так, сер!". Немов військовий фахівець! – захопився директор. – А чому хочете працювати?

– Страшенно цікаво! – несміливо зізналася я. Директор зрадів.

– Тоді точно спрацюєтеся! У нас тут всі ваші колеги через ту саму причину.

– Сер, про які формальності йдеться? – наважилася запитати я.

– Спочатку вас перевірять співробітники служби безпеки на лояльність основній ідеї та відсутність прихованих мотивів. Ваші медичну та магічну картки нам Дан вже передав, а тому цей етап можна пропустити. У вас, до речі, приголомшливий потенціал вогняної бойовчині, я вражений! – розсипався в компліментах керівник. Я почервоніла, але він швидко продовжив відповідати на моє запитання. – Потім оформлення документів, зліпок аури, знімок райдужної оболонки й інші параметри доступу. Вам зроблять перепустку й бейдж з ім'ям і фотографією. У тому ж секторі отримаєте інструкції з безпеки.

– Інструкції з безпеки? – перепитала я.

– Так, Хельго, – втрутився Дан. – Наші підопічні – гренони, клеври та лонкії – мають свої особливості. Кожен різновид відрізняється деякими небезпечними рисами, які обов'язково треба враховувати під час роботи з ними. Гренони, наприклад, не відчувають часу та живуть у воді. І справляють гіпнотичне враження на новачків. Тому можуть затягнути співробітника у воду та втопити. Клеври дуже великі та важкі – бували випадки розчавлювання…

– А лонкії – менталісти найвищого класу, – перехопив нитку розмови директор. – Раніше відбувалися різноманітні неприємні ситуації, включаючи проблеми з розумом після спілкування з ними. Тому ми виробили певну систему заходів безпеки, які треба визубрити напам'ять і скласти іспит. Після цього іспиту вас навчать необхідним у нашій роботі магічним технікам і допустять до співпраці з підопічними. Засвоїте прискорену регенерацію, техніку чищення пам'яті, систему налаштування зв'язку на магічному рівні тощо. До речі, у нас немає жодного бойового лікаря зі стихією вогню. Після вашого прадіда тут працювало ще чотири фахівці за весь цей час. Нам дуже потрібен вогневик.

– Навряд чи ви пам'ятаєте мого прадіда, – недовірливо сказала я.

– Авжеж ні! – посміхнувся директор. – Але я зобов'язаний знати всіх бойових лікарів, які працюють або коли-небудь працювали на нас. Ну, йдіть до Джулі. Приємно було познайомитися, Хельго!

Ми вийшли з кабінету директора та повернули праворуч.

– Куди ми йдемо? – запитала я в Дана.

– До безпечниці. Тестування проводить у нас Джулі. Щось мені підказує, що вона тобі сподобається, – відповів він.

Ми пройшли буквально пару кроків і постукали в білі двері. "Заходьте", – пролунав звідти приємний жіночий голос. Мені здалося, що за дверима сидить моя мама.

В абсолютно білій кімнаті нас зустріла жінка дійсно дуже схожа на мою маму. Така ж світла шкіра, витончені риси обличчя, чорні, як воронове крило, коси та мініатюрна статура.

– О, вітаю тебе, Хельго! – поспішила вона нам назустріч із приємною посмішкою, що одразу розташовувала до себе. – А я на тебе вже чекаю. Проходь. Привіт, Дане! І бувай. Серйозно, почекай за дверима. А краще йди займатися своїми справами.

– Джулі… – спробував заперечити Професор, але жінка його перебила.

– Дане, Я фахівець найвищого класу. Я! Усе! БАЧУ! Тож не відблискуй тут мені.

Мій супутник чомусь зніяковів, що виглядало досить незвично.

– Але ти ж мені потім скажеш?

– І не мрій! – відрізала жінка та звернулася до мене. – Проходь, сонечко! Сідай ось сюди.

Я сіла в запропоноване м'яке біле крісло, що розташовувалося в самісінькому центрі кімнати. З цією залізною леді, яка дозволяла собі так розмовляти з Даном, сперечатися здавалося небезпечним. Взагалі Професор тут розгубив всю свою респектабельність і став виглядати ще молодшим. Я бачила, що у Відділку він – просто співробітник, а геть не велике цабе. Я раптом подумала, що зовсім не знаю, скільки років моєму фіктивному нареченому.

– Не хвилюйся, мила. У нас тут немає нічого страшного. Я тільки задам тобі пару питань, і підеш собі далі кабінетами, – і пані знову звернулася до Дана. – Ти ще й досі тут? Киш!

– Чорт забирай цю професійну етику, – пробурмотів Професор, виходячи з кабінету. – І Пол же не скаже, і...

Репліка обірвалася, коли за ним зачинилися двері.

– Про що це він? – наважилася я запитати в безпечниці.

– Хоче, щоб я сказала, як ти до нього ставишся, – відверто заявила Джулі. – Говорити?

– Ні! Не треба, будь ласка! – злякалася я.

– Ш-ш-ш, спокійно. Не треба, значить не скажу. Чесно кажучи, я цього дитячого садка не схвалюю і взагалі не розумію. Хоче знати, нехай сам спитає, правильно?

Я кивнула та доклала трохи зусиль, щоб заспокоїтися. Цей не спитає.

– Так, дитинко. Я – фахівець з аури. Ми зараз з тобою потеревенимо, як дві подружки, і я відстежу твої емоції під час цієї розмови. Якщо тобі так буде легше, можу чашечку чаю налити. Після бесіди я дам висновок керівництву щодо твоєї лояльності. Жодних подробиць, тільки у загальних рисах. Згодна?

– Звісно! – я не мала що приховувати, і подібна процедура мене зовсім не напружувала.

– Отже, ти хочеш у нас працювати? – почала Джулі.

– Дуже! З дванадцяти років мрію!

– Чому?

– Неймовірно цікаво! У день моєї першої ініціації декан страшенно засмутив мене перспективою навчання за бойовим напрямком. І тоді мама показала мені чорно-білу світлину прадіда з гренонами. Мені здалося, що з їхніх очей на мене подивився Всесвіт.

– Не дивно, адже гренони – жителі іншої планети.

– Та Ви що! Звідки ж вони в нас?

– Я, звісно, при цьому не була присутня, я не настільки древня, – Джулі розвеселилася. – Але в ранніх архівах Відділку йдеться про те, що кілька сотень років тому в нас трапився метеоритний дощ. Разом з метеоритами на поверхню посипалися дивні прозорі капсули, що руйнувалися під час дотику до грунту чи води, не залишаючи після себе жодних слідів. Крім вмісту – власне, гренонів. Частина з них загинула, а частина вижила. Особливо ті, що впали у воду. Але ми відволіклися. Давай продовжимо процедуру?

Я кивнула.

– Чи готова ти дотримуватися довічної секретності у всьому, що стосується твоєї роботи?

– Так. Я за тринадцять років жодній живій душі не проговорилася. Ми навіть з мамою більше ніколи про це не згадували. Готова дотримуватися й надалі.

– Чи є в тебе приховані мотиви для влаштування до нас на роботу?

Я здивувалась.

– Які можуть бути приховані мотиви?

– Наприклад, промисловий або військовий шпіонаж.

– Ні-ні, – замотала я головою. – Нічого, крім цікавості.

– Щось ти не договорюєш, – примружилася Джулі.

– І Дана, – почервоніла я.

– А ось це правда. А якщо раптом стосунки не складуться, підеш з Відділку?

– Нізащо!

– Так, гренонів ти вже бачила, і вони тебе не злякали, значить, цей момент пропускаємо. Як ти ставишся до свиней?

Яке дивне запитання.

– Нормально. Особливо до чистих. Та й до брудних теж нормально. Неприязнь відчуваю до людей-свинюк, але Ви ж не про них?

Джулі похитала головою та поставила наступне запитання.

– А до ящірок?

– Та я до всіх тварин добре ставлюся. Комах боюся до панічного тремтіння, а тварин усіх люблю.

– З комахами в нас медики працюють, тобі не доведеться, якщо не захочеш сама. Так, добре, можеш іти. Після перших відвідин підопічних зайдеш до мене на остаточну перевірку.

– Ой, а можна питання? – схопилася я.

– Звісно! Тільки не проси розповісти, як до тебе ставиться Дан, – знову розвеселилася Джулі.

– Ні-ні. Я хотіла запитати: чому підопічні? Чому саме так їх всі називають?

– А як їх ще називати? Вони не тварини, ось вже точно. Не

відносяться до нечисті чи нежиті. Ось Відділок і вибрав такий відносно нейтральний термін. Лонкії, звісно, з ним не погоджуються. Це вони нас вважають своїми підопічними. Але їх ніхто не питає. Ну, все, йди в наступні по коридору двері, я їм зараз зателефоную.

Я попрощалася та вийшла з білосніжної кімнати. За дверима на мене чекав Дан. Його обличчя мало задумливий вираз, і мені здалося, що Професор через щось сумує або чимось невдоволений.

– Чому там все таке біле? – пошепки запитала я його.

– Чого ти шепочеш? – у відповідь спитав Дан. Мені вочевидь вдалося відволікти його від роздумів. – Там повна звуконепроникність. Конфіденційність дослідження. А кімната біла, тому що за цих умов найлегше побачити зміни відтінків аури. Джулі говорить, що може помітити найменший проблиск емоції навіть якщо її спробують приховати.

– І вона там весь робочий час проводить? Як вона не збожеволіла досі в цій білосніжній стерильності? – особисто я б у подібному інтер'єрі працювати не змогла б.

– По-перше, там є проектор, і можна в будь-який момент ввімкнути на стінах об'ємні ілюзії. Все одразу стає кольоровим і красивим. А по-друге, Джулі також проводить багато часу за пультом охорони. Поглядає на співробітників. Тож май на увазі, у нас тут ні від кого не сховаєшся, – він посміхнувся.

– Дане, скільки тобі років? – наважилася запитати я.

– А ти не знаєш? – здивувався він. – Тридцять два. Через три місяці буде тридцять три.

І чому я думала, що він трохи старший? Білий лікарський халат і звання Професора додавали респектабельності?

Глава 5

У сусідньому кабінеті мені зробили іменний бейдж з моєю фотографією, зняли зліпок аури та відбитки пальців. Цікаво, чому фотографії на бейджи завжди виходять настільки потворними? Втім, нехай дивляться на моє обличчя. Я про нього хоч і не найкращої думки, але зі світлиною на документи майже нічого схожого.

Дан сидів на стільці та теревенів про щось із безпечниками, чекаючи, поки я закінчу всі формальності. Цікаво, за час роботи в пологовому будинку він тут часто з'являвся? У кінці нашого перебування в цьому кабінеті Професорові підсунули на підпис якийсь документ. Потім його ж дали підписати мені, і я побачила, що автограф Дана стоїть у графі "Поручитель". Дивна в них тут система, чесно кажучи. Це якщо я накосячу, то відповідатиме за мої помилки Професор?

За дверима я задала це питання безпосередньо Данові. Він кивнув.

– Так і є. Доки ти на випробувальному терміні, відповідати доведеться мені. Але я не вірю в те, що подібна ситуація взагалі можлива. За ці роки ти показала себе надзвичайно зібраним і серйозним працівником. Іноді навіть занадто серйозним, – сказав він мені з посмішкою.

Я вирішила не зупинятися на даному моменті та продовжила розпитувати:

– Як довго триватиме випробувальний термін?

– Хельго, це – формальність, повір. Бойові лікарі жодного разу не йшли з Відділку через те, що не пройшли випробувальний термін. Просто ця процедура є обов'язковою для всіх співробітників Відділку, без винятків. Наприклад, моїм поручителем була мама.

– Дане, я ж не про це запитала.

– Три місяці. От разом і відсвяткуємо мій день народження та закінчення твого випробувального терміну. Але не переймайся, зарплатню тобі відразу платитимуть за повною ставкою.

Чесно кажучи, переймалася я геть через інше. По-перше, я не хотіла свідомо чи несвідомо підставляти Професора. А раптом я не впораюся? Хто там знає, що за робота на мене чекає. По-друге, бути під постійним наглядом, немов маленька дитина, це, погодьтеся, дещо принизливо. А у випадку з Даном у ролі поручителя ще й досить нервово. Останнє міркування я й наважилася озвучити у вигляді нового запитання.

– І всі ці три місяці ти будеш всюди зі мною ходити?

– Звісно ж ні. Я ж кажу, це – проста формальність. Але ти завжди можеш розраховувати на мою абсолютну увагу, – ці слова Дан шепнув мені у вухо.

Гм, відчуваю, що життя у Відділку буде досить непростим.

Добре, що хоч настрій у Професора знову став гарним.

– Це Пол – наш реінкарнолог. Дуже талановитий, щоб ти знала, – тим часом представив мене Професор молодому високому хлопцеві з довгим волоссям, забраним у хвіст, у лікарському балахоні та стильних жовтих окулярах-крапельках. Я знала, що подібні окуляри допомагають фахівцям з реінкарнації краще бачити ті моменти потойбічного світу, які їм взагалі доступні. Цьому ж хлопцю жовті "крапельки" ще й неабияк пасували, додаючи обличчю трохи хитринки. Здавалося, що парубок зараз обов'язково скаже щось смішне.

– Ти вродлива! – випалив мені Пол зовсім не смішний комплімент. Я зніяковіла, а він простягнув руку. – Приємно познайомитися, Хельго!

– Не звертай уваги, – весело порадив Дан. – Він усім вродливим жінкам це говорить. А зітхає він вже цілий рік за Ліною. Он вона, дивись, сидить за комп'ютером у білому халаті. Маленька така. Одна з наших медиків без домішок бойової магії.

– Чому ж їй не говорить? – поборовши збентеження, я з посмішкою потисла простягнуту долоню Пола.

– Говорить, ще й як. Але вона відмахується. І правильно робить, тому що компліменти треба казати одній жінці, а не кожній зустрічній. Весь Відділок знає, що Пол за Ліною упадає, вона одна нічого не бачить.

Я гмикнула. Цілком можливо, що бачить, але не показує цього. Делікатне питання потрібно з'ясувати в самої дівчини подалі від хлопців. Буде хоч тема для роздумів, на яку можна відволіктися від наших із Професором стосунків.

– Йдемо до нас у лабораторію, Хельго, – запропонував Пол. – Я тобі все покажу та розповім про наш напрямок роботи, а Дан поки що займеться своїми справами.

– Так, дякую тобі, друже! – схаменувся Професор і звернувся до мене. – Йди з Полом, а я наприкінці ночі проведу тебе додому та здам батькам. Якщо залишаться запитання, задаси дорогою.

Я кивнула, і ми з реінкарнологом пішли кудись углиб павільйону. До речі, зсередини дах будівлі геть не був прозорим. Вона виглядала як повноцінно укріплена фортеця з різними приміщеннями, секторами та вкрай суворою системою безпеки. На кожних других дверях світилися кодові замки з кнопками-зчитувачами відбитків пальців, біля входу розташовувався великий пульт спостереження з купою моніторів і кількома охоронцями, згори на нас дивилися камери, які повертали свої механічні голови слідом за нами. Мій іменний бейдж був одночасно ключем до деяких приміщень. Також мені видали список кодів, які вимагалося визубрити напам'ять, так, щоб посеред ночі прокинутись і одразу назвати за необхідності.

– Хто фінансує Відділок? – запитала я Пола, проводячи очима співробітників у білих халатах, які постійно траплялися на нашому шляху. Люди посміхалися мені, але зупинятися не намагалися, поспішаючи у своїх справах. – Тут купу грошей вкладено в технічне оснащення, та й зарплати чималому штатові хтось же повинен платити. Сто тридцять осіб – то ж не жарт!

– Ми – міжнародна організація, за яку платять всі країни-учасники в залежності від кількості населення. Нас не обходять війни, чвари та політика, тому що урядам, слава богу, вистачає здорового глузду, щоб розуміти необхідність нашої роботи для всієї планети. А пару сотень років тому Відділкові вдалося запатентувати перший непрямий винахід, який з'явився завдяки нашій діяльності. Відтоді подібних патентів стало більше, і ми отримали незалежне джерело фінансування. Чесно кажучи, це відкрило масу нових можливостей, і тепер ми самі вирішуємо, які магічні технології передавати владі, а про які варто промовчати. Та й зарплати відмінні, перекупити співробітників практично нереально.

– А приклади цих запатентованих винаходів можеш навести?

– Більшу частину прибутку приносить косметологія, – підморгнув мені Пол. Я від подиву відкрила рота. – Жінкам подобається витрачати купу грошей на всілякі примочки, у прямому та переносному розумінні цього слова. Та ауру косметикою не замажеш. От у тебе аура дуже красива. Багато любові до живого, так гріє! У Ліни, авжеж, поза всякою конкуренцією, у неї суцільна радість і веселощі, дуже відкрита, як сонячний промінчик... але й у тебе красива.

– Дякую! Не відволікайся.

– Так от я й кажу: косметологія та парфумерія приносять купу грошей. Наприклад, ми виділили в лонкіїв магічний компонент, який дозволяє додавати привабливості зовнішньому вигляду. Вплив не фізичного, а скоріше ментального плану. Лонкії – це взагалі ментальна магія та магія душі. Я з ними безпосередньо багато працюю. Про що це я? Ага. Варто додати трохи такого впливу в парфум, побризкатися ним, і ти здаватимешся представникам протилежної статі привабливішою. Якби ти знала, у яких обсягах цей парфум щорічно продається!

– А в чому його відмінність від аналогів з феромонами? – тема виявилася вкрай цікавою як з наукової та професійної точки зору, так і задля власної безпеки від впливу подібної магії.

– Аналоги з феромонами або те, що цими словами називають, відрізняються непередбачуваністю реакції. На одних людей діє, на інших – ні. Наш же парфум діє на всіх. Менеджери зі збуту наших партнерів-виробників кажуть, що й чоловіки купують.

– Жах який! А як зрозуміти, користується людина цими парфумами чи ні?

– Лікарі бачать, реінкарнологи бачать, фахівці з аури бачать. Це як щось чуже на магічному полі. Жовтуватий наліт, що приглушує індивідуальний візерунок.

Я видихнула з полегшенням, зрозумівши, що особисто мені потрапити під вплив не судилося. І це добре, можна не напружуватися. І без того достатньо приводів для хвилювання.

– А-а-а, точно! Пам'ятаю, у моєї однокурсниці з бойових відслідковувався подібний жовтуватий слід. Вона згадувала парфуми, які коштували величезних грошей. Хлопці дійсно на неї постійно заглядалися, – підтримала я тему розмови власними спогадами.

– От бачиш? – зрадів Пол. – Це наша продукція. Багато всякого подібного є. Заходь!

Ми підійшли до височенної білої стіни, що уходила вгору до самісінького даху. Мій співрозмовник натиснув великим пальцем на прямокутну синю кнопку біля дверей в цій стіні та теж дав зчитати райдужку, знявши свої жовті окуляри. Зліпок аури звіряти ніхто не став. Мабуть, тому, що це було внутрішнє приміщення загальної будови. Поки реінкарнолог відчиняв двері, я поставила останнє запитання щодо парфумів:

– А у Відділку хтось цими магічними ароматами

користується?

– Та, звісно ж, ні. У нас же тут суцільно лікар на лікареві й лікарем поганяє. Ми всіх наскрізь бачимо. Та й немає з них насправді особливої користі. Вони годні винятково для першого враження. За парфумами, навіть магічними, повинна особистість стояти. А якщо все закінчується зовнішньою привабливістю, то людині парфум не допоможе.

Так, згадала я, однокурсниця дійсно надовго в жодних стосунках не затримувалася. Тому що стервом була.

– Ще досить розвиненим є напрямок фармакології. Ми працюємо з різними витяжками магічних рослин, перетворюючи їх на більш-менш прийнятні пігулки чи ін'єкції. Відділок має власний фармацевтичний завод. Він розташований в іншій частині міста, щоб хоча б територіально бути віддаленим від основної будови нашої організації. Там працюють фахівці, яких не посвящали в основні напрямки нашої діяльності, але звітують вони тільки нашому керівництву. Прибуток, відповідно, йде теж на потреби Відділку.

Лабораторний сектор виявився мабуть найбільшим у павільйоні. Принаймні саме так мені здалося під час цієї, найпершої, екскурсії моїм новим місцем роботи. І цей розподіл розмірів був для мене цілком зрозумілим, оскільки основна робота велася в підопічних і тут. Решта приміщень скоріше обслуговували ці сектори. Кабінет документації, де сиділи фахівці з легенд, офіс служби безпеки, комп'ютерники, міні-їдальня, юридичний кабінет, окремі приміщення керівництва – все вважалося другорядним у порівнянні з секторами підопічних і лабораторії. Ми зайшли в довжелезний коридор з чималою кількістю дверей. Пол відчинив першу з них, і ми потрапили в маленьку, майже порожню кімнатку, де тільки в центрі стояв великий білий бокс з матовою кришкою.

– Це – бокс для клонування, – кивнув на нього Пол. – Він зараз порожній. У нас їх багато. Розмірами тільки відрізняються. Вирощуємо в них найрізноманітніші види біомаси. Починали з найпростіших клітин, потім цілі рослини, потім миші, потім звичайні тварини, потім тварини магічні. Після них перейшли до людини, успішно навчилися вирощувати органи для трансплантації та матеріал для регенерації. Деякі з цих тканин вже активно використовуються в медицині, наприклад, у опікових центрах. Але от клонування людей не виходить у нас, хоч кричи.

– А навіщо людей клонувати? – злякано запитала я, уявивши собі двох однакових Данів. Тут з одним не знаєш, що робити…

– Буває різне в житті, – філософськи знизав плечима реінкарнолог. – Нещасні випадки, смерті під час небезпечних завдань, катастрофи, раптові серцеві напади. Якщо людина помирає від старості, то це видно. Душа йде спокійно, ніщо її назад не тягне, вона легко прямує на перевтілення. А якщо отак от зненацька, то дивитися важко, а зробити поки що нічого не можемо.

– А в чому проблема?

– Душа не повертається. Тіло повністю готове прийняти, а душа не хоче назад та й годі. Половинки, необхідні для повноцінного та живого цілого, не поєднуються. Одного разу в нас майже вийшло. Чоловік загинув випадково. Дружина його безмежно кохала, душу тримала та не давала піти назавжди. Але поки ми тіло готували, вона втомилася. На вирощування тіла потрібно декілька днів, щоб ти розуміла. Ми вже і без того довели швидкість цього процесу до запаморочливого рівня. Але та жінка заснула буквально на п'ять хвилин, і за цей час щось трапилося там, наверху. Немов хтось нитку обрізав. Він пішов. Лонкії нам тоді сказали, що ми даремно намагаємося таким чином діяти. У них реінкарнація відбувається практично миттєво через малюків. Вони вміють робити ментальний зліпок особистості та передають його молодшим, а потім ростять їх. І поки дитина дорослішає, вчителі поступово вливають їй знання тієї особистості, що перед цим пішла з життя. До статевого дозрівання виходить молодий лонкій, який немовби і не вмирав.

– Невже все настільки просто? – вразилася я.

– Ну, не настільки, як я оце тобі розповідаю. Є багато нюансів та дрібниць, але лонкії вже довели процедуру до справжнього автоматизму.

– І що, душу жодного разу не переплутали?

– Жодного разу. У них всі душі на обліку. Вони їх бачать і розрізняють.

– І нові теж не народжуються? Ну, я маю на увазі, невже популяція не приростає?

– Дуже рідко. У них там є окрема процедура для нових душ. Наскільки я знаю, за весь час існування Відділку, а це більше п'яти сотень років, таких малюків з'явилося всього три. Я поки що не застав і не факт, що застану. Нам вони кажуть, що ми дурницями займаємося, бо треба переймати процедуру передачі зліпка та відстеження душ. Але я не уявляю собі, як це можна реалізувати з урахуванням нашої секретності та кількості людей на планеті. Та й фактор тривалості нашого життя не береться лонкіями до уваги. Якщо жінка втратила чоловіка, то поки виросте дитина з його душею та особистістю, дружина вже сильно постаріє. Я думаю, що до такого варіанту можна буде перейти тоді, коли ми повністю переймемо в тих самих лонкіїв технологію продовження життя до трьох-п'яти сотень років. Над чим ми, власне, і працюємо зараз. Тоді кілька десятиліть, які потрібні на дорослішання нової "старої" людини, не гратимуть жодної ролі.

– Тобто створити способом клонування двох однакових людей не вийде? – насмілилася я озвучити свій безглуздий переляк.

– Ні. Друга людина залишиться просто тілом. Неживим і бездушним. Можна, звісно, підтримувати роботу цього тіла за допомогою систем життєзабезпечення, але навіщо?

Я зітхнула з полегшенням і сама над собою посміялася. Другий Дан скасовується, як і проблеми, пов'язані з його появою.

– А коли мене до підопічних пустять?

– Ти спочатку з колегами познайомся та іспити з техніки безпеки склади. Без цього не пустять.

– Мені на це цілий тиждень дали.

– Вистачить впритул. Коли втомишся від інструкцій, приходь до нас у лабораторію, нам лікарі завжди потрібні. Йдемо далі? – Полові вочевидь кортіло показати мені все цікаве та незвичайне.

Ми вийшли з першої лабораторії та рушили до інших. Парубок демонстрував мені роботи з регенераційними процесами, експерименти зі збільшення тривалості життя (які для прискорення отримання результату проводилися, до речі, на комахах), спроби передачі думок на відстані та багато іншого. Окремо розташовувалися приміщення де вирощували деякі магічні рослини. Зайшли ми й до лабораторії косметології, де мені повідомили, що регенераційна магія відмінно вписується в новий рецепт крему проти старіння. Відчуваю, що скоро Відділок отримає непоганий приріст прибутку, завдяки новій хвилі продажів ексклюзивного засобу для догляду за обличчям. Я запланувала прихопити новинку для мами та дізналася, що, завдяки лабораторії читання думок, сто п'ятдесят років тому ми отримали здатність відчувати стан кровних родичів. А завдяки регенераційній лабораторії, у нас не буває небажаних вагітностей. Та й уміння літати, як виявилося, теж пішло з Відділку. Реінкарнолог всюди знайомив мене з персоналом, і через якийсь час зовнішність й імена злилися в мене в один великий потік. Помітивши мій очманілий погляд, одна співробітниця лабораторії з передачі думок порадила:

– Не запам'ятовуй, не треба перевантажувати мозок. Ми всі були на твоєму місці. Кивай, посміхайся, вітайся, але пам'ять не напружуй. У кожного співробітника є табличка на грудях з ім'ям. Підглядай, не соромся. Поступово про кожного все вивчиш.

М-да, мабуть експерименти з передачі та читання думок таки дають свої плоди. Чи в мене просто на обличчі все написано? Як би там не було, я вирішила дослухатися поради колеги та зосередилася на нових запитаннях до свого екскурсовода:

– А навіщо вам звичайні медики? – Це питання мучило мене ще від першої згадки про Ліну.

– Тобі ж вже Дан говорив, що бойових лікарів дуже мало? Нас збирають по всьому світі. Я взагалі народився у країні, яка розташована звідси неймовірно далеко. Ліна з'явилася рік тому слідом за своїм братом із північної частини планети. У неї брат – бойовий лікар, а вона – звичайна медичка. У клеврів постійно працює ще один наш колега з Чорного континенту. А предки того ж Дана приїхали сюди з Жовтого архіпелагу. Чого ти здивувалась? – Пол побачив ошелешений вираз мого обличчя.

– Не схожий він на представників Жовтої раси, – зізналася я. – Тільки щось віддалене. І колір волосся, звісно. І ім'я ще може…

– То це було декілька століть тому. Там кров змішувалася стільки разів, що вже й не відстежиш. Але я знову відволікся. Бойових лікарів всього дюжина. Частина працює з підопічними, частина передає новонародженим нові магічні технології. А роботи багато. Її комусь треба робити. І багато саме таких завдань, які не потребують наших унікальних здібностей.

– А брат Ліни де?

– Він також із клеврами працює в денну зміну. Познайомишся ще.

– А ти з ким працюєш?

– З лонкіями. А ще іноді ходжу до гренонів. Доки твого наукового керівника тут не було, я з'являвся в них рідше. Тепер знову почну відвідувати частіше, плаватиму в їхньому водоймищі разом із Даном.

– Ви з ним друзі?

– Близькі приятелі.

– До речі, а він за ці роки тут що, зовсім не з'являвся?

– З'являвся іноді. Звіти здавав, про твої успіхи доповідав. Але взагалі-то лікар, який працює в пологовому будинку, у Відділку майже не буває. Тут, просто, все так склалося, що і ти, і пологовий будинок, і Відділок знаходяться у одному місті. Ось Дан і забігав іноді.

– Цілих чотири роки у віддаленні від основного місця роботи? Чи не занадто? Так же можна все забути, – я була вражена, адже не могла собі живити настільки довгу перерву від виконання основних обов'язків та дослідження важливих мені тем, якими, вочевидь, буди гренони, клеври та лонкіі для Дана.

– Чотири роки є обов'язковими тільки для тих, у кого новачок стажується. Це рідко буває, сама розумієш. Зазвичай на передачу нових магічних навичок малечі витрачається приблизно два роки. І це є одним з основних напрямків роботи бойового лікаря.

– Ти мені повну екскурсію Відділком влаштовуватимеш? – ми вийшли з лабораторії та рушили кудись в інший бік.

– А ти заперечуєш? Тут, наприклад, у нас тренувальна зала, – сказав Пол, відчиняючи чергові двері. – Година щоденних занять для безпечників і бойових лікарів входить у робочі обов'язки. Деякі залишаються ще на годину після зміни, щоб встигнути позайматися не тільки фізичною підготовкою, а й магічною. Також не заборонене відвідування зали й іншим співробітникам. Наприклад, я досить часто бачу тут бабусю-прибиральницю, яка повільно ходить на біговій доріжці. Я тебе сьогодні познайомлю з тренерами, а від завтра сама почнеш сюди ходити.

О, Господи!

Там, де проходили поєдинки та спаринги, у напівоберт до мене стояв Дан, одягнений у просторі тренувальні штани для східних єдиноборств, перетягнуті чорним поясом. Більше на чоловікові не було нічого. Добре, що він не знав, що я зайшла до зали!

До сьогоднішнього дня я завжди бачила Професора тільки в білому медичному халаті. В гості до моїх батьків декілька годин тому він прийшов у зручній широкій сорочці та джинсах, занурivши мене у чималий шок. Але побачити Дана оголеним до пояса в той момент, коли він перекидав через плече супротивника? У мене просто пересохло в роті, і я несвідомо облизнула губи. Хіба можна так знущатися над біднесенькою мною?

Якби між нами все залишалося б так, як раніше, подібного ефекту, напевно, його вигляд би не справив. Я б просто опустила, як завжди, очі долу, вважаючи, що цей чоловік – не для мене. Але тепер, коли я пам'ятала, як він цілував мене, як шепотів мені про свої почуття та переживання, як ніжно прибирав з мого обличчя волосся, як обережно стискав мої пальці під час польоту... Навіть якщо все це не є правдою... Бачити його таким було вище за мої сили.

Довелося сховатися за Пола, щоб трохи отямитися. Слава богу, місце для поєдинків розташовувалося досить далеко від входу та частково затулялося тренажерами. Професор моєї появи поки що не помітив. Я страшенно боялася, що моє обличчя може знову видати мене з головою.

– Дан – дуже хороший боєць, – сказав мені реінкарнолог, побачивши напрямок мого погляду. Парубок ніби не розумів, що зі мною коїться, і я була йому за це неймовірно вдячна. – Сильний, вправний. Їхня родина традиційно спеціалізується на східних єдиноборствах, і його розвивали в цьому напрямку змалечку. У нас деякі хлопці ходять до нього на навчання, коли в Дана вистачає часу. Як на мене, він навіть кращий за Артура в цій справі.

Я здивувалася настільки сильно, що навіть рота трохи розтулила. Професор із запаморочливою швидкістю перетворювався на воїна. Цікаво, а він взагалі професор чи це теж просто прикриття?

Тренувальна зала, між тим, мала досить різноманітне оснащення, хоч назвати її просторою я б не наважилася. Тренажери та зона для стрільби з мішенями, мати для спарингів, турніки та місце для вправ – все це компактно вміщувалося в одному приміщенні, що давало можливість для одночасного тренування пари десятків співробітників. У протилежному від входу кінці зали я помітила відчинені двері, за якими виблискувала різноманітна зброя. Нічого собі арсенал!

– Добрий вечір, Хельго! – поспішала до мене назустріч

сухорлява жінка літнього віку. Просторі штани та майка чорного кольору добре підкреслювали її ідеальну фізичну форму. Я одразу відзначила, що вона – бойова вогневчиня. – Я – тренерка Інга. А це – мій брат Артур. Я працюю з жінками, він – з чоловіками.

З іншого боку зали, де проходили спаринги, до нас рушив такий же сухорлявий чоловік із сивим волоссям. При цьому він не виглядав старим, хоча жилаве тіло вочевидь належало досить немолодій вже людині. На відміну від Інги, Артур надавав перевагу одягу білого кольору. На мене дивився з двох боків такий собі забавний Інь та Янь.

– Ми близнюки з Інгою, – пояснив мені Артур.

Його рух у нашу сторону привернув увагу бійців, і Дан, нарешті, озирнувся. Побачивши мене, Професор посміхнувся, і я відчула, як моє обличчя, шию та вуха заливає спекотною хвилею. Посміхнутися у відповідь у мене не вийшло, але ж треба було якось відповісти, тому я просто помахала Данові рукою.

– Приходь завтра, будемо тебе тестувати, – знову перехопила розмову Інга. – І не забудь взяти із собою спортивний одяг з дому.

Я вирішила вхопитися за цей привід і швидше розпрощатися, інакше ще через пару хвилин реінкарнологові довелося б виносити мене з тренувальної зали на плечах. Матусю рідна! Чорний пояс! Я думала, що він просто медик, вчений, який працює з таємничими гренонами, а тут це неймовірне "розчарування".

Пол тим часом не звертав жодної уваги на мій стан і продовжував вводити мене в курс справи, а також знайомити з особливостями місцевого розпорядку.

– У нас є можливість працювати за графіком "День-ніч-сорок вісім". Нею користуються сімейні співробітники, щоб бачити родину. Наприклад, за цим графіком ходить на роботу начальник сектору безпеки. А дехто у Відділку працює так, щоб застати одночасно і денну, і нічну зміни, – пояснив мені реінкарнолог. – Їхня робота починається о четвертій годині дня та закінчується опівночі. До таких співробітників, наприклад, належить Джулі, частина відділу документації та ще дехто, не буду всіх перераховувати. Артур й Інга – кращі у своїй справі, тому немає сенсу запрошувати додаткових тренерів. Завтра пам'ятай про те, що прийти до зали потрібно не пізніше, ніж за годину до півночі.

– А Дан тут о котрій зазвичай тренується? – несміливо поцікавилася я важливою для себе інформацією.

– Одразу після появи на роботі. Він вважає за краще зробити розминку до того, як йти до підопічних.

Тоді я ходитиму до зали винятково за годину до півночі, інакше прощавай робоча концентрація й конспірація. Чорний пояс!

Глава 6

Я сиділа за столом, втупившись в інструкції з техніки безпеки, та жувала ранній сніданок. Вже хотілося спати, але я чекала на Дана, котрий обіцяв через пів години провести мене додому та здати батькам. На стілець поруч зі мною хтось із шумом приземлився. Я підняла голову. Коло мене сиділа Ліна

– Привіт! Ти – Хельга, чи не так? – спитала вона.

– Привіт! Так. А ти – Ліна?

– Точно! – засміялася дівчина. – От би мене батьки Хельгою назвали! Я б звалася Елль і робила б таємничі очі. Як у тебе. Що читаєш?

– Інструкцію з техніки безпеки, – відповіла я із легким подивом у голосі. М-да, хто б подумав, що в мене таємничі очі?

– А, правильно! Читай уважно та запам'ятовуй гарненько! Бо були в нас випадки... Слухай, а Дан у ліжку як?

– Не знаю, – автоматично відповіла я та поперхнулася булочкою, коли сенс останніх слів співрозмовниці дійшов до мене крізь сухі рядки інструкції. – Що за питання взагалі?

– Ай, вибач! Я думала ви той. А ви що, не той? У нас весь Відділок впевнений, що той.

– Чого раптом? – розлютилася я.

– Ну, не гнівайся, га? Я хороша. Просто верзу іноді всілякі дурниці, – благально стала заглядати мені в очі Ліна.

– На запитання відповіси, пробачу.

– Ну, Дан, він же вродли-и-ивий. Хоча не доріс трохи до ідеалу, звісно. За ним половина жіночого населення Відділку упадає та навіть одна чоловіча персона, хі-хі, – Ліна затулила рота долонею. – Знову бовкнула зайве! А Дан, як Софі загинула шість років тому, ні на кого не дивився. А тут раптом дивиться знову.

– Софі? – я приготувалася слухати стратегічно важливу для себе інформацію.

– Це не моя справа, та й не була я очевидицею тієї історії, але, кажуть, вони одне одного чи то кохали, чи то сильно симпатизували. Вона самовпевнено полізла куди не треба, – Ліна кивнула на інструкцію з безпеки. – А клеври – вони великі та неповороткі. Придавили до смерті. Відділок тоді саме тільки почав працювати з клонуванням. Її спробували воскресити, але нічого не вийшло. Дан молоденьким був ще. Кажуть, його до клеврів відтоді не підпускають. Він їх бачити не може, а вони чутливі дуже – не працюватимуть із фахівцем, який до них погано ставиться. Слухай, то ви що, зовсім не той?

– А ви з Полом той? – подібні розмови треба припиняти одразу й назавжди. І краще це робити шляхом переводу уваги на іншу, у корені протилежну або шокуючу тему.

– З ким? З Полом? – Ліна щиро здивувалася, а потім замислилася. У дівчини був той самий ідеальний тип жіночої краси, яка не дісталася мені. Невисока, не худа, з задерикувато кирпатим носиком і пухкими губками. Їй личив лікарський халат, підкреслюючи стрункість ніг, взутих у туфлі на шпильці. Я дивилась на цю картину із таємничою заздрістю. Завжди захоплювалася красою взуття на шпильках, але сама його носити не могла. Подібні черевички та босоніжки обожнювала моя мама, і виглядала вона на підборах дуже красиво. Ліна ось теж.

Дівчина настільки глибоко занурилася в свої думки, що не помітила Дана, який подавав мені знаки від дверей. Я зібрала книги та тихенько пішла.

– Чого хотіла? Знайомилася? – поцікавився Дан, киваючи на все таку ж замислену Ліну.

– Запитувала, який ти в ліжку, – чесно відповіла я. Збентеження накрило пізніше, вже коли слова вирвалися назовні. Боже, що я верзла?

– Що? – здивувався співрозмовник і розреготався. – Ото дає джазу! І що ти відповіла?

– Поцікавилася тим, який у ліжку Пол.

Дан задумливо подивився на мене.

– Те, що вона після твого запитання в такому стані, про дещо свідчить. Мабуть, випадок не безнадійний. Ти – майстриня затівати інтриги. За цим багаттям треба буде уважно поспостерігати. На відстані.

– Ти тільки Полові нічого не кажи, будь ласка, – злякалася я. Ти дивись, як швидко правильні висновки зробив! Ще зіпсує все.

– Не скажу, – втішив мене Професор. – Таємниця за таємницю. А взагалі ти – молодець! Продовжуй у тому ж дусі. Давно вже час якось розворушити це болото зеленої туги. Тим більше, що Ліні подобаються високі хлопці.

– А ти звідки знаєш?

– Я не доріс трохи до ідеалу, – сказав із посмішкою Дан. Ні, от чесно, з цією людиною розслаблятися не варто. Ніяких слів про нього вголос у Відділку.

Ми знову злетіли в небо та вирушили вже у зворотному напрямку – до будинку моїх батьків. За деревами ботанічного саду намічалася тонка смужка світанку. Вісім робочих годин із перервою на перекус пролетіли зовсім непомітно. Навіть не впевнена, що час пронісся б так само швидко, катайся ми з Даном дійсно всю ніч столицею.

– П'ята ранку, – сказав Дан. – Батьків не розбудимо?

– Коли долетимо, буде о пів на шосту. Ма рано встає, – я задумливо дивилася вдалину. Дан вирішив з розмовами не чіплятися. Зрозумів, що я втомилася, та й інформації на сьогодні отримала більш, ніж достатньо.

Біля дверей будинку Професор притримав мою руку, що збиралася вставити ключ у замок.

– Мріяв про це всю ніч! – сказав він після поцілунку, від якого у мене підкосилися ноги. Дан заправив мені пасмо волосся за вухо та зник у нічному небі, залишивши мене в повному сум'ятті почуттів. А я тільки вирішила, що всі ці пристрасті мали на меті завоювання моєї лояльності до Відділку й тепер залицяння закінчаться. Помилялася? Чи Професор просто надумав закріпити результат, щоб я раптом не змінила свого ставлення до нової роботи?

Глава 7

– Ти готова? – запитала мене Інга, коли я ознайомилася з залою та її спорядженням, а потім захоплено позітхала над арсеналом у суміжній кімнаті. – Давай, я поганяю тебе та перевірю твою фізичну підготовку?

Я знизала плечима. Мою фізичну підготовку без сорому можна було назвати достатньою. Звичка тренуватися залишилась у мене ще після шкільних занять з бойовиками, і я їй не зраджувала всі ці роки, щоранку бігаючи на стадіон із магічним захистом. Класна тепер у мене робота – можна не виділяти час на ранкові тренування, а повністю законно витрачати на це щодня цілу годину робочого графіку. Щоправда, свій старий спортивний костюм я все одно залишила вдома для занять у вихідні дні. Довелося перед закриттям заскочити до спортивного магазину та придбати новий комплект. Цього разу я вирішила забути про свою любов до зеленого кольору та вибрала одяг блакитного відтінку.

Під наглядом тренерки я спокійно віджалася, підтягнулася та здала всі необхідні в цьому випадку нормативи. Інга залишилася задоволеною.

– Дуже добре! Що хочеш покращити з фізпідготовки? – запитала вона.

– Гнучкість і бойові мистецтва, – розважливо промовила я заготовлену заздалегідь відповідь. Я не Дан, мене змалечку ніхто не тренував, та й у школі я мала не дуже багато часу на подібні вправи.

– Чудово! – зраділа Інга. – Давай перевіримо твою підготовку з єдиноборств.

Ще через пів години я важко дихала після спарингу та розуміла, що Пол вчора, швидше за все, мав рацію. Рівень у Інги був дуже високим. Особливо у порівнянні з моїм.

– Відпочинь п'ять хвилин, і протестуємо останнє, – запропонувала мені Інга.

– Вогневу міць?

– І влучність. Ти стріляти вмієш?

– Так, але надаю перевагу метальним ножам.

– Ото тобі на! – брови тренерки зметнулись догори. – З чого такий дивний вибір?

– Павуків знищувати зручніше. Ніхто на постріл не прибігає,

ще й будинок залишається цілішим, – похмуро відповіла я.

Інга засміялася та пішла шукати мені метальні ножі. Я саме пригледіла в арсеналі чохол із подібними. Я ж присіла на лавку та відкоркувала пляшку з водою, щоб трохи відновитися. Хотілося дещо заспокоїтися, бо постріли вимагали твердої руки. Щоб відволіктися, я вирішила трохи поспостерігати за подіями навколо мене. Народу в залу набігло багато, мабуть, частина співробітників воліла приходити сюди саме в середині зміни, щоб розім'ятися та зробити перерву в звичайній роботі. Я бачила Пола, який відпрацьовував удари по боксерській груші, іноді замінюючи кулаки потоками стиснутого повітря. Судячи з усього, саме на повітрі реінкарнолог і спеціалізувався, як бойовик. Доки я відпочивала, тренерка принесла два відра води та попросила одного з безпечників-водників наморозити для мене велику мішень у кінці зали.

– Стріляй пульсаром, – запропонувала вона мені. Я встала навпроти мішені, сформувала пульсар і вистрілила. Вогник розмазався по крижаній поверхні десь у районі вісімки та розтопив невелику западинку. Тренерка залишилася задоволеною.

– Дуже добре! В яблучко не влучила, але тобі це й не потрібно. Ножі кидаєш так само влучно?

– Краще. Ножем я поцілюю точно в павука.

– Я думала, ти жартуєш.

– Ні, – похитала я головою. – Я їх страшенно боюся. Цей страх використовувала моя вчителька з бою у школі, щоб натренувати володіння ножами. Тепер я до павуків не наближаюся. Одразу ніж кидаю з іншого кутка кімнати.

Інга похитала головою та покликала все того ж безпечника-водника.

– Наморозь їй павука на "яблучку", – попросила вона та звернулася до мене: – Нумо, пульсаром. Вражаюче!

Крижане страховисько знесло потужною хвилею вогню. Куди там я поцілила, невідомо, тому що від мішені залишився тонкий крижаний бублик.

– Давайте краще я не буду пульсаром у павуків, га? – почала благати я. – Я себе не контролюю.

– Як же ти школу не спалила? Приголомшлива вогнева міць!

– Учителька спочатку навчила мене вражати їх ножами та виробила м'язовий рефлекс. Потім вже приступила до пульсарів, – пояснила я, намагаючись знову приборкати тремтіння пальців.

– Мудра жінка. Щит робити вмієш?

Я кивнула.

– Захищайся! – й Інга жбурнула в мене пульсаром розміром з яблуко. Чималеньким таким! Подібний "плід" може голову знести, якщо влучить. Я зловила його в пастку свого вогню та левітувала у воду, яку безпечник зібрав у порожнє відро після того, як я розтопила мішень. Судячи з виразу обличчя тренерки, вона була вражена.

– Як ти це зробила? Чужий пульсар неможливо зловити! Тільки відбити чи погасити водою. Або закликати назад до долоні власника. Я навіть ніколи не чула про подібне.

– Я знаю, що це не є розповсюдженою практикою. Але бойовий лікар-вогневик здатний впіймати пульсар. Нас на уроках медицини вчили ловити джерела зараження у крові пацієнтів. Іншими словами, ловити агресора. А потім збирати в одному місці й туди колоти ліки. Тут абсолютно той самий принцип. Я змішую два види дару – лікарський і вогневий, хапаю Ваш пульсар-агресор у пастку свого і, керуючи магічним даром, гашу їх обидва. Пульсари навіть легше таким чином знешкоджувати. Вони, на відміну від бактерій, великі та літають по одному. Мене цьому теж вчителька з бою навчила. Вона – фанатка своєї справи.

– Як, кажеш, її звати? – поцікавилася Інга.

– Місіс Ельза. Я Вам дам її контакти потім.

– Обов'язково. А цієї техніки можливо навчити безпечників?

Я озирнулася навколо. Всі присутні в залі, включаючи Пола та Артура, які спеціально підійшли поближче, з цікавістю дивилися на мене та слухали нашу розмову.

– Навряд чи, – розчарувала я всіх. – Місіс Ельза говорила, що теоретично таку навичку можна відтренувати в парі лікар-вогневик. Вона взагалі вважала, що в основі будь-якого успіху лежить співробітництво. Хоч у шлюбі, хоч у бою, що, врешті-решт, одне й те саме.

Пролунав сміх. Я продовжила.

– Вчителька багато часу присвячувала питанню співпраці. Але експериментувати з виловом пульсарів їй не дозволяли.

– Ще б пак! – сказав Артур. – Хельго, а є якісь додаткові умови для формування такої пари "лікар-вогневик"?

– Так. Партнери повинні відчувати одне одного та довіряти товаришеві, як собі.

– Закохана пара? – запропонувала Інга.

– Боже збав! Будуть жертви, – навколо знову засміялися, хоч я й казала цілком серйозно. – Ні, це повинні бути або нерозлучні друзі, або, як ви з Інгою, – близнюки.

– Близнюки завжди мають тільки один дар. Не може один близнюк народитися лікарем, а інший – вогневиком, – похитала головою Інга. – На жаль. А водники й фахівці з повітря?

– Сенсу немає. Удар повітря простіше розвіяти, воду відбити в небо. Пульсар же, навіть відбитий, заподіє багато шкоди.

– Так, Хельго. Я завтра піду до сектору з персоналу та переберу всіх співробітників, – сказала тренерка. – Раптом нам пощастить і знайдеться така пара друзів. Крім звичайного тренування будеш ще годину витрачати на їхнє навчання.

– Мені іспити з техніки безпеки скласти треба, – намагалася заперечувати я.

– Я поговорю з директором. Передати твоє вміння важливіше. Може так статися, що ми почнемо в безпечники набирати пари "лікар-вогневик". Подивимося. Йди в душ.

При виході з жіночої роздягальні мене спіймав Пол. Його волосся було вологим та вільно висіло, не стягнуте резинкою. Парубок вочевидь також щойно вийшов з-під душа.

– Слухай, ти не знаєш, що з Ліною? Вона раптово пішла в денну зміну, – сказав він мені.

– Ні, я не в курсі. Зателефонуй їй, – запропонувала я.

– Я так і зробив, але вона скидає. Колег розпитувати не хочу. І без того всі шепочуться.

– Скидає? Г-м-м-м. Знаєш що? Я від післязавтра буду працювати пару змін удень. Проконтролюю, поцікавлюся.

– Дякую! Я хвилююся. Якось дуже зненацька. Раптом сталося щось?

– А ти в лонкіїв запитай, – підморгнула я.

– Сенсу немає. Вони, навіть якщо знають, то не скажуть. У них етика не людська, а лонкійська.

– Потерпи до післязавтра. Я з'ясую у чому справа та одразу тебе наберу.

– Доведеться терпіти, – знітився реінкарнолог. Я вирішила трохи його відволікти від сумних думок.

– Завжди було цікаво, як виглядає аура та чим вона відрізняється від магічного поля?

– Вам учителі не розповідали? – пожвавішав Пол.

– У нас на курсі не вчилося жодного фахівця з аури. Я так

розумію, що вас взагалі не так вже й багато. Тому нам говорили тільки про магічне поле. Відтоді цікавість мене й мучить.

– Магічне поле – це потоки всередині тіла. А аура – зовнішня оболонка, і вона набагато більша за тілесну. Суміш кольорів у кожного своя, унікальна. Їх визначають основні якості душі – доброта чи ненависть, веселість чи заздрість, принциповість чи продажність. Поєднання відтінків аури дозволяє приблизно розуміти, як поводиметься людина в тій чи іншій ситуації. Приблизно, тому що ще є емоції, які теж впливають на поведінку. Та й люди взагалі іноді бувають дуже непередбачуваними.

– Емоції же також видно?

– Так. Спалахами в зонах основних чакр. Вони не впливають на загальний зліпок, але так, їх видно. Чим сильніша емоція, тим вона помітніша для фахівця.

До мене стало дещо доходити. Я почервоніла.

– Хельго, нагадую: ми не тільки клятву лікаря приносимо, але ще й клятву про нерозголошення без згоди пацієнта даємо, – дуже строго та серйозно сказав мій співрозмовник. – Вона на магічному рівні закріплюється. Порушиш – позбудешся дару бачити. Дуже суворо все. Є, звісно, лазівки, але я тебе не здам. Навіть Данові. І його тобі теж, врахуй це, будь ласка. Я взагалі в чужі стосунки ніколи не лізу. Це моє особисте табу.

– Дякую! – із полегшенням вигукнула я. Так ось чому вчора в тренувальній залі Пол вдавав, що не помічає мого стану. – А Ліну ти коли бачив востаннє?

– Вчора приблизно о третій годині ночі. А що?

– Так, припущення одне з'явилося. Але ти ані підтвердити, ані спростувати його не можеш, тож терпи до післязавтра. Я пішла читати інструкції з правил поводження з клеврами.

Глава 8

Проводжати мене на мою першу денну зміну з'явилася Ліна. Вона довго щебетала з моєю матусею, поки я збиралася на роботу. Мама була від дівчини в захваті, пригостила її своєю фірмовою кавою з додаванням магічних прикрас, чим вочевидь підняла гості настрій. Поки я натягувала свій улюблений зелений комбінезон, робила зачіску та злегка підфарбовувалася, мама розкрила Ліні рецепт кави та навчила робити особливих метеликів для неї. Коли ми вийшли з дому та злетіли в небо, Ліна сказала:

– Дан зателефонував і попросив за тобою зайти. Каже, ти ще не дуже дорогу вивчила, а в нього гренони пустували, втомився.

– Це йому просто подобається думати, що я не вивчила. Цікаво, він що, збирається після роботи летіти до мене та проводжати мене на денну зміну? А потім перед вечірньою, навпаки, супроводжувати додому? Але дякую тобі, що зайшла, разом веселіше добиратися. Самій нудно.

– Та то таке! – махнула рукою дівчина. – Мені не важко. Я живу в трьох кварталах на схід від твого будинку. Все одно дорогою повз нього пролітаю. Та й мені теж веселіше. Останнім часом не хочеться залишатися наодинці зі своїми думками.

– Ти сама живеш?

– Так, орендую маленьку квартирку в цьому районі. Тихо, чисто, затишно й ніхто із запитаннями не чіпляється.

– А брат?

– Брат одружений і живе з дружиною й дітьми трохи в іншій стороні.

– Тоді можна і ввечері разом полетіти.

– Ага. Ой, а про тебе Відділком чутки ходять. Ніби ти нарівні з Інгою та Артуром почнеш безпечників тренувати.

– Маячня! – відмахнулася я. – На те вони й чутки. Передам одну унікальну навичку. Та й то, якщо знайдеться кому передавати. Ліно, а ти чого з нічних змін втекла? Пол хвилюється.

– Нехай хвилюється! – здійнялася зненацька моя супутниця. До цього моменту ми розмовляли цілком мирно, а тут раптом такий сплеск емоцій. – Я через нього дві ночі не спала, ледве ноги переставляю!

Сказати, що я здивувалася, то нічого не сказати. А дівчина продовжувала:

– От навіщо ти мене тоді про нього запитала?! Я ж цілісіньку добу уявляла собі, який він!.. – це був просто крик душі. Шкода, що обірвався на найцікавішому місці. Ліна згорбилась у польоті.

– Оце тобі так! Я-то тут до чого?

– Ти думаєш, я не знаю, що він мені симпатизує? – знову розлютилася Ліна.

Тобто я мала рацію. Все вона бачить. Тільки вдає, що не помічає.

Залишилося з'ясувати найголовніше.

– Подобається?

– Та не зна-а-аю! – простогнала Ліна. – Він розумний, тактовний, відкритий, веселий. Спеціаліст відмінний. Але ж він – бабій! Я таких дальньою дорогою обходжу!

Пол? Заяви моєї нової знайомої ставали все чудесніше й чудесніше.

– З чого ти взяла, що він – бабій? – продовжила я звільняти від невисловлених сумнівів бідну дівочу душу.

– Він же всім жінкам у Відділку компліменти каже! Включаючи бабусь-прибиральниць. Постійно в лабораторії всіх бентежить! Хто його знає, кому він ще симпатизує. Як у їдальню не зайдеш – сидить у центрі гурту, насолоджується загальною увагою.

– А тебе не кличуть?

– Та до чого тут це? – спалахнула Ліна. – Мене кликали спочатку. Після того, як я декілька разів відмовилася, то перестали. Тільки Пол іноді запрошує. За звичкою.

Ага, за звичкою.

– Ліно, можна я тобі скажу одну річ? Тільки ти не ображайся.

– Можна!

– Ліно, Пол – реінкарнолог.

Дівчина здивовано подивилась на мене.

– Я в курсі, Елль!

– Що ти в курсі, дурненька? Реінкарнолог. Бачить ауру, бачить душу.

– Елль, навіщо ти розповідаєш мені очевидні речі?! Ще й кажеш, що це я з нас двох дурненька.

Зрозуміло. Від переживань мозок відбило зовсім.

– Кажу прямим текстом. Реінкарнолог не може бути бабієм. Спеціаліст, який постійно торкається до людських душ, апріорі на таке не здатен. Якщо він тобі симпатизує, то це означає, що в тобі для нього зійшлося все – зовнішня привабливість, вдача, душевні якості.

До Ліни щось почало доходити. Вона потерла чоло, заплющила на секунду очі, постукала пальцями по скронях та знову заперечила:

– Гаразд! Може, і не бабій. Припустимо. Але чого він такий худий?

– Високий. Ти ж любиш високих?

– Так, але він худий! Ходить вічно у своєму лікарському балахоні, як смерть. Окуляри ще ці його жовті. Очі майже не видно.

Я знову здивувалася.

– Видно. Абсолютно нормально видно. Ти взагалі хоч раз йому в очі дивилася?

– Ні, – знову згорбившись, зізналася дівчина. Тобто вона не дивилася, але висновки зробила. А розгледіти, мабуть, таки хочеться. Надія є, тому що як людина Пол дівчині вочевидь подобався. Будемо добивати тим самим способом, який і на мене подіяв нищівно.

– Ліно, моя тобі порада: заспокоюйся. Звикай до думки, що Пол – не бабій. Я йому зателефоную зараз, скажу, що з тобою все гаразд, просто тобі різномаїття зненацька захотілося. А ти поки що помедитуй там, чи що? Виспись, нарешті. І через пару змін повертайся в ніч. А там сходи хоч раз до тренувальної зали. З Інгою особисто познайомся, вибери програму занять. Фігура буде завжди на висоті. Пол там цілу годину кожен день проводить без окулярів і балахона, в одних спортивних штанях. Щойно помітиш, що на тренування зібрався, то й ти одразу приходь. Ось все і роздивишся остаточно. А потім думати будеш.

– Слухаюсь. А ти зараз куди?

– До сектору документації. Дооформлю дещо. Це ж тільки в денний час можна зробити.

– А, добре. Я зараз відмічуся, що прийшла, і можемо навідатися до клеврів. Я тебе з братом познайомлю.

– Мені поки що не можна до них, я іспит з техніки безпеки ще не склала.

– Клеври – єдині підопічні, сектор яких не закритий глухими стінами. Там тільки товстелезні прути клітки. Подивишся зі сторони, а брата я викличу.

Глава 9

У секторі документації я, нарешті, зважилася та підійшла до столу фахівчині з легенд.

– А-а-а, Хельго! – зраділа стильна сивокоса старенька леді, яка виявилася, за чутками, кращим спеціалістом з легенд за кілька сотень років роботи Відділку. – Чим можу допомогти?

– Скажіть, а правда, що тут всіх поголовно одружують і заміж видають?

– Є така методика вирішення певних проблем з родинами. Не настільки поголовно, звісно, але практика періодично використовується. Це зручно. Шлюб же фіктивний, для родичів. У нас у штаті не дуже багато жінок, які працюють уночі. Пару десятків медичок, серед яких частина вже перед рідними не звітує, обслуговуючий персонал, пара спеціалісток сектору безпеки, за яких ніхто не переймається через їхню бойову підготовку. І от тепер ти. Решта працюють удень, як я або бухгалтери.

– Зрозуміло. А якщо я не хочу заміж навіть фіктивно?

– Тоді думай, як захистити себе від питань рідних.

– Я сподівалась, що ви мені допоможете.

– Мені для цього потрібно дуже ретельно тебе опитати із залученням спеціаліста з аури та виявленням емоційних місць, – фахівчиня пустилася у пояснення зі справжнім знанням своєї справи. – Гарна легенда повинна бути практично правдою, включаючи емоційну та магічну складові. Я витрачаю багато часу на аналіз всієї інформації про людину, зіставлення доречності того чи іншого факту. Інакше легенду «розколять». Особливо родичі. Ти впевнена, що готова до цієї процедури?

– Ні, – я вжахнулася, уявивши собі розкопування всіх моїх таємниць. – А чому не «розколюють» фіктивні шлюби?

– Тому що рідні зазвичай не лізуть у стосунки молодих, і певну холодність завжди можна пояснити сваркою чи образою. Тож думай. Якщо нічого не придумаєш, прийдеш.

Я попрощалася та із задумливим виразом обличчя вийшла з приміщення. Під дверима на мене вже чекала Ліна. Доки вона телефонувала братові, я розмірковувала про спеціалістку з легенд. Судячи з усього, Відділок нею дорожить, інакше її давно б уже відправили на пенсію. Ось як треба любити та робити свою справу – щоб навіть у похилому віці за тебе трималися.

Віктор виявився височенним чоловіком із широкими плечима та міцною шиєю. Сестра поруч із ним здавалася просто крихіткою. Навіть мені з моїм зростом доводилося піднімати голову, щоб подивитися колезі в очі. Зрозуміло тепер, чому Ліна любить високих, і чому Пол здається їй худим.

– Знайомся, братику, це – Елль, – представила мене колезі супутниця.

– Привіт! – сказав Віктор. – Тебе як краще називати? Елль чи Хельга?

– Як подобається, так і називай. Мене обидва варіанти влаштовують.

– Тоді Елль. Буде наше родинне прізвисько для тебе. Йдемо, подивишся здалеку на клеврів.

Сектор цього різновиду виявився відділеним від основного павільйону Відділку підземним переходом. Піднявшись сходами, ми вийшли до другого критого павільйону, за розмірами не меншого, а може, навіть і більшого за основну будівлю. Приміщення мало напівпрозорі стіни та стелю, через котрі проникало сонячне світло. Але при цьому навряд чи зовні можна було роздивитись те, що робилося всередині. У павільйоні розташовувався величезний паркан-клітка, що відгороджував рекреацію клеврів від технічних приміщень. Вхід безпосередньо на територію підопічних я побачила на протилежній від підземного переходу стороні. Ми туди не пішли, зупинившись просто навпроти сходів. Тут трималася набагато нижча температура за ту, що царювала в основній будівлі Відділку.

Подібне розташування сектору та його температурний режим стали зрозумілими практично відразу. То ось чому Джулі питала мене про те, як я ставлюся до свиней. Усередині огорожі пустували величезні рожево-блакитні поросята. Молодняк був розміром від бегемота і до невеликого слона, а габарити дорослих особин просто вражали. Від звичних нам свинок вони відрізнялися не тільки величиною тіла, але й наявністю хобота, а також вовняною шубою. Саме вона й радувала погляд яскравим блакитним кольором, рожевими ж залишалися хобот і вуха. Чимось клеври нагадували давно вже зниклих мамонтів, та їхня шуба робила "поросяток" дуже привабливими.

– Оце тобі! Які красені! – вигукнула я, побачивши молодих клеврів на лужку із зеленою травичкою.

– Чарівні, чи не так? – з якоюсь ніжністю, незвичною для

такого гіганта, сказав брат Ліни.

– Не те слово! Просто хочеться помацати!

– Тільки після того, як складеш іспит з техніки безпеки, – строго сказав Віктор. – Потім ми навчимо тебе входити з ними в контакт. І тільки після цього зможеш помацати. Щоб не затоптали випадково.

– Так, звісно! Вікторе, а що вони їдять?

– Траву, фрукти, овочі. Як всі свині. Не гидують і гілками дерев. Бачиш, у нас тут ростуть холодостійкі рослини саме для того, щоб клеври могли щось перекусити за наявності бажання. А взагалі Відділок закуповує корм для них у перевірених постачальників, адже їдять наші гіганти багато.

– Вибач за незручне питання... а прибирає за ними хто? – мій практичний мозок не міг оминути цей аспект.

– У нас для цього є декілька прибиральників. Їм доводиться працювати вночі, щоб клеври не лякалися. Наші підопічні – дуже охайні та не бруднять місце ночівлі. Гній клеврів, на відміну від свинячого, вважається дуже цінним добривом, і Відділок продає частину кільком фермерам, а решту обмінює на корм для тих самих підопічних.

– А з секретністю як же?

– Ніхто не повідомляє покупцям, що це за добриво насправді. У контрактах йдеться про те, що ми продаємо особливу суміш. Та ніхто й не цікавиться. Працює, то й добре.

Усередині клітки виднілися красиві глиняні будови дуже великих розмірів, у яких, мабуть, і спали підопічні. Поруч було вирите штучне водоймище, де саме зараз поливали одне одного водою з хоботів дві дорослих особини. Я бачила, що це заняття клеврам дуже подобається. На території з холодостійкою травою валялися зовсім молоденькі поросятка, і якийсь чоловік чухав їм по черзі животи граблями. Клеври в захваті мружили очі та терпляче очікували своєї черги на почісування. Старший молодняк копирсався у величезних купах листя й гілок. Свині та й свині! Єдине що великі та в шубах.

– Тобто, на відміну від гренонів, клеври є жителями нашої планети?

– Насправді, до кінця ніхто цього не знає. Вони не належать до царства тварин, у них є свої порядки, і магічне поле дуже близьке до нашого, вчені про них не знають, а ми не переймаємося класифікацією.

– Чому вони не живуть у природному середовищі?

– Тому що в природному середовищі їх практично повністю знищили. Ходили чутки, що м'ясо клеврів дуже смачне та має навіть омолоджувальну дію. Хоча, як на мене, це маячня. Не може мертве м'ясо без магічного компоненту омолоджувати. Кілька сотень років тому клеврів практично повністю з'їли. Добре, що наші спеціалісти вчасно зацікавилися схожістю магічного поля з нашим і побачили в цьому вигоду для людства.

– З'їли? – вражено перепитала я. – Цілу популяцію?

– Уяви собі. Аби пожерти! Відділок зібрав у себе всіх особин, яких зміг знайти. Їх нараховувалося всього вісім – три самки та п'ять самців. З огляду на той факт, що клеври утворюють пару на все життя, два самці залишилися без самок і не змогли дати потомство. Настав момент, коли популяція опинилася на межі вимирання через близькоспоріднені зв'язки, але потім ми декілька десятків разів знайшли замерзлих у вічній мерзлоті особин, і кров розбавилася.

Я милувалася неймовірними капловухими красенями, бачила, як вони бавляться магією води та не могла повірити в почуте. Як це, з'їли? Мабуть, і шуби робили? Я уявила собі убитого клевра, на голову якого переможно ставить ногу безсердечний мисливець…

Напевно, саме через цю картину мені раптом різко зробилося дуже холодно. У павільйоні, звісно, панувала знижена температура, але не настільки, щоб просто морозило. Та й вогневик легше переносить холод, ми вміємо за необхідності короткий час обігрівати себе теплом, що генерується від магічного поля. Мій стан не міг пояснюватися тільки умовами зовнішнього середовища. Я зіщулилася.

Ліна, яка стояла поруч мовчки та вже пританцьовувала від холоду, скористалася можливістю й потягла мене в бік виходу. Ми попрощалися з Віктором і поспішили відкланятися. Весь день я читала про клеврів і думала про те, що якби не було Відділку, ці прекрасні створіння могли б зникнути назавжди.

Глава 10

Увечері ми з Ліною, як і домовлялися, поверталися додому разом. Ще не стемніло, ми насолоджувалися чудовою погодою, адже від учорашнього дня припинило дощити, і небо тепер тішило нас неймовірним заходом сонця. Вітер теж вгамувався, тому під час польоту ми почувалися дуже тепло та комфортно. Моя супутниця вочевидь трохи розслабилася та розповідала мені дорогою про прорив у дослідженнях лабораторії, яка спеціалізувалася на продовженні життя.

– А потім ці мушки раптом почали розмножуватися в неконтрольованих масштабах і помирати перестали. Уявляєш собі? Ми їм їжу обмежили, вони розмножуватися припинили, але помирати все одно відмовлялися. Зазвичай вони живуть максимум годин шість. А тут вже три дні – як огірочки! – торохтіла дівчина з палаючими від захоплення очима.

– Слухай, Ліно, я все запитати хочу, але постійно забуваю. Чому в мій перший день всі настільки сильно раділи та Дана вітали поряд зі мною? – спитала я, бажаючи якось розпочати цю розмову та з'ясувати моменти, що цікавили мене вже декілька днів. Моя супутниця підходила для цієї мети краще за інших, адже вона не мала інтересу щось від мене приховати і не могла бачити мою ауру. Вона, звісно, могла б зіставити факти та зробити висновки, але, на щастя, цих фактів у Ліни не було.

– Кажуть, у нас прийнято вітати наставника, якщо бойовий лікар-практикант погодився перейти до Відділку. Я це вперше бачила, тому що подібні фахівці приходять украй рідко, і ти на моїй практиці – перша.

– А ти часом не в курсі, чи були в історії Відділку бойові лікарі, які відмовилися працювати?

– Наскільки я знаю, за весь час існування подібне траплялося максимум десяток разів, – безтурботно махнула рукою моя супутниця. – Та й то, в результаті більша частина все одно погодилася.

Так, хоч би зараз не видати власної схвильованості.

– Чому?

– Умовили.

– Чим?

– Кожного разу різним. В основному, грошима, але бувало, що

й до хитрощів вдавалися.

– Наприклад?

– Елль, я не знаю. Це треба в них питати. Наставник же на роботу запрошує. Чим тебе Дан умовляв?

– Йому не знадобилося цього робити. Я мріяла про роботу з гренонами з дитинства.

Ліна здивувалася. Довелося і їй розповісти про сімейну світлину. Заодним і довіру ще зміцнила, тому що з'ясувала далеко не все, що мене хвилювало.

– А чи бували в історії Відділку випадки, коли бойовий лікар йшов з роботи? Не на пенсію, я маю на увазі, – продовжила я вкрай важливі розпитування.

– Були, – замислилася моя супутниця. – Чотири рази за весь час. І ще трьох умовили залишитися.

– Чим умовили?

– Начебто двох – стосунками в колективі. У нас же, крім зарплат, ще й інші "смаколики" є. Ми всі одне одного підтримуємо, оберігаємо, немов єдина велика родина. Вся корпоративна культура спрямована на зміцнення цих відносин. Ходять чутки, що колись одного співробітника навіть зваблювали заради того, щоб він на роботі залишився. Але особисто я в це не вірю.

– А як стосунки формуються? Якісь загальні цілі пропагуються чи що?

– Та ні. Все набагато простіше. Відділок постійно влаштовує якісь заходи. Тут тобі й командні змагання зі стрільби, тут і творчі вечори, і спільний перегляд футбольних матчів або гонок. Вибирай будь-який сабантуй і радій життю. Іноді таї сходи навіть влаштовують замість робочих змін, щоб сімейним не довелося відпрошуватися додатково. Народ із задоволенням спілкується, веселиться, утворюються групи за інтересами. Втім, цілі теж пропагуються, звісно. Справу ж ми робимо надважливу, сама розумієш.

– Дуже цікаво! І що, Пол тебе жодного разу на подібні заходи не запрошував? – я вирішила трохи розбавити тему мотивації бойових лікарів, на секунду повернувшись до обговорення поведінки реінкарнолога.

– Окремо – ніколи. Завжди тільки в загальному гурті.

Правильно, напевно, не запрошував. Я б не пішла, вважаючи його бабієм.

– Так, гаразд. З цим зрозуміло. Але ти згадала, що таким чином умовили двох. А третього?

– А Дан не втік з роботи з іншої причини.

– Дан?

– Так. Він після Софі хотів піти у звичайні лікарі. Але директор попросив його не гарячкувати та дав пів року на роздуми. Через шість місяців Дан повернувся. Директор правильно зробив, як на мене. Краще втратити фахівця на якийсь час, ніж назавжди. Дан за ці місяці саме дисертацію написав. А ти чого питаєш? – Ліна нарешті запідозрила щось неладне.

– Цікавість мучить, – я зробила безтурботний вигляд. – Ти заспокоїлася?

– Трохи, – Ліна позіхнула. – Не може ж людина смикатися весь час.

– Це точно! – погодилася я з нею. – Спатимеш нормально сьогодні?

– Сподіваюся. Якщо ні, то вип'ю снодійне. Зайти завтра за тобою?

–Заходь.

– Тоді до завтра?

– До завтра.

Вона спатиме. От і добре. А я, мабуть, ні. Цікаво, якими це методами вмовляють наставники практикантів на роботу у Відділку? Часом не словами: "Я замучився!"? І скільки насправді почуттів стоїть за його залицянням? А якщо це все – тільки заради того, щоб я прийшла на роботу та залишилася? Ех, після розмови з Ліною мені зовсім не полегшало.

Я тихенько відчинила двері своїм ключем, намагаючись якомога менше шуміти. Повільно та плавно зняла плащ і повісила його на вішалку. Потім так само обережно роззулась і спробувала прокрастися до кімнати непоміченою. Але мама мене зловила. От як вона відчуває мій душевний стан? Що найцікавіше, бувала я й у гіршому настрої, але мама не втручалася, допоки я сама не просила. А тут ось просто за руку схопила.

– Хельго? Що відбувається?

– Нічого особливого, ма, – втомлено сказала я, розуміючи, що розмови не уникнути. Можна, звісно, відмовчатися, але навіщо? По-перше, мені не хотілося ображати близьку людину, а по-друге, саме час виговоритися, щоб прийняти рішення про те, як діяти далі. Мама для цього підходила ідеально. Я була впевнена в тому, що розмова залишиться між нами, і батькові вона мене нізащо не здасть. Йому не варто знати про те, що відбувається зі мною, адже це створило б додаткові проблеми.

– Так, тато затримується на роботі, а тебе треба нагодувати. Іди перевдягнися, вимий руки та бігцем за стіл, – розпорядилася мама. – І навіть не думай заперечувати! Зженеш потім свої зайві міліметри під час тренування.

Я пирснула. На зайві "міліметри" я не скаржилася з дев'ятнадцяти років, після припинення бурхливого гормонального розвитку, але мама все одно періодично їх згадувала, чим дуже сильно мене веселила. Знявши свій строгий зелений комбінезон, який вигідно підкреслював особливості фігури та відмінно підходив для польотів, я прогнала зі свого улюбленого кухонного стільця кота й узялася за їжу. Чесно кажучи, зголодніла я дійсно просто неймовірно. Мама немов знала, що потрібно її дорослій доньці в цей момент. Після вечері мені навіть якось полегшало та настрій злегка покращився. Все почало виглядати геть не так погано, як здавалося ще пів години тому.

– Розповідай, – коротко наказала мама, дочекавшись, коли я відсуну від себе порожню тарілку та сито відкинуся на спинку стільця. Разом із нею цього руху вочевидь очікувала нахабна вусата морда. Кіт спритно видерся до мене на коліна та згорнувся калачиком. Відчувши його підтримку та захист, я зважилася вголос висловити те, що мене мучило весь цей час.

– Я не хочу весілля.

Мама впустила ложку, якою помішувала свій квітковий чай.

– Він тебе образив?

– Ні, ма. Дан уважний, турботливий, розумний і проявляє до мене всі знаки уваги, які належно проявляти в подібних випадках. Але я не знаю, скільки щирості за його пропозицією.

– Це нормально, – переконливо сказала мама, знову піднімаючи ложку. – Абсолютно всі жінки через це проходять. Ми завжди маємо сумніви. Часто думаємо найгірше та бачимо погане там, де навіть сліду його немає.

– Ти не розумієш. Є деякі, скажімо так, обставини, – я збирала думки та переглядала всі свої сумніви. Доводилося брехати, щоб пояснити мамі свої почуття та водночас не видати ані краплі конфіденційної інформації. Та ще й тему фіктивності шлюбу треба обходити. – Мені запропонували іншу роботу. А він умовляє мене залишитися. Каже, що я – дуже талановита лікарка, мало не унікальна. І заміж він мене покликав саме після надходження цієї пропозиції про нову посаду. І ось я не можу зрозуміти, чи не заради роботи це все?

– Хто одружується тільки заради збереження цінної працівниці? – засміялася мама. – Але якщо ти все ще сумніваєшся, то його щирість дуже легко перевірити. Потрібно просто погодитися на нову роботу. І ти побачиш, чи зміниться його ставлення до тебе після цього. Якщо зміниться, то ти будеш працювати далеко від нього та легше забудеш. А якщо ні, то пропадуть всі сумніви.

Гм, краще б я правду сказала. Все одно потім пам'ять підчищати.

– Я поки що не можу погодитися, і Дан про це знає, – брехати так брехати.

– Чому не можеш?

– По-перше, я ініціювала процедуру отримання ліцензії на носіння метальних ножів, – насправді цю ліцензію я давно вже отримала, але батькам я про неї не говорила для їх же спокою. – Для цього треба пройти повне обстеження та отримати купу дозволів. Я роблю цю процедуру в нашому медичному закладі. Уяви собі, скільки часу я втрачу, якщо зараз звільнюся? Доведеться або починати все заново на новому місці, або чекати на перевід документів, що візьме стільки ж часу, враховуючи нашу бюрократію.

– Мабуть, це – не головна причина.

– Я просто ще не знаю, чи хочу я на цю роботу, – пробач, матусю, за брехню!

Мама задумалась. Вона механічно помішувала холодний чай і дивилася кудись углиб себе. Нарешті, вона запропонувала:

– Тоді просто скажи йому, що хочеш почекати з весіллям. Можеш взагалі на нас з батьком посилатися. Кінець кінцем, наскільки я зрозуміла, ви не так давно зустрічаєтеся. Скажи, що хочеш довгі заручини. А там чи то з нареченим розберешся, чи то рішення приймеш.

– Напевно, так і зроблю, – зраділа я. Ідея, дійсно, здавалася відмінною. Сказати Професорові, що на відстрочці весілля наполягають батьки – це ідеальний варіант. Тема, в принципі, була вичерпана, але я хотіла обговорити ще одне вкрай цікаве для мене питання. На цю думку мене наштовхнула ранкова розмова з Ліною. – Мам, ще одне. Я хочу переїхати.

– Чому? – мама сильно здивувалася. Моя ідея, вочевидь, застала її зненацька, хоча нічого нелогічного в ній я не бачила. Після весілля, навіть фіктивного, я все одно очікувано б переїхала з батьківської хати.

– Мені двадцять п'ять років. Я закінчила навчання, пройшла практику, працюю. Скільки можна з вами жити? Це навіть якось дивно для дівчини мого віку – жити з батьками. Всі мої однолітки з'їжджають на власну територію ще в сімнадцять, максимум двадцять років.

– Ну і правильно! – рішуче заявила мама. – Мені, звісно, не хочеться нікуди відпускати мою дівчинку, та й тато засмутиться, проте молодій жінці дійсно треба жити у власній оселі. Але пам'ятай, що ми тобі завжди раді!

Глава 11

Дан зустрів прохання почекати з весіллям з абсолютно непроникним виразом обличчя. Зрозуміти, що він при цьому думає, мені не вдалося. За роки знайомства та спільної роботи я взагалі помітила, що вивести його з рівноваги практично нереально. Професор із задоволенням сміявся, але злим або засмученим я його ніколи не бачила. Швидше за все це пояснювалося тією муштрою, яку проходять всі, хто займається єдиноборствами.

– Що скажеш батькам з приводу нічної роботи? – запитав він мене у відповідь.

– Поки що сказала, що мене в пологовому будинку перевели на нічні чергування. А взагалі я збираюся з'їхати від батьків і почати жити окремо.

– Волі захотілося? – розвеселився Професор.

– По-перше, я вже є дівчинка доросла. Скільки можна маму з татом своєю присутністю напружувати? Нехай поживуть нарешті для себе. Ма давно говорить, що хоче змінити столичний будинок на заміський котедж. Але через мене батьки поки що цього зробити не можуть. А по-друге, та й головне, це одразу вирішить всі проблеми з запитаннями. Буду приїжджати в гості у вихідні дні. І тебе не доведеться фіктивним весіллям мучити.

Ми летіли крізь нічне місто. Квітневі прохолодні дні повільно, але неминуче поступалися місцем травневому теплу. Задушлива спека ще не настала, навколо все квітнуло, і ці подорожі до Відділку й назад приносили мені щиру радість. Дан розпитував мене про те, яку квартиру я хотіла б собі орендувати, я вперше формулювала неясні бажання на цю тему в слова та відчувала до супутника неймовірну вдячність за те, що він підтримав цю тему. Просто ідеальний же чоловік! Чого в мене постійно все настільки складно, га?

У Відділку ми застали збори комп'ютерників навколо однієї з робочих станцій. Поруч стояв заступник директора, який виконував обов'язки глави нашої установи під час нічних змін. Він напружено тер лоба.

– Що трапилося? – запитав Професор.

– Хтось пустив чутку про те, що лікарі пологових будинків проводять із новонародженими заборонені наукові експерименти.

Чутку одразу підхопила жовта преса. Звідти інформація швидко потрапила до глобальної мережі та стала поширюватися, як лісова пожежа. Найбільше новина обговорюється у спільнотах молодих батьків. Уже надходять перші повідомлення про те, що породіллі стали відмовлятися від присутності лікарів при пологах.

– То нехай пообговорюють собі, скоро все затихне, – заікнувся один з молодих фахівців.

– Проблема в тому, що через цю ситуацію можуть з'явитися діти з відхиленнями, якщо раптом десь щось піде не так, – пояснив йому Дан. Нам з ним не потрібно було розшифровувати всі страшні наслідки цього випадку.

– Налякані жінки не слухають жодних попереджень щодо наслідків і стосами підписують заяви про те, що беруть всю відповідальність на себе, – додав заступник.

– Такою є ціна секретності, – пробурмотіла я собі під носа.

– Що, Хельго?

– Вибачте, – збентежилася я. – Просто мені одразу здалося, що та сувора секретність, у якій працює Відділок, є жахливо неправильною.

– Хельго, я ж тобі розповідав, чому керівництво ухвалило це рішення, – сказав Дан.

– Так, я розумію. Але все одно вважаю це неправильним з етичної точки зору. Люди повинні мати право вибирати, чи хочуть вони, щоб їхні діти отримали нові здібності.

– І як ти собі це уявляєш? – м'яко запитав заступник директора. – Припустимо, ми дамо можливість матерям приймати рішення щодо кожної конкретної дитини, але це нічого не змінить для людства в цілому. Все одно через пару поколінь кожен матиме нові навички. Крім того, знову почнуться проблеми з безпекою співробітників Відділку. Зараз ми живемо та працюємо у відносній стабільності. А жителі планети вважають появу більш обдарованих малюків просто наслідком природних еволюційних процесів.

– Я думаю, що варто було б зробити діяльність Відділку повністю відкритою. Давати звіт щодо всіх проведених досліджень. Робити публічні обговорення нових технологій та дати право людям обирати, чи хочуть вони, щоб їхні діти й онуки мали нові знання. Це позбавило б Відділок будь-яких зазіхань з боку жадібних персон. Складно привласнити те, що виставлене напоказ.

– На жаль це неможливо, – похитав головою заступник директора. – У нас є технології, про які людство просто не повинно знати. Я би погодився з тобою, якби ми могли дійсно зробити роботу публічною на всі сто відсотків. Але за умови часткової засекреченості система просто не працюватиме.

Особисто я вважала все це банальними відмовками. Відділку так зручніше, і чомусь етична сторона питання керівництво не турбувала. Все, як завжди, прикривалося красивими словами про благо для людства.

Сидячи потім за чашкою кави в їдальні, я ніяк не могла зрозуміти, чого я настільки розійшлася? Адже колеги дійсно нічого поганого не роблять. Тільки покращують популяцію. Чудово ж вміти літати, відчувати близьких, лікувати від безлічі захворювань, які вважалися раніше невиліковними. На планеті зникли будинки сиріт, значно зменшилася смертність у молодому віці, були забуті, як страшний сон, деякі види злочинів. І жодних негативних наслідків за весь цей час не виявилося.

Крім того, за умови повної відкритості могла виникнути абсолютно протилежна проблема, про яку заступник директора нічого не сказав. Бойових лікарів, здатних передати дітям нові магічні навички, народжувалося занадто мало. Тому дітей, які потрапили в число перших володарів нових знань, можна якоюсь мірою вважати обраними. Якщо батьки знатимуть все про передачу нових навичок, можуть початися суперечки та навіть бійки за те, щоб саме їхня дитина володіла новими вміннями. Як пояснити люблячим матусям та татусям, чому їхнє немовля не потрапило в ці списки обраних, а малюк сусідки виявився більш щасливим?

Треба сходити до заступника директора та поговорити. З цим спеціалістом я познайомилася на другий день своєї роботи у Відділку. На відміну від директора, флегматичний заступник ніколи не дратувався та не метушився. Навіть статурою він відрізнявся від голови нашої установи – був високим та худорлявим. З ним хотілося говорити, тому що заступник просто випромінював впевненість у тому, що при розмові з ним кожен отримає якусь затишну консультацію. Зараз у мене з'явилися деякі міркування щодо ситуації, котра склалася з цією чуткою, і я хотіла перевірити, чи виникли ті ж думки в когось ще.

Я прийшла до заступника директора зі своїми ідеями.

– Вибачте, що відриваю. Чи можу я дещо запитати?

– Звісно, Хельго! – заступник запропонував мені сісти в зручне крісло навпроти його столу. – Ти – бойовий лікар. Це один із найвищих щаблів в ієрархії Відділку. Навіть правильніше було б сказати, що ви знаходитеся поза ієрархією. Тобі можна питати все. Крім конфіденційних даних співробітників, звісно. Звикай до того, що ти маєш на робочу інформацію повне право. А через деякий час отримаєш і право на деякі розпорядження.

– Що робиться для боротьби з цією останньою чуткою?

– Міністерство охорони здоров'я випустило серію інформаційних матеріалів, які мають за мету спростувати міт про проведення експериментів з немовлятами, – заступник подивився у стелю, склавши руки на животі. – Але, судячи з результатів соціальних опитувань і враховуючи жвавість обговорень у глобальній мережі, цим матеріалам мало хто з батьків повірив. Люди взагалі не схильні довіряти представникам влади.

– Дітей шкода, промовила я і сумом.

– Так, Хельго. Розумію, про що ти кажеш. Моя молодша донька жива та здорова тільки завдяки втручанню лікаря під час пологів. Боюся навіть уявити собі, що було б, аби дружина написала подібну відмову.

– Я думаю, що треба максимально роздмухувати кожен випадок проблем, до яких призвело підписання відмови. Без прізвищ та іншого оприлюднення інформації про пацієнтів, просто самі факти. Я працювала в пологовому будинку і знаю, як до нас ставляться породіллі. Людям здається, що лікарі нічого не роблять під час потуг. Наші дії, на відміну від метушні акушерів, видно далеко не всім.

– А це прекрасна ідея! – пожвавішав заступник. – Треба дати завдання фахівцям з легенд, нехай навіть вигадають пару особливо жахливих історій.

– Знову вигадати?

– Хельго, нехай краще буде вигадане горе у вигаданих людей, ніж справжнє у справжніх.

З цим я вирушила до тренувальної зали. Там вже чекали на мене чотири пари потенційних учнів. Цікаво, як Інга змогла відшукати таку кількість друзів з відповідним даром? З огляду на штат Відділку, це – нечувана удача. Напевно, в організації корпоративна культура дійсно на висоті, і люди, об'єднані спільною таємницею, заводили по-справжньому близькі дружні стосунки. Або перетягували друзів на добре оплачувану роботу, також і для того, щоб було з ким поговорити про неї. Три пари моїх майбутніх учнів складалися зі співробітників однієї статі.

Вони особлювали просту й міцну чоловічу дружбу чи не менш міцну жіночу. А в четвертій парі лікарем виявилася жінка, а вогневиком – хлопець-безпечник.

– Навряд чи з цих щось вийде, – тихенько сказала я тренерці.

– Чому? – так само тихо відповіла вона мені. – Ти не віриш у дружбу між чоловіком і жінкою?

– Тільки якщо вони росли разом. Або якщо разом пройшли війну, як побратими. Та й то під питанням. В інших ситуаціях приятельські стосунки можливі, але того рівня довіри, про який я говорила, там шукати не варто. Якщо між чоловіком і жінкою подібна довіра виникає, значить, вони вже не друзі. Ось подивитеся, ці двоє постійно сваритимуться одне з одним. Можливо, через якийсь час ми побачимо їх у зовсім іншому статусі.

Інга знизала плечима та стала задумливо вивчати поглядом суперечливу пару.

– Слухайте мене, будь ласка, уважно, – голосно сказала я учасникам експерименту. – Сьогодні ми з вами пробуватимемо щось зовсім нове і не факт, що в нас хоч щось вийде. Я здатна на це тільки завдяки унікальному поєднанню моїх магічних сил. Про те, як це можуть зробити дві різні людини, я маю чисто теоретичне уявлення, не підтверджене практикою. Обіцяю, що жодної небезпеки не передбачається, але ви в будь-який момент можете піти, якщо не хочете брати участь у сумнівному експерименті.

Одна жіноча пара залишила тренувальну залу, три інших з місця не зрушили. Інга фиркнула собі під носа, вкрай обурена моїм свавіллям. Вона вважала, що треба працювати з усіма, хто є в наявності, але я мала власне бачення ситуації. Якщо в нас щось вийде, тоді можна спробувати повернути тих, хто сьогодні пішов. Але для того, щоб з'явився хоч найменший шанс на успіх, мені потрібна від учасників повна віддача. Навіщо я витрачатиму сили та увагу на тих, кому експеримент не цікавий?

Потім я перевірила швидкість реакції в кожного з учасників окремо. Побоювання вселяв тільки один лікар – його здібностей може просто не вистачити для вловлювання пульсара. Через те, що саме реакція медика грала тут вирішальну роль, мої побоювання здавалися цілком обґрунтованими. В принципі, швидкість польоту вогняного згустку можна злегка коригувати, і ми почнемо з найнижчої. Можливо, навіть щось і вийде.

– Вам доведеться змішувати дві сили під час самісінького старту. Вогневик повинен першим випустити свій вогонь, який і стане потім оболонкою для пульсара. А лікареві потрібно вчасно підхопити його та задати напрямок своїм даром, немов би приєднуючи лікарську магію до магії вогню, щоб надалі зловити чужий пульсар. Згадайте, як нас учили ловити бактерії та віруси в тілі пацієнта. Щойно ви впіймаєте вогненний згусток, у справу знову повинен вступати вогневик, щоб пролевітувати подвійний вогонь у воду й там загасити.

– Складно, – поскаржилася одна з безпечниць.

– Я знаю, – зі співчуттям промовила я, дивлячись на неї. – Це словами пояснювати складніше, ніж робити. Зараз почнете, і все стане набагато простішим.

– Я зрозуміла і тобі поясню, – втішила подругу медичка. І звернулася до мене. – А хто організовуватиме належний рівень безпеки?

– Ми запросили водника, який зробить щити та мішені, – втрутилася Інга. – Я кидатиму пульсар у мішень. Не в вас. Ви стоятимете збоку від лінії польоту та робитимете спробу перехоплення. Якщо перехоплення не вдасться, то мій пульсар потрапить у мішень, а ваш вогонь – у крижану стіну навпроти. Давайте спробуємо вже щось зробити, бо за розмовами тільки час гаємо.

Спочатку ми з Інгою продемонстрували, як процес і його результат повинні виглядати в ідеалі. Я заразом попросила лікарів відстежувати мої дії на магічному рівні. Потім до спроб приступили й учасники експерименту, а я ходила поруч і коригувала їхні дії.

Я мала рацію. Чоловік і жінка в парі постійно сперечалися та ніяк не могли сконцентруватися. Водники не встигали оновлювати для них мішені та захист. Ловити пульсари складно навіть мені, а учасникам експерименту доводилося спочатку координувати свої дії, і на цьому моменті в суперечливої пари виникав основний конфлікт. Лікарка звинувачувала безпечника, замість того, щоб стежити за зміною магічного поля партнера та робити власний випад. А безпечник виправдовувався та навзаєм звинувачував подругу, замість контролю польоту власного вогню. Я намагалася сконцентрувати їхню увагу на спільній меті, на співробітництві та потребі знайти шляхи вирішення поставленої задачі, але сенсу від моїх спроб не було жодного, бо вони натомість воліли фокусуватися на своїх емоціях.

Все відбувалося б набагато простіше, якби можна було просто поділитися своїм даром з товаришем. На жаль, магія, яку ми віддаємо одне одному, втрачає особливості одразу після виходу з тіла донора, набуваючи знак людини, яка її приймає. Вогневик може віддати свій вогонь лікареві, але в тілі медика ця енергія стане даром цілителя. Тому змішувати доводиться на виході, підхоплюючи силу партнера. У пари подружок стало виходити практично одразу, і я підозрювала, що на їхньому рахунку значиться не один успішний спільний проект. Пара друзів мучилася дещо довше, та й те тільки через уповільнену реакцію медика, адже щодо координації дій вони теж швидко домовилися. А ось у сперечальників за годину так жодного разу й не вийшло зловити пульсар.

Після тренування я подякувала всім учасникам і попросила тих, у кого вийшло, прийти завтра знову. На виході з тренувальної зали піднесений настрій охопив всіх, окрім пари невдах. Підозрюю, що до завтрашнього вечора вони чи то пересваряться в мотлох через взаємні звинувачення, чи то зійдуться ще ближче, об'єднуючись проти мене та власного розпачу.

Глава 12

– Елль, я тобі за це ще помщуся! – завила наступного вечора Ліна в роздягальні після тренування.

– Ти про що? – зробила я нетямущий вигляд.

– Які біцепси! А плечі! – закотила дівчина очі. – А погляд!

О, так, бачила я це. Вся тренувальна зала нишком спостерігала, як Пол перед Ліною хвоста розпускає. Дівчина щосили відверталася, але успіху не досягла. Здавалося, що спалахи на її аурі переходили на обличчя. Я ауру не бачила, але Пол точно відслідкував кожну зміну відтінків. А ми дивилися на нього. Та й червоніла Ліна вельми красномовно. Навіть Інга зацікавилася та підступно погнала дівчину на тренажери ближче до реінкарнолога, який колотив боксерську грушу. Тренуватися стало ще веселіше. Дві пари "лікар-вогневик" постійно впускали пульсари, тому що ніяк не могли зосередити увагу. Я вперше за останні десять років не поцілила ножем "яблучко" на мішені та пропустила вельми болісний удар Інги під час спарингу з бойових мистецтв. Загалом, ми всі насолоджувалися не тренуванням, а цирковою виставою.

– Тобто, не худий, – винесла я вердикт. Ліна застогнала.

– Елль, що робити?

– Не здаватися без бою.

– Я рік не здавалася! Може, вже час, га?

– Обов'язково. Але після бою. Інакше ти ж перша інтерес втратиш.

– То ти саме з цієї причини від Дана бігаєш?

– Ліно, не лізь у мої стосунки з Даном! Інакше я тобі не допомагатиму.

– Гаразд-гаразд, мовчок. Могила, – примирливо підняла руки дівчина. Я мала сумніви, але вирішила повірити на слово.

– Так, слухай мене. Продовжуєш робити незалежний вигляд. Такий самий, як і до цього всього, – продовжила я свій інструктаж.

– Як!? – знову простогнала дівчина. – Він же реінкарнолог. У мене на обличчі все завжди написане, не те що на аурі.

– Ліно, у багатьох людей все на обличчі написано, і нам доводиться якось із цим жити. Думаєш, мені легко? Мене от постійно жаром бере з ніг до кінчиків вух. Як на мене, тільки в Дана по виразу обличчя ніколи нічого не видно. Тож вчись. Почни із знайомих дій. Обходиш "бабія" п'ятою дорогою, в очі не дивишся. Якщо заговорить до тебе, то відповідаєш. Якщо не можеш не бентежитися, пояснюєш збентеження чимось правдоподібним. Думай. У тебе язик без кісток, і мозок працює прекрасно, з відповідями завжди знаходишся легко. Будь-яку емоцію, виявлену щодо Пола, знаходь, як пояснити.

– І як здаватися тоді, якщо все так само, як і раніше?

– А все не треба. Запросить до товариства в їдальні? Погоджуйся. Покличе разом попрацювати разом? Іди. Тільки все з незалежним виразом обличчя. І ще. У вас із братом є дитячі ласкаві прізвиська одне для одного?

– Так, – Ліна зніяковіла та захихотіла. – Віктор у мене тигреня.

– Ото тобі, тигреня! – я згадала здорованя Віктора, старшого за сестру років на десять. Ведмедик – ось що пасувало йому набагато більше. – Але це не моя справа, а нам годиться. Пару разів зателефонуй братові у присутності Пола та назви хоч раз за розмову цим прізвиськом. Ім'ям тільки не називай.

– Навіщо? – злякалася Ліна.

– Якщо нам пощастить, то після цього об'єкт почне робити дурниці та зухвалості. Бо це ж треба! За цілий рік дівчину нікуди не запросив окрім товариства інших дівчат. Ну як же так можна роками чекати слушної нагоди? – підозрюю, що в цьому вигуку далося взнаки моє власне невдоволення Даном і його нерішучість. Якщо, звісно, це була саме нерішучість, а не добре продумана стратегія по залученню бойової лікарки до лав Відділку.

– Гаразд! А потім? – Ліна знову витягла мене з роздумів про непрозорість наших із Даном стосунків.

– А потім зорієнтуєшся. Тепер швиденько біжи під холодний душ, щоб всі емоції вибило. Бо ти працювати не зможеш, по собі знаю.

– А що, з тобою щось подібне теж відбувалося?

– Так. У мій перший день у Відділку.

Ліна зацікавилася.

– Слухай, ну розкажи, га? Я ж від цікавості помру. Ти мені винна!

– З чого б це?

– З того, що ти бачиш, що зі мною відбувається, і я тобі в

цьому довірилася.

Я зітхнула.

– Ліно, я з Даном чотири роки працювала. І всі ці чотири роки забороняла собі на нього навіть дивитися. Ну молодий, ну привабливий, ну розумний. Але ж керівництво! Ходить у своєму білому халаті, спостерігає уважно за моєю роботою. Він – ментор, і йому належить спостерігати за підлеглими. А за три дні до мого приходу у Відділок він мене поцілував.

У Ліни від моєї розповіді загорілися захватом очі та розчервонілися щоки. Здається, про власні переживання вона вже забула. Я продовжила.

– І от уяви, я весь цей час бачила його тільки в лікарській формі. А в перший день заходжу на екскурсію до тренувальної зали, і тут він під час спарингу.

Ліна закотила очі.

– Уявляю собі! То ти тому мене сюди заманила? От хитра! Ну добре. А що відбувається у вас зараз?

– Не знаю, Ліно, – зітхнула я. – Сама розумієш, наскільки бойовий лікар цінний для Відділку.

– Ти думаєш, що це все тільки заради твоєї лояльності? Дурниці! – махнула рукою дівчина.

– Я це рано чи пізно з'ясую. Зараз головне – не наламати дров. А ти давай швидко приступай до водних процедур, бо вже час бігти.

Після душу Ліну трусило, як осичину.

– Перестаралася, – стукаючи зубами, пояснила вона мені.

– Нічого, зараз дорогою зігрієшся.

Ми вийшли з роздягальні та попрямували до безпечників.

– Дівчата, ви куди? – наздогнав нас Пол.

– Зателефонувала Джулі та попросила мене прийти, – сказала я. – Такий самий виклик отримала Ліна. Щось там сталося. Ти нічого не чув?

– Ні, мене не викликали. Але я все одно дізнаюся від інших, – Пол спохмурнів та глянув на мою супутницю. – А ти чого тремтиш? Боїшся, чи що? Ти ж, начебто, хоробра.

– Це в Ліни в душі вода холодна з крану полилася, – пояснила я, не розповідаючи, що полилася вода через бажання самої дівчини. Брехати не можна. Правду казати теж. – Змерзла.

– Тримай! – реінкарнолог зняв з шиї рушник і укутав у нього Ліну. – Він сухий і чистий. Я зазвичай без його допомоги висихаю після купання. Ношу за звичкою. Потім віддаси.

Ліна спалахнула.

– Уявляю собі, що подумають дівчата в лабораторії, якщо я тобі буду рушника повертати, – розлютилася вона.

– Покладеш мені на стіл, коли нікого поруч не буде, – знизав плечима реінкарнолог. – Гаразд, я побіг, там багацько роботи.

– Молодець! – похвалила я Ліну.

– Він знову в балахоні та в окулярах. Легше, – коротко відповіла дівчина. – До тренувальної зали з ним одночасно більше не піду.

Я розвеселилася.

– Ліно, все не так просто. Тепер він почне відслідковувати твої походи та вирушатиме слідом за тобою.

– Елль! – знову застогнала співрозмовниця.

– Тримайся. Пам’ятай про кінцеву мету.

Ми зайшли в білі двері Джулі, але там нікого не знайшли. У коридорі побачили ще пару медиків, які прямували до конференц-зали. Там вже зібрався цілий натовп. Самі медики та безпечники. З бойових лікарів прийшла тільки я. У центрі приміщення стояв стіл, на якому лежав якийсь кулястий пристрій. Конференц-зала взагалі-то навряд чи вмістила б увесь персонал Відділку. Але зараз тут залишалося досить багато порожніх місць. Присутні гули, як розпорошений вулик.

– Прошу всіх сісти й уважно вислухати те, що я скажу, – заявив голосно заступник директора. Він почекав, поки усі всядуться, та в залі запанує тиша, а потім продовжив: – Зберігайте, будь ласка, спокій. Це – бомба.

У приміщенні зчинився галас, дехто з медиків схопився з місця, але їх смикнули назад сусіди-безпечники. Мабуть, охорона вже знала всі подробиці й тому хлопці не хвилювалися. Я доклала зусиль, щоб перейняти їхній спокій, а от Ліна знову затремтіла та заорнулася щільніше в рушник Пола.

– Вона деактивована. Заряд там присутній, але магічний компонент від нього від'єднали, тим самим знешкодивши. Не вибухне. Слухайте, будь ласка, що я скажу.

Зала потихеньку заспокоїлася.

– Цей вибуховий пристрій випадково виявив під стінами павільйону пізній відвідувач ботанічного саду. Він викликав охорону та одразу повідомив нам. Доки бомбу деактивували, пройшло декілька годин. Вибуховий пристрій знаходився безпосередньо під зовнішньою стінкою сектора лонкіїв. Якщо б він спрацював, вся популяція менталістів загинула б.

Тепер затремтіла вже й я. Від уявленого масштабу катастрофи мені зробилося зле. Навколо знову здійнявся галас. Заступник директора підняв руку.

– На щастя, трагедії вдалося уникнути. Але ми повинні посилити заходи безпеки та зробити додатковий захист на стінах павільйонів, які огороджують сектори підопічних. Щоб жодна бомба, яка може вибухнути ззовні, не здатна була ці стіни пошкодити.

Я уявила собі сектор клеврів і подумала про майбутній обсяг робіт та фінансових витрат. Не хотіла б я зараз бути на місці керівництва.

– А як же ми? Раптом це не на підопічних полювали, а на всіх нас? – пролунав звідкись жіночий голос. Напевно, одна з переляканих медичок озвалася.

– Для інструктажу з цього приводу я вас тут і зібрав, – відгукнувся на цей зойк заступник директора. – Повне зміцнення стін павільйону ззовні неможливе. Це викличе підозри. Тому ми зміцнимо таким чином тільки сектори підопічних, а місця роботи персоналу захистимо зсередини. Медикам й іншим співробітникам, які не є бойовими, по одному не ходити. Бойовим бажано теж коопеstart руватися. До роботи та додому пересуватися мінімум парами і тільки громадським транспортом. А краще великим товариством. І ніяких польотів! Від зупинок просити родичів вас зустрічати. Якщо в когось із цим є складнощі, можна звернутися до сектору документації, вам тимчасово нададуть хостел. До з'ясування й усунення загрози. Іншим співробітникам передасте інструкції самі, ми ще зробимо додатково корпоративну розсилку на телефони. У групи об'єднаєтеся на власний розсуд.

– Гм, я так розумію, що з'їжджати від батьків зарано, – мене ця ідея геть не порадувала. Та й відмовлятися від польотів дуже не хотілося. Весна швидко закінчиться, і чекати наступного періоду цвітіння доведеться цілий рік. Далеко не всі люди пересувалися повітряним шляхом, для таких подорожей потрібен час і фізична підготовка. Та й у негоду літати некомфортно. Тому громадський транспорт і таксі користувалися успіхом у багатьох співгромадян. Але я ж ще не літня леді та не матуся з купою діточок. Я люблю літати.

– Переїду, мабуть, до брата, – одночасно зі мною

пробурмотіла собі під ніс Ліна. – Він – бойовик, та й дружина його мене давно в гості кличе.

– Ліно, та ти закохалася?

Дівчина перевела на мене запитувальний погляд. Я вказала кивком на рушник, один край якого моя сусідка притискала до щоки. Вона випустила рушник і розгнівалася.

– Елль, про що ти думаєш? Хто тебе супроводжуватиме?

– Дан, хто ж ще? Навряд чи тепер мені вдасться уникнути його опіки. Ще б пак! Настільки гарний привід затискати мене дорогою на задньому сидінні таксі та цілувати до нестями. Моєї.

– Ти ще скажи, що тобі це не до вподоби, – настрій у Ліни одразу покращився. Вона штовхнула мене ліктем у бік і захихотіла. Підозрюю, що від спостереження за мною та Даном вона отримує не менше радості, ніж я від їхніх "танців" з реінкарнологом. А тепер, після того, що я їй сьогодні розповіла, почне ще більше веселитися. Паршивка! У них хоч все зрозуміло, там тільки здатися залишилося красиво. Так, щоб Пол не запідозрив нічого. А у нас ніби й здаватися не треба вже, але все настільки хитко та непрозоро! А їй весело.

Коли присутні в залі почали розходитися, заступник директора попросив мене затриматися.

– Хельго, я тебе передаю під тимчасове керівництво безпечників. Розберетесь із бомбою та пошукаєте способів організації стаціонарних пасток для вогню.

Я здивувалась.

– Чому ви думаєте, що в нас вийде? Цього ніхто допоки не робив. Немає подібної технології.

– Нам тут не звикати технології винаходити. Дан два дні тому повідомив, що гренони теж вміють ловити вогняні згустки. Не так, як ти, тому що вони з вогнем не працюють. Магія має інші властивості. Зараз з'ясовуємо їхній спосіб це робити. Раніше такими навичками наших підопічних ми не цікавилися, бо Відділок – не військова організація, у нас напрямок діяльності інший. Але останнім часом твоя унікальна здатність схвилювала всіх дотичних, і лікарі, що працюють з греконами, вирішили провести експеримент. А зараз ось знадобилося швидше втілити нове знання на практиці. Чесно кажучи, ми не хотіли тебе квапити, тому що до сьогоднішнього дня цей напрямок цікавив нас чисто з наукової точки зору. Але тепер його потрібно виділити й освоїти якомога швидше. Завтра складеш іспит з техніки безпеки під час роботи з гренонами та підеш вивчати технологію. А потім зі співробітниками охорони пошукаєте спосіб вбудувати цю систему у стіни для захисту.

– Слухаюсь!

Я розвернулася та вийшла з конференц-зали. Залишок зміни я провела за вивченням інструкції та підготовкою до іспиту. Як я і сказала Ліні, додому мене проводжав Дан. Він намагався жартувати, але я попросила перевірити мої знання та підготувати мене ще краще до завтрашнього дня. Залишку шляху додому ледве на це вистачило, враховуючи те, що моє пророцтво щодо дій Професора справдилося, і він дійсно мішав інструкції з поцілунками, постійно мене відволікаючи. Нічна зміна видалася просто неймовірно насиченою подіями та переживаннями. Біля рідної домівки я вже ледь трималася на ногах.

Глава 13

– Де Ліна? – запитала я в Пола наступного вечора. Реінкарнолог сидів на самоті в їдальні, перемішував ложкою каву у величезному керамічному кухлі та виглядав задумливим, можна сказати, навіть чимось засмученим. Картина здалася мені абсолютно незвичною. Ліна мала рацію – зазвичай Пола оточували співробітниці лабораторії, і він весь час жартував.

– Її раптово відправили на якесь одноденне стажування. Завтра повернеться, – парубок ліниво махнув рукою у відповідь на моє запитання та раптом пожвавився. – Слухай, до речі, ти не знаєш, бува, що то в неї за тигреня таке з'явилося?

Я зацікавилася.

– А що?

– Та вчора після цих розмов про безпеку вона зателефонувала якомусь тигреняті й запитала, чи можна в нього поки що пожити. Ви ж начебто з нею здружилися, навіть на роботу разом літали. Хто це, Хельго?

Ні, ну Ліна просто з-під стоячого підошву випоре! Я була в захваті. А головне, як вміло моя нова подружка використовувала ситуацію! Але Пол чекав на мою відповідь, брехню не вигадаєш, тож…

– Точно можу сказати, що не чоловік і не наречений. Але всієї глибини їхніх стосунків я, на жаль, не знаю, – викрутилася я. Саме так, звідки я можу знати всю глибину їхніх стосунків? Може, Ліна в дитинстві брата горщиком била?

– Дякую, Хельго! – Пол ще більше впав у задуму. – Ти до безпечників?

– Так. Іду складати іспит. Нарешті наживе побачу гренонів! – мій голос навіть трохи тремтів від захвату.

– Вони тобі сподобаються, – посміхнувся через силу реінкарнолог. – Гренони веселі, сильні та реально красиві. Шкода, що не розмовляють та з води майже не вилазять. Але, може, до тебе вийдуть? Ти ж правнучка одного з їхніх улюбленців.

Нова інформація. Чому Дан мені цього не розповідав?

– Мій прадід був їхнім улюбленцем?

– А ти не знала? – здивувався Пол.

– Звідки? – простогнала я. – З вас же всіх інформацію треба кліщами витягати. Якщо я не запитаю, ніхто й не здогадається мене до відома поставити. Немов я і без того все знаю. А, між тим, деяка інформація корисна тільки коли вона вчасна.

– Ну, гренони – веселуни й обожнюють подуріти. І людей сприймають такими собі молодшими. Як ми собак. От і є в них улюбленці.

– Неприємне порівняння.

– Ой, не кажи. Я саме тому надаю перевагу роботі з лонкіями. Вони ставляться до нас, як до дітей – з любов'ю та безмежним терпінням, зовсім не образливим. Але ти не переймайся. Гренони теж класні, – махнув Пол рукою. – Йдемо, я тебе трохи проведу, бо кава зовсім холодна вже, а я холодної не п'ю.

Дорогою ми мовчали. Я згадувала інструкцію, а хлопець впав у ще більшу задуму, дивлячись просто попереду себе. Ми підійшли до дверей сектора безпечників, і я приготувалася заходити всередину. Лабораторія розташовувалася трохи далі по коридору, і мій співрозмовник вирушив туди, побажавши мені на прощання удачі під час тестування.

***

– Що з Полом? – запитала мене Інга в тренувальній залі під час спарингу. Я глянула на реінкарнолога, який п'ять хвилин тому з несамовитістю бив боксерську грушу. Зараз хлопець сидів на лаві для відпочинку й власноруч обробляв розітнуту на кісточках шкіру. Кров вже зупинилася, на рані під дією лікарської магії наростав новий шар молодої шкіри, але Полові, здається, не полегшало. Принаймні, обличчя в нього виражало не просто задуму, а якусь сувору втому.

– Ліна, – одними губами прошепотіла я Інзі, і вона кивнула з розумінням.

– Закінчуємо спаринг, – розпорядилася тренерка. – Постріляйно поки що по мішені. Я піду, з Артуром поговорю.

Через хвилину Артур підійшов до реінкарнолога та повів його до групи хлопців, які займалися бойовими мистецтвами. Краєм ока я бачила, що тренер змусив усіх зробити кілька вправ на концентрацію та дихання. Бідний Пол!

Коли я залишала залу, Артур все ще змушував реінкарнолога працювати над концентрацією та медитувати. От і добре. Може, мозок у парубка внаслідок цих вправ прочиститься, і він думати почне? А потім і діяти нарешті.

Але мені вже час самій зосереджуватися на диханні, тому що я йду в сектор до гренонів. Скільки років я мріяла про цю зустріч! Серце калатало, як шалене, я летіла, немов на крилах.

У тамбурі, безпосередньо перед входом до підопічних, мене спочатку спрямували до жіночої роздягальні, де медичка в роках допомогла мені переодягнутися у водолазний гідрокостюм, який, за її словами, саме доставили цього ранку.

–- Ми тут постійно чергуємо, щоб допомогти, якщо треба, – сказала медичка. – Для тебе гідрокостюм замовили ще декілька днів тому, щойно ти дала згоду працювати у Відділку. Ось, обов'язково вдягни годинник і стеж за часом. Тут, окрім циферблату, є ще купа датчиків. Звертай увагу на рівень кисню в балонах, на тиск і на власні показники на кшталт частоти пульсу та зовнішньої температури тіла. Замерзнути не повинна, та й наші чоловіки тебе страхуватимуть, але спочатку всі від захвату забуваються, хоч і складають іспит безпосередньо перед зануренням.

– А що, сюди не тільки бойові лікарі ходять? – я продовжувала збирати інформацію з усіх доступних мені джерел.

– Ні, гренони до всіх добре ставляться, і часом звичайні співробітники приходять відпочити з ними. Керівництво всім дозволяє, тому що гренонам потрібні розваги. У них якась така магія, що без постійних веселощів вони починають хворіти. А співробітники після відпочинку з ними завжди ефективніше працюють. Але зараз там крім бойових лікарів нікого більше немає, тож твоєму першому знайомству з підопічними ніхто не заважатиме. Готово!

Я повернулася до дзеркала та впустила годинник із рук. Я стояла практично голою. Те, що моє тіло повністю закривав гідрокостюм, мало що змінювало. Він не те що нічого не приховував, він тільки підкреслював. Матусю рідна! Там же буде Дан!

Помічниця допомогла мені сховати коси під плавальну шапочку й одягла годинник на безвольну руку.

– Господи! Я гола!

– Відмінна фігура, – посилила мої муки медичка. – Балони й маску тобі там хлопці вдягнуть за необхідності, ми таке не тягаємо. Чого зніяковіла? Йди.

Я глибоко вдихнула та зробила крок до виходу. У всьому

цьому є один позитивний момент – я теж зможу декого роздивитись. Тому чіпляємо на обличчя гордий вираз, який став вже майже рідним за чотири останні роки, розправляємо плечі й вперед – на зустріч із прекрасним. З гренонами, звісно.

За основними дверима розташовувалося величезне штучне водоймище, відгороджене спеціальною конструкцією з широким бортиком. На бортику впівоберта до мене сидів бородатий чоловік середніх років у гідрокостюмі та розмовляв із кимось у воді. Коли я увійшла, чоловік повернувся до мене, і через його плече я побачила Дана, що висовувався з водоймища. Впізнала я його тільки за посмішкою. Очі Професора ховалися за спеціальними плавальними окулярами, волосся – під шапочкою. Через окуляри побачити вираз очей було неможливо.

– Привіт, Хельго! Я – Алекс, – поспішив мені назустріч бородань. – Як почуваєшся?

– Дуже хвилююсь, – чесно зізналася я, помахавши Данові рукою. Він знов посміхнувся й булькнув у воду, закривши рота дихальною трубкою.

– Розумію, – підморгнув Алекс. – Нічого, зараз минеться. Он, дивись.

Він вказав рукою кудись у далечінь, де над водоймищем росли дерева. Саме біля них з'явилися два великих водяних міхури. Тут, до речі, павільйон теж перекривав напівпрозорий дах. І хоч зараз на вулиці панувала ніч, вдень у приміщенні, мабуть, дозволяло працювати природне освітлення. Зараз світло забезпечували спеціальні лампи, потрібні, мабуть, для того, щоб співробітники могли виконувати робочі завдання. Вода почала рухатися, і через п'ять секунд над бортиком злетів Дан, тримаючись рукою за голови (чи спини?) двох чудових істот. От позер!

Пол не перебільшив ані краплі – гренони були напрочуд гарними. Блакитно-сіра, з легкою домішкою теплоти шкіра немов світилася зсередини перлинним світлом. Я вже бачила їхні обриси на чорно-білій світлині прадіда, але цю красу вона передати була не в змозі. Кожен гренон оперував лише чотирма щупальцями, в іншому вони сильно нагадували витончених, навіть благородних, восьминогів. Велика голова кожної з істот прикрашалася лініями, що світилися яскраво-блакитним світлом і утворювали унікальний орнамент з центральною точкою у вигляді третього ока посередині чола. Під третім оком у гренонів розташовувалися звичайні очі без вій, у яких я бачила чималий інтерес до мене та якусь дитячу радість. Істоти височили над Даном, але при цьому виглядали дуже граціозними.

Та найдивнішим виявилося їхнє магічне поле, яке коливалося, немов найтонше павутиння, охоплюючи все тіло гренонів і виходячи далеко за його межі. Неймовірне видовище для внутрішнього бачення лікаря!

Як заворожена, я зробила крок вперед, але Алекс утримав мене за руку.

– Куди?

– Доторкнутися хочу.

– Маска. Окуляри. Балони, – строго сказав бородань і тицьнув мені в руки окуляри. Дан підхопив конструкцію з повітряною сумішшю та почав прилаштовувати мені її на спину, не забувши при цьому фривольно пройтися долонею по моїй сідниці. Я так і знала!

– Ласти потрібні? – запитала я в Алекса, вдавши, що відчуття дотику мені відбило повністю. Ну, принаймні, моїй сідниці.

– Ні, – відповів із-за моєї спини Дан. – Тут без них зручніше. Побачиш. Маску одягнеш, коли в воду стрибнеш. Ти дихати з нею вмієш?

– Так. Мене пів години безпечник тренував.

– А вуха від тиску продувати він тебе навчив?

– Теоретично. Практично треба спробувати під водою.

– Дуже добре! Ну йди, ми з Алексом – слідом за тобою.

Спочатку я відчула дотик магічного поля. При цьому гренони торкалися мовби не мене, а чогось всередині мене. Я придивилася до власного тіла та зрозуміла, що чудові істоти вивчають мій дар, незримо для звичайного зору сплітаючи разом лікарський і бойовий напрямки. Відчуття були дуже приємними. Немов рідна людина гладила мене по волоссю та торкалася до хутра, якого в мене насправді не існувало. Напевно, саме так відчуває себе собака, коли його пестить улюблений господар. Я зрозуміла, звідки пішла асоціація з домашніми вихованцями, про яку казав Пол. Гренони вкладали в кожен дотик якийсь особливий зміст, якісь пестощі та водночас поблажливість. Ми так торкатися магічного поля не вміємо.

Я завмерла в кроці від них, і наступний рух назустріч зробили саме магічні істоти. Вони обмацали мене своїми щупальцями, даючи доторкнутися у відповідь. Шкіра гренонів виявилася приємно теплою та миттєво висихала в повітрі. Я знала, що не можна чіпати блакитні лінії, щоб не зробити "восьминогам" боляче, тому намагалася торкатися чудових істот якомога обережніше. На головах у моїх нових друзів знайшлися порожні від візерунка ділянки з невеликими виступами, за які я могла вхопитися руками. Мабуть, саме так і тримався за них Дан, вистрибуючи з води.

Магічні "восьминоги" злагоджено рушили до водоймища та обережно потягли мене за собою. Я вдягнула маску та зробила крок через бортик у воду. Краєм ока зазначила, що поруч пірнув Дан.

Чесно кажучи, я ніяк не очікувала, що одразу за бортиком почнеться глибина, і тому з розмаху полетіла вниз метра на три. Гренони пішли на дно слідом за мною, підхопили мене під руки та кулею вискочили на поверхню. Які неймовірні відчуття! Все, я Дана більше не засуджую. Якби не загубник, скрикнула б, напевне, від надлишку радості. Пірнувши назад у водоймище, я побачила, що до нас поспішають нові чарівні істоти. Всі хотіли познайомитися зі мною, пограти зі мною, потріпати мене за магічне "хутро". У вихорі радості зовсім не хотілося стежити за часом і датчиками, але колеги маячили поруч і своїми силуетами нагадували мені про техніку безпеки.

Через годину я сиділа на бортику, збовтуючи босими ногами воду, та спостерігала за тим, як Алекс грає з гренонами в м'ячик.

– Невже за цей кайф ще й гроші платять? – вголос здивувалася я.

– Працювати теж потрібно, – посміхнувся Дан, що прилаштувався поруч зі мною з папером і ручкою в руках. – Он дивись, зараз Алекс вивчає спосіб, яким гренони ловлять м'яч.

Видовище дійсно було цікавим. Чарівні істоти немов захоплювали магією м'яч і левітували його назад. А іноді пустували та кидались ним, не використовуючи при цьому щупальця. Алекс, як бойовик стихії повітря, відбивав м'яч щитом, що призводило до блимання блакитних візерунків.

– Це вони так веселяться, – пояснив Професор.

– Звідки ти знаєш?

– Фахівці з аури побачили. Так само, як і м'ячик, гренони ловлять пульсари. Тільки при цьому вони ще їх немов заморожують. Пульсар начебто і горить, і не горить. Хочеш спробувати?

Ще б пак! Я підскочила до Алекса та встала на його місце. Гренони замиготіли, вітаючи зміну учасника гри та смакуючи новий раунд розваги. Я сформувала пульсар і кинула його магічним істотам. Вони дійсно зловили вогонь у якусь дивну капсулу. Я побачила завмерлі язики полум'я. Виглядало це так, немов хтось відлив вогненний згусток з напівпрозорого скла, та помістив всередину нього яскраву лампочку. Звичного переливу вогню не було видно зовсім. Якщо не знати, що це таке всередині капсули, то ніколи не здогадаєшся.

Гренони розвеселилися та кинули пульсар назад мені. Я зловила його по-своєму, чим невимовно потішила підопічних. Ось і я вперше вимовила це слово, нехай і подумки.

Погравши трохи, я повернулася назад до Професора, котрий весь цей час не зводив з нас очей. Сподіваюся, виною тому став не мій гідрокостюм, а експеримент з пульсаром.

– Беруть вогонь у якийсь кокон, капсулюють. Що там у них з часом? – спитала я.

– Не відчувають, – задумливо протягнув Дан. – Слухай, а ти розумниця!

– Угу, – погодилася я. – Тільки це означає, що безпечники даремно чекають на пристрої-пастки для бомб, і їм треба винаходити інший спосіб вберегти всіх нас від вибуху.

– Чому?

– Тому що час – це відносне людське поняття, і виділити магічний компонент для пристроїв не вийде. Капсулювання часом можливе тільки в поєднанні з живим магічним організмом, який зміг усвідомити цю змінну, змиритися з її ілюзорністю та піднятися вище неї, повіривши в те, що управляти відносним й ілюзорним поняттям часу реально, – відповіла я, в якомусь гіпнотичному стані спостерігаючи за гренонами.

– Ем-м. Хельго, я починаю тебе боятися. Слухай, а якщо закапсулювати час часом?

– Для виготовлення пасток повинен бути спусковий механізм, який спрацьовує на вогонь. Вогонь – неживе. Без живого, яке усвідомлює події навколо, капсулювання часом не спрацює, – я неначе прокинулася. Звідки це?

Дан дивився на мене з цікавістю та якоюсь дивною задумою.

– Хельго, не лякайся, – заспокоїв він мене. – Це одне з побічних наслідків розваг з гренонами. У нас саме тому багато хто настільки любить сюди ходити. Я тут за тобою записував. Ми з

Алексом над цим попрацюємо. Але ти приходь, будь ласка, кожного дня, добре? Раптом ще щось цікаве видаси?

"Обов'язково прийду!" – подумала я. – "Де ж ще я тебе в гідрокостюмі побачу? Хоч помилуюся нормально та законно." Вголос же я сказала:

– Авжеж, Дане! Я цю радість нізащо тепер не пропущу.

– Раптом тобі клеври чи лонкії більше сподобаються, – посміхнувся мій співрозмовник.

– До речі, а чи обов'язково вибирати одну популяцію? Чи можна з усіма працювати?

– Можна одну, можна з усіма.

– Тоді тобі нема про що турбуватися.

Глава 14

Наступного дня я сиділа в їдальні з інструкцією з техніки безпеки у роботі з клеврами, коли в мене задзвонив телефон.

– Ти де? – коротко запитала Ліна. В її голосі мені почулася паніка.

– У їдальні.

– Нікуди не йди.

Через дві хвилини дівчина увірвалася до приміщення.

– Елль, я, здається, перестаралася!

– Сядь! – гримнула я на неї, тому що Ліна, на мій погляд, погано себе контролювала. І вже м'якше: – Кави собі налий, ковтни.

Почекавши, поки дівчина виконає моє розпорядження та трохи заспокоїться, я знову скомандувала:

– Розповідай.

– Сиджу в лабораторії, яка спеціалізується на питаннях продовження життя, – скоромовкою заторохтіла подружка. – Чую, Пол за дверима з кимось розмовляє. Двері прочинилися. Розумію, що зараз увійде, я його побачу, й емоції здадуть мої почуття з головою. Вирішую зробити упереджувальний удар. Уявляю собі реінкарнолога у тренувальній залі й одночасно набираю брата. Заходить Пол з якоюсь склянкою в руці, а я в цей час, як ти й порадила, про тигреня там щось лепечу.

– Ну? – поквапила я оповідачку.

– Сидить тепер Пол, а навколо нього дівчата наші танцюють – з руки уламки скла витягують!

– Ого!

– Елль, що робити? – знову перелякалася Ліна.

– Ти повторюєшся. Для початку заспокоїтися. От дідько, і я повторююсь! Щойно заспокоїшся, можна радіти – швидше за все об'єкт дозрів. Тепер важливо, щоб не поринув у комплекси та безсилі ревнощі. Для цього треба тобі з ним поговорити.

– Про що?

– Про що завгодно. Про роботу, про колег, можеш навіть нас із Даном обговорити. О, – пожвавилася я. – Ти рушник повернула?

– Ще ні, – зніяковіла Ліна. – Моменту зручного не було, та й віддавати не хотілося, чесно кажучи.

– Дуже добре! От і поверни. Але так, з натяком, з бездонною

вдячністю в очах. Розкажи, як той рушник тебе захищав під час страшних обговорень бомби. Не мені тебе вчити, ти, як я бачу, набагато краще за мене ситуацію вловлюєш і використовуєш. Тільки не перестарайся знову! Вся подяка винятково в словах, очах і аурі. Жодних дотиків!

– Елль, ти просто гейша! Геть не дивуюся тепер, чому Дан на тебе запав.

– Ліно, якби я була гейшею, все складалося б набагато легше, – із сумом сказала я. – Стільки часу втратила, а тепер от страждаю.

– А страждаєш навіщо? – здивувалася співрозмовниця. – Отримуй задоволення!

– Так! Йди звідси! Продумуй стратегію повернення рушника. Мені вчитися треба, тобі працювати.

Легко сказати: "Отримуй задоволення". Підозри щодо мотивів Дана продовжували мучити мене, і я ніяк не могла розслабитися. З іншого боку, якщо Професор щирий, то будь-який мій натяк, холодність чи відстороненість могли зруйнувати все. Доводилося постійно балансувати на тонкій грані прихильності й інтересу, ризикуючи чи то втратити залишки розуму й аналітичних здібностей від закоханості, чи то відштовхнути від себе дорогу мені людину та тим самим своїми ж власними руками знищити те, що тільки почало якось налагоджуватися. Від безплідних роздумів я рятувалася смаколиками, якими балували співробітників Відділку місцеві кухарі. Треба терміново йти до тренувальної зали, бо зниклі "міліметри" погрожували повернутися з неймовірною швидкістю.

Після тренування я знову сиділа в їдальні, збираючи сили перед відвідуванням гренонів. Заняття завжди забирають купу енергії, і я намагалася обов'язково щось перекусити, щоб її поповнити. Інакше потім у воді буде зовсім важко. Зайшла Ліна.

– Повернула! – змовницьким шепотом відзвітувала вона мені, тому що крім нас тут відпочивали інші люди.

– Ну?

– Сильно повеселішав.

– Дуже добре!

– Я ще сказала, що розлучатися з рушником не хотіла.

– А кажеш, я – гейша, – зареготала я. До їдальні зайшов Пол.

– О, дівчата, саме вас я й шукаю. Добре, що ви тут разом. Хочете щось покажу? – спитав він.

– Звісно, – за нас обох відповіла я.

– Тоді пішли, – реінкарнолог підморгнув Ліні. Та почервоніла, але погляду не відвела. До чого сильна дівчинка! Я так не вмію.

Взагалі Ліна останніми днями виглядала просто на диво чарівною. Ми всі за розпорядженням керівництва перестали поки що літати, тому дівчата з радістю користувалися можливістю вдягнути на роботу спідниці та сукні. Штани й комбінезони залишилися вдома разом із їхньою зручністю та в той же час із якоюсь зрівнялівкою. Суконь іноді теж хотілося, але спеціально викликати для цього таксі ніхто не став би. А тут з'явився привід, і у Відділку зацокали підбори та показалися витончені щиколотки. Ліна сьогодні вдягнула гарну сукню з пишною спідницею та свої коронні шпильки, які зробили її вищою та ще більш витонченою. Бідні наші колеги-чоловіки! За словами того ж Пола, установа перетворилася на суцільний квітник.

Ми поквапилися слідом за хлопцем до лабораторії в кінець довжелезного коридору. Там я раптом побачила непримітні дверцята. Під час екскурсії Відділком у мій перший день я на них чомусь не звернула жодної уваги. Глянувши на Ліну, я зрозуміла, що вміст приміщення, прихованого за цими дверцятами, і для неї є таємницею. У дівчини горіли цікавістю й азартом очі, і навіть мені подобалося дивитися на неї. Що вже казати про Пола?

За дверима виявилася ще одна лабораторія для вирощування магічних рослин, але всі ящики з землею заповнював тільки один вид видом – яскрава бузкова трава з купою жовтих стручків. Контейнери стояли на підлозі, столах, ярусах стелажів біля стін. До них йшли системи крапельного поливу, які живили рослини необхідною вологою та мікроелементами.

– Вау! – відкрила від здивування рота Ліна.

– Знаєш, що це, Хельго? – запитав мене Пол.

– Alturis Kontis, – відповіла я. – Або поміж людей – веселуха бузкова.

– Точно! У школі проходили?

– Так, я ж лікарка, і курс зі знеболюючих входить до стандартної програми навчання.

– Поле, звідки? – сплеснула руками Ліна.

– Ми з неї робимо заспокійливе для клеврів, – пояснив реінкарнолог. – На них діє не так, як на людей. Дівчата, а ви знали, що її можна їсти?

Я здивувалась.

– А не палити?

Ліна зареготала, Пол із посмішкою пояснив:

– Палити чи пити лікарські витяжки з листя – для знеболювання. Їсти стручки у вершковому соусі – для гастрономічної радості.

– Цікаво, чому я цього не знаю? Нам про це в школі не розповідали, – замислилася я.

– Можливо тому, що вирощування веселухи дозволене винятково тим виробникам, які мають ліцензію на цю діяльність. І, щоб не провокувати гурманів на порушення закону, інформацію про стручки намагаються не поширювати, – припустив Пол.

– А що, ейфорії від цієї страви не буде?

– Дуже слабенька, чисто для легкого поліпшення настрою. Виділяється тільки приладами, самими пацієнтами навіть не відзначається. Щоб з'явився яскраво виражений ефект, цих стручків треба сирими зжувати з кілограм, а це не реально. Вони сирі – несмачні. Не те що тушковані у вершках.

– Так. Тільки готувати їх треба не в вершках, а в сметані, – не змовчала Ліна, і вони з Полом засперечалися про смак веселухи під різними видами соусів. Дівчину про поживну цінність рослинного знеболювального мабуть просвітив брат. Чудова же пара вони з Полом – так сперечаються заразливо.

– А чому від співробітників ховаєте? – перебила голубків я.

– Так палитимуть же, – захихотіла Ліна.

– Або зжеруть, – додав реінкарнолог, і вони зареготали вже вдвох. Я уявила собі обідрану галявину веселухи та теж засміялася.

– Отже, дівчата, я запрошую вас завтра до мене на дружню вечерю. Хельго, Дана я вже покликав. Якщо ви погодитеся, він забере вас, і посидимо у мене, потеревенимо.

– Ти готуєш? – зробила великі очі Ліна.

– Бавлюсь, – зніяковів реінкарнолог.

– Я в захваті, – підлила масла у вогонь дівчина.

– Ми прийдемо, Поле, – я взяла на себе відповідь, бо від вух хлопця вже, здається, йшла пара.

– Чудово! Обстановка неформальна, просто зустріч друзів. Не запізнюйтесь.

Виходячи з лабораторії, я тихенько шепнула парубкові:

– Жодних окулярів. І не балахон.

При підході до сектору гренонів у мене задзвонив телефон. Начальник служби безпеки просив навідатися до нього. Я розвернулася та попрямувала туди.

– Ми хочемо вивезти бомбу на полігон і підірвати її там. Бажаєш поїхати з нами та спробувати зловити вибух? – спитав мене старший безпечник, коли я зайшла до його кабінету.

– Я боюся, що моїх сил може не вистачити, – засумнівалася я.

– Ми беремо з собою кілька медиків з великим потенціалом, вони забезпечать підживлення, якщо знадобиться. Ти можеш відмовитися.

– Ні, я поїду, – хто ж відмовиться перевірити свої сили в подібних умовах? – Тільки можна Дана з нами покликати?

– Навіщо? – здивувався безпечник.

– Ми з ним вже давно знайомі. Я ж працювала під його керівництвом. У всіх складних ситуаціях він завжди допомагав впоратися. Мені буде якось спокійніше, – я дивилася начальникові служби безпеки просто в очі та щосили намагалася не червоніти.

– Та без проблем. Зараз зателефоную, запрошу. Якщо погодиться, то візьмемо замість одного з медиків. Так навіть краще – забезпечить нам, як водник, додатковий захист.

Дан примчав до сектора охорони через десять хвилин після дзвінка. Кінці волосся Професора залишалися вологими, мабуть, ми витягли його з водоймища гренонів під час найзапеклішої роботи.

– Готовий? – запитав його начальник охорони. Дан кивнув.

– Тоді пішли, – ми вийшли з кабінету та вирушили кудись у бік сектора документації. За ним розташовувалися масивні двері, замкнені таким самим замком, як лабораторія й інші важливі приміщення Відділку. За дверима відкрилися сходи вниз і довгий підземний тунель, який вивів нас до великого критого ангару, де я побачила гелікоптер, пару сучасних літаків і спеціалізований автотранспорт. Цікаво, скільки павільйонів ботанічного саду насправді належать Відділку?

– Наша база, – пояснив начальник служби безпеки. – Літаки останньої моделі, кращі тільки у військових. Можуть стартувати вгору просто з місця, завдяки магії повітря та так само приземлятися. База примикає до стіни ботанічного саду, а ми пересуваємося під землею – так зручніше.

– Навіщо це все потрібно? – ошелешено запитала я в той момент, коли ми сідали в найближчий літак. – Закрита організація, про яку майже ніхто не знає, ще й спеціалізується на науці. Навіщо ця транспортна база?

– По-перше, іноді до нас надходять повідомлення про особини клеврів і гренонів, яких знаходять то в глибоководних западинах, то в льодовиках, – сказав Професор. – З кожним роком на планеті залишається все менше невивчених місць, і через якийсь час їх, швидше за все, перестануть знаходити, але поки що повідомлення періодично надходять. Особливий бум був років сімдесят тому – після винаходу акваланга. Реагувати завжди потрібно дуже швидко, щоб інформація не встигла вийти назовні. З появою глобальної мережі це стало ще актуальнішим. У нас є санкції від найвищих керівників на оренду будь-якого військового літака, катера, корабля, не кажучи вже про дрібніший транспорт. Але Відділок намагається обходитися своїм, щоб менше доводилося відповідати на запитання та підчищати пам'ять випадковим свідкам.

– А по-друге?

– А по-друге, ми іноді зобов'язані допомагати іншим службам під час найбільш екстрених випадків, – підхопив розмову начальник охорони. – Наприклад, коли на Жовтий архіпелаг йшло цунамі, всі наші водники та спеціалісти з повітря рвонули туди, щоб зупинити катастрофу. Ще й своїм транспортом доставляли додаткових фахівців. Кожна держава, яка фінансує нас, має право на нашу допомогу за таких обставин.

– Ти теж там був? – запитала я Дана.

– Ні, я тоді ще вчився. Мама літала. Зараз вона на пенсії вже, а під час того цунамі саме працювала у Відділку. Отакої! Хто б міг подумати? Я зловила себе на тому, що мені все більше подобається Відділок. Ідеальне місце роботи для того, хто любить допомагати іншим. Тим часом безпечник закріпив мене в кріслі, вдягнув на голову шолом і маску, а потім натиснув на спеціальну кнопку, що активувала навколо мого тіла кокон зі стиснутого магією повітря.

– Найближчий полігон для випробувань вибухових пристроїв розташовується за півтори години польоту звідси. Через те, що зліт відбувається строго вертикально, ми захищаємо таким коконом тіло від перевантажень, – почула я його голос у навушниках шолома. – Злетимо, і зможемо вимкнути.

Відчуття, чесно кажучи, мені геть не сподобалися. Моє тіло немов стискало з усіх боків чимось пружним. Якби в маску не надходив кисень, я б, напевно, задихнулася. А так вдавалося терпіти. Добре, що я не страждаю на клаустрофобію. Незважаючи на те, що кокон дозволяв бачити кожну деталь навколо, здавалося, що мене стискають тісні стінки.

Дах ангара прочинився, і літак здійснив досить різкий стрибок вгору, проте ніякого переходу я не відчула. Просто раптом за вікном понеслися вниз розмиті світлові смуги, та приблизно через хвилину ми вже летіли кудись у бік величезного місяця. Через певний час начальник служби безпеки показав, як відімкнути захисний кокон, я зняла маску та видихнула з полегшенням. Поруч звільнялися від повітряного полону наші супутники – Дан, двоє медиків і двоє бойовиків-безпечників. Після короткого знайомства я вирішила витратити час на спроби згадати інструкції з техніки безпеки для роботи з клеврами, які вивчала сьогодні в першій половині ночі. Пропуски допоміг заповнити Професор, йому теж нічого було робити в ці години перельоту.

– Бомба не надто велика, тому навіть якщо ти не впораєшся, нічого страшного не станеться, – говорив мені через півтори години начальник служби безпеки. Ми йшли від літака до випробувального пункту на полігоні. Один з безпечників ніс вибуховий пристрій. – Ми підірвемо її спеціальним додатковим детонатором, який запустить процес. Зараз вона не представляє для нас ніякої загрози.

– Якщо бомба не дуже велика, то як вона могла знищити всю популяцію лонкіїв?

– Подібні пристрої небезпечні уламками, які розлітаються навкруги та вражають все, що трапляється на шляху. Додатковий магічний компонент провокує появу нових уламків із зруйнованих конструкцій. Часто-густо в результаті від цих пристроїв падає дах або його шматки, та чавлять тих, кого не знищили уламки. Тому на полігоні підривати пристрій не страшно, враховуючи передбачені заходи захисту, а ось у будівлі або біля неї... – безпечник похитав головою. – Створювач бомби прекрасно знав, як влаштувати велику біду малими силами. Ти в лонкіїв ще не була?

– Ні. Вчора тільки до гренонів потрапила. Відвідування лонкіїв ще попереду.

– Коли до них завітаєш, побачиш, що це дуже тендітні істоти.

Для їхніх м'яких тіл уламки – страшна смерть.

Ох, краще б я і сьогодні вдягнула штани та зручні кросівки – ходити тут у туфлях було дуже важко. Я спиралася на руку Дана, щоб не підвернути ногу на купині та не впасти. Якби на дворі стояло літо, то я могла б просто роззутися та піти босоніж, але поки що земля ще сильно студила ноги. Особливо серед ночі.

Коли безпечники закінчили всі приготування з розміщенням бомби, нас попросили начепити на себе спеціальний захист. За хвилину до вибуху перед нами виник ще й крижаний щит, який вочевидь зробив Дан. Залишилася тільки вузька щілина для погляду. Я подивилась на Професора та побачила, що він стоїть у повній готовності закрити її теж, якщо з'явиться хоч якась загроза. Мені здалося, що в Дана напад параної, тому що до нас уламки долетіти не могли аж ніяк. Отримавши підтверджувальний кивок від кожного учасника нашої групи, головний безпечник натиснув на кнопку детонатора.

Я не встигаю! Бомба – це тобі не пульсар. Як я раніше про це не подумала? Загордилася від своїх унікальних здібностей? Пульсар – шматок плазми, стабільний за своїм розміром. Незважаючи на те, що він дуже швидкий, він хоча б передбачуваний та за умови певної швидкості реакції цілком вловимий. А бомба миттєво перетворюється з маленького м'ячика на величезний згусток полум'я. Я з усіх сил намагалася охопити цей згусток своїм вогнем, загальмувати, але моєї потужності та швидкості весь час трішки не вистачало. Я ніяк не могла спрацювати на випередження.

Про це все тільки розповідати довго. Насправді ж і вибух, і мої спроби його вловити зайняли частки секунди. І я програла, витративши практично всю себе.

Але зі сторони це виглядало як перемога. Я встигла зібрати в свій вогненний кокон уламки та вивільнену міць. Хоча якщо б щось подібне сталося поруч із лонкіями, врятувати всіх навряд чи вдалося б. Уламки, звісно, не розлетілися б, але самою силою вибуху багатьох би вбило. Я просто не змогла зупинити розростання полум'я на рівні того ж маленького м'яча. Жбурнувши величезну вогняну кулю у спеціально облаштоване місце, я осіла Данові на руки. До нас підскочили медики і одразу ж почали накачувати мене своєю магічною силою, щедро віддаючи те, чого в горе-вибухівниці практично не залишилося. Професор закутав мене в свою куртку поверх мого плаща, але це допомагало мало.

– Хельго, пий! – начальник служби безпеки простягав мені кухоль з білково-вітамінним коктейлем, який зазвичай використовували спортсмени для відновлення сил. Старший безпечник був похмурим і пригніченим.

Я процокала зубами по краю кухля та насилу зробила перші ковтки. Дан допомагав мені, притримуючи склянку, тому що я занадто ослабла навіть для цього крихітного навантаження. Щойно перші краплі потрапили в шлунок, тілом миттєво пішло розходитися тепло, і я почала зігріватися.

– Щось ми не враховуємо, – тим часом похмуро сказав безпечник.

– В-ви п-про що? – спитала я, відчуваючи, що сили ще не повернулися.

– Занадто потужний вибух для даного типу бомби. Можливо, ми неправильно оцінили потенціал магічного компоненту, вкладеного в цей пристрій. Тим гірше. Треба терміново доповісти директорові, нехай дає наказ ще сильніше зміцнювати сектори підопічних ззовні.

Назад у літак Дан ніс мене на руках. Я вже зігрілася, але ноги ще слухалися погано – чужа магія переповнювала мене, проте тіло потребувало часу, щоб відновитися. Професор не став слухати моїх заперечень, його підтримав і начальник служби безпеки, коротко нагадавши: "Нема коли!". Довелося припинити пручатися. Весь переліт назад до Відділку Дан мовчав. Утім, нами всіма заволодів приблизно однаковий настрій. Безпечники розмірковували, медики пили напій для відновлення магічного рівня. До висадки з літака на нашій базі я вже повністю відновилася та навіть встигла обдумати свою самовпевненість, пообіцявши собі більше ніколи не переоцінювати власні сили.

Глава 15

Дорогою додому Професор все ще мовчав і хмурився.

– Дане, що з тобою? – спитала я його нарешті.

– Пообіцяй мені більше ніколи настільки собою не ризикувати, – вимовив він, не дивлячись на мене.

– Не можу. Я давала клятву лікаря.

– Я знаю, чорт забирай! Тоді пообіцяй мені, що покличеш мене бути присутнім поруч у будь-який схожій ситуації, щоб я міг забезпечити захист і підживлення.

– Хіба не це я зробила сьогодні?

Дан не знайшов, що відповісти. Тому що я мала рацію. Я вирішила докорінно змінити тему, щоб відволікти Професора від похмурих думок, і попросила супутника привезти до мене Ліну за півтори години до призначеного Полом часу. У нас у всіх попереду були вихідні, тому реінкарнолог і зважився організувати цю вечерю.

– Хельго, що я пропустив? – зацікавився Дан.

– Усе! – відрізала я. Його попередній поганий настрій передався і мені. – До речі, ти чому до тренувальної зали не ходиш?

– Ходжу, – посміхнувся нарешті Професор. – Одразу після того, як тебе на роботу привожу, я йду до Артура на вправи з дихання та концентрації.

От паршивець! Навіщо він мене бентежить? Насправді, звісно, це я винна. Пол же сказав мені про час відвідування Даном зали. Для чого я Професорові взагалі це питання задала? Утім, мій супутник про це знання не здогадується, тож…

– От ходив би разом із Полом, знав би. Дане, я ж довірена особа, я не буду розповідати. Побачиш все скоро сам.

– Я от начебто теж довірена особа, але чомусь нічого не чув.

– То й май терпіння. Прохання моє виконаєш?

– Авжеж.

Наступного дня Дан привів Ліну рівно о призначеній мною годині. Ми з подругою спробували вигнати Професора погуляти, але на допомогу йому прийшов мій батько та повів гостя грати в го. Туди ж потягся й кіт. Наче він хоч щось розуміє в го. Мабуть, котяча вусата морда остаточно зробила вибір на користь гостя. Втім, нехай розважаються, нам вони не заважатимуть. Ліна прийшла в шортах, футболці та білих кедах. Я похитала головою:

– Не годиться.

– Неформально ж потрібно!

– Це не означає, що зовсім непродумано, хоча ноги в тебе гарні навіть без шпильок. Мам, іди до нас.

У батьків сьогодні теж був вихідний, тому вдома перебувала вся родина. Крім мого брата, той вже давно одружився та переїхав жити окремо. Наша сім'я мешкала в приватному будинку в одному зі спальних районів столиці. У моїй затишній кімнаті цілком вистачало місця не лише для мене, але ще й для того, щоб прикрашати перед дзеркалом моїх подруг.

– Потрібна сукня, – сказала я мамі, коли вона зайшла до моєї кімнати. – Ви з Ліною одного зросту та комплекції, допоможи дібрати вбрання. Умова – неформально, але так, щоб дехто, і без того закоханий, остаточно голову втратив.

Мама пожвавилася.

– Зараз, – сказала вона та вислизнула з кімнати, крикнувши наостанок. – Зав'яжи їй поки що високий хвіст.

– Ма, ти – геній! – через пів години сказала я, коли Ліна стояла перед нами практично готовою. Білосніжна пишна спідниця-шорти не заважала рухатися та виглядала дуже жіночно. Образ наївної спортсменки доповнював топ холодного рожевого кольору. Вертикальні білі смужки візуально робили талію ще тоншою. Високий хвіст відкривав витончену шию, а в білих шкарпетках ноги виглядали ще апетитнішими. Не вистачало тільки ракетки в руках. І не причепишся же! Повна неформальність, як вона є.

– Цьому одягу вже років тридцять, – зізналася мама. – Я в ньому на твого татка намагалася справити враження під час корпоративного пікніка. Потім склала у скриню, думала, раптом тобі зможу коли-небудь подарувати? Чомусь мені здавалася ця ідея дуже гарною – передати доньці у спадок свій щасливий комплект. Освіжала його періодично, щоб спідниця не жовтіла. Але ти виросла настільки високою, що вбрання тобі просто замале. Добре, що не викинула.

Так, я б теж від подібної спіднички не відмовилася. Треба буде прикупити собі щось схоже з першої зарплати. Тільки дібрати відповідно до зросту.

Фарбувати Ліну ми не стали, Пол би не оцінив. Злегка освіжили обличчя крижаними кубиками з травами. Погляд приваблювали маленькі сережки з яскравими камінчиками у вухах подружки, того досить. Я одягнула зручні широкі бриджі й туніку, мама зробила мені зачіску "колосок", а потім ми втрьох вийшли до кімнати, де сиділи гравці в го.

Тато посміхнувся та підморгнув мамі. Мама зніяковіла.

– Ти що, пам'ятаєш? – спитала вона.

– Звісно! Ти мені в цьому вбранні потім місяць снилась.

Дан мовчав, дотримуючись обіцянки не розпитувати та не втручатися. Але Ліну оглянув уважно, посміхнувся та запропонував нам взяти його з обох боків під руки.

– Дуже добре, дівчата. Ну що, йдемо?

Дорогою ми зайшли в магазин, де Дан придбав чотири пляшки пива. До житла Пола добиралися в таксі, дотримуючись вказівки безпечників щодо пересування містом. Реінкарнолог зустрів нас босоніж, у джинсах, сорочці з коротким рукавом, яка підкреслювала м'язи, та у смішному кухонному фартушку.

– Розташовуйтеся, – махнув він нам і помчав до кухні. – Я зараз! Бо пригорить.

За моєю спиною застогнала Ліна.

– Елль, я цього не винесу!

– Що таке? – перелякався Дан, але я його смикнула, щоб не втручався.

– Плечі! Погляд!! Фартух!!! – Ліна вочевидь була не здатна впоратися з емоціями.

– Тримайся, подружко. Він тебе ще не бачив, не встиг. Дане, будь ласкавий, навчи її на диханні концентруватися. Чого ти смієшся, безсердечний?

– Вибач, Ліно, – покаявся Професор. – Я не знав, що в тебе тут раптом все стало настільки серйозно. Хельга мені тебе вчора не здала, як я не вмовляв. Оце то сюрприз! Так, вдих-видих, вдих-павза-видих. Ти собі навіть уявити не можеш, як я тебе розумію! Давай ще раз: вдих-павза-видих. Тепер ще раз, тільки тихенько, непомітно, через прочинені губи. Зуби не стискай у жодному разі, бо тоді вийде досить голосний свист. Думай про море. Воно дуже спокійне та тихо шелестить хвилями, навіюючи умиротворення та занурюючи душу в рівновагу. Полегшало?

– Трохи. Дякую тобі, Дане!

– При загостреннях користуйся. Я останнім часом це часто роблю, – посміхнувся Професор.

Я вдала, що не почула тих його слів.

– Ви чого в передпокої застрягли? – висунувся з кухні господар і раптом голосно втягнув повітря крізь зціплені зуби, демонструючи свист, який виходить при цьому. Ліна стояла все в тому ж приміщенні на одній нозі, знімаючи з другої білий кед. Дан підтримував її під лікоть для рівноваги, і через вузькість передпокою дівчина вивернулася красивою статуеткою. Зрозуміло. Дехто на диханні концентруватися й досі не навчився, незважаючи на всі інструкції від Артура.

– Ми вже йдемо, Поле, – сказала я. – У тебе там щось біжить, здається.

Реінкарнолог нарешті видихнув і знову помчав у кухню, а ми пройшли до вітальні, обставленої у лаконічному стилі хай-тек. Виявилося, що в Пола у квартирі не було стіни між кухнею та вітальнею. Ці два приміщення відділяла лише масивна барна стійка та стилістика інтер'єру. Ми добре бачили, як господар чаклує над плитою. Ліна знову почала дихати через прочинені губи. Я її чудово розуміла. Захоплений цікавою справою хлопець – це взагалі щось особливе, а Полові вочевидь подобалося куховарити. На цей факт вказувала розкішна полиця для спецій з купою баночок і цілий набір різноманітних кухарських інструментів. Пахло, до речі, дуже смачно.

Я уважно роздивлялася оздоблення кухні та набір посуду і подумки робила собі позначки. А що? Я збираюся переїхати на окрему територію. Готувати для себе доведеться самій – мама з її смакотою залишиться вдома. Треба придивлятися та радитися зі знавцями, такими, як Пол. От, наприклад, та маленька пательня – цілком цікавий варіант для соусу. А он у тій, як мені здалося, передбачається смажити оладки.

– Поле, дай якусь велику каструлю, – попросив Дан. – Щоб чотири пляшки з пивом поставити. Я зараз там криги наморожу, нехай напій поки що охолоджується.

– Іди, візьми. Я вже закінчую.

Дан доєднався до приятеля в кухні, і тепер ми з подругою удвох милувалися хлопцями, зайнятими справою. Їй, без сумніву, подобалося дивитися на те, як куховарить реінкарнолог, а я з цікавістю спостерігала за потоками магії Професора, що дозволяли працювати з водою. Я спробувала відволікти Ліну та й себе разом із нею, зашепотіла дівчині у вухо:

– Слухай мене уважно. Приховувати емоції вже не треба, та в тебе й не вийде. Але дивись трохи рідше, бо кисневий шок трапиться від спроб дихання стабілізувати. Зараз Дан кригу принесе, покладеш долоню на каструлю, легше стане. Тільки не відморозь собі пальці. І пам'ятай. Торкатися парубка першою не можна. Жодних дотиків, доки сам не зробить крок. Ми забезпечили всі можливі умови, щоб це відбулося. Більш того, він на своїй території, це підбадьорює. Тож не тягни руки першою. Зрозуміла?

Через годину ми сиділи за столом із порожніми тарілками та без поспіху допивали крижане пиво просто з пляшок. Пол пропонував нам склянки, але ми чомусь вирішили, що так цікавіше. На місці відсутньої стіни над барною стійкою шуміла морська магічна картинка-ілюзія, приховуючи бедлам на кухні. Господар не став витрачати час на прибирання після приготування їжі та просто увімкнув проектор, неусвідомлено допомагаючи Ліні зосереджуватися на диханні. Втім, я підозрювала, що не тільки їй, тому що на море періодично дивилися абсолютно всі учасники вечірки. Веселуха виявилася просто пальчики оближеш – немов солонуватий гібрид риби та грибів, протушкований у сметані. Сподіваюся, Ліна оцінила "реверанс", який зробив Пол, обравши для соусу сметану замість вершків. Пиво в якості напою під цю страву виявилося ідеальним. Господар квартири розважав нас історіями зі своєї лікарської практики:

– Вона його питає: "Вас мучать еротичні сни?". А він, мабуть, старий бородатий анекдот згадав та й каже їй: "Не мучать. Я ними насолоджуюся!"

Ми зареготали.

– Поле, ти проходив практику в психіатрії?

– Так, Хельго. Частину. Реінкарнолог спочатку вчиться на фахівця з аури. В нашому курсі психіатрія займає великий шматок.

– А хто в тебе був наставником перед роботою у Відділку?

– Алекс. Ми з ним обоє – бойовики з повітря.

Я згадала бороданя Алекса, котрий зустрів мене позавчора у гренонів, і запитала:

– Ти без вагань погодився перейти у Відділок?

– Авжеж! Так само, як і ти. Ні за що б цю роботу не проґавив.

– А ти, Ліно?

– А мене брат перетягнув, – охоче поділилася подружка. – Коли з'явилася вакансія медика, він мені зателефонував. Я за Віктором сильно скучила, та й робота в мене була не дуже цікава. Погодилася одразу. Він же й моїм поручителем виступав.

У Ліни задзвонив телефон.

– А ось, до речі, і брат. Про вовка промовка. Так, тигреня.

На Пола було смішно дивитися. Я пирснула в кулак, а реінкарнолог прошипів:

– Ну, Хельго! Я тобі це пригадаю! Не знає вона всієї глибини їхніх стосунків. Як я міг на це попастися?

Ліна продовжувала щебетати в слухавку, пояснюючи Вікторові, що її проводить Дан. І нехай брат дружині своїй перекаже, що вечерю для дівчини залишати не треба, її нагодували. Я все не могла заспокоїтися та сміялася, сховавши обличчя на плечі Професора, котрий косився на мене з німим запитанням у погляді. Нічого, пізніше розповім йому про те, як ото мені вдалося отримати "Я тобі це ще пригадаю!" і від моєї нової подружки, і від Пола.

– Ну й добре, – ображено сказав господар квартири, глянувши на Ліну. – Я піду посуд помию. Потім, якщо захочете, у магічний твістер пограємо.

– Стривай, Поле, я тобі допоможу, – підскочила дівчина, завершуючи розмову з братом. Хлопець пожвавився.

– Тоді бери ось цю велику тарілку з-під веселухи, вона легенька, і неси на кухню до раковини. Я зараз весь інший посуд зберу й слідом за тобою прийду.

– Що, посудомийної машини немає? – запитав Дан, обіймаючи мене за плечі, доки я продовжувала тихенько хихотіти.

– Навіщо? – збентежився реінкарнолог. – Я один живу. Скільки там часу треба для того, щоб одну тарілку вимити?

– Магічний твістер? – запитала я Дана, коли Пол вийшов у кухню. У цю гру я ще не грала.

– Так. Схожий на звичайний, тільки після рук і ніг можна ще й дар використовувати для додаткової опори. Що будемо робити, доки вони зайняті? – запитав мене Професор, і в цей момент з кухні почувся дзвін розбитого посуду.

– Дуже тихо, – шепнула я одними губами, утримавши за рукав Дана, який рвонув з дивану. Ми піднялися, навшпиньки прокралися до кухні та заглянули у відчинені двері.

Ліна сиділа на барній стійці прихованій від поглядів з вітальні магічною ілюзією. Пол стояв просто перед нею, і дівчина обіймала його руками та ногами. На кахлі валялися уламки великої тарілки з-під веселухи. Друзі були настільки зайняті одне одним, що не помітили б нашої появи, навіть якби ми увірвалися в приміщення з криками та стріляниною. Дан гмикнув собі під носа та тихенько потягнув мене назад на диван у вітальні.

– Може залишимо їх тут удвох? – пошепки запитав мене Професор, коли ми знов вмостилися на м'яких подушках.

– У жодному разі.

– Хельго, я тобою захоплююся! Цілий рік тривала ця зелена туга, а тут прийшла ти та за тиждень всіх розсадила по місцях.

– Та нарешті. Я хоч зможу безпосередньо роботою зайнятися, бо це сватання забирає в мене купу сил і часу. А ти чого настільки задоволений?

– Пол – хороший хлопець. А Ліна – хороша дівчина. Погано, коли хороші люди дурницями маються.

Закохані з'явилися у вітальні в той момент, коли я зображала для Професора пам'ятне тренування в залі, закінчивши розповідати про тигреня, рушник й уламки склянки в долоні. Я була в ударі, мабуть, поділа веселуха разом із пивом. Дан сміявся та намагався на кожному пікантному моменті погладити мене чи притиснути до себе, а я відбрикувалася та продовжувала виступ однієї акторки.

– А ще вона думала, що Пол – бабій, – закликала я Професора оцінити разом зі мною весь гумор ситуації.

– Ти справді так думала? – запитав реінкарнолог Ліну. – Чому?

– Ти постійно оточений дівчатами й увесь час всім компліменти ліпиш, – опустила очі дівчина.

– Я ж тобі казав, що ти припускаєшся величезної помилки подібною своєю поведінкою, – підчепив господаря квартири Дан, вочевидь продовжуючи якусь стару суперечку.

– Друзі, ну чому ви весь час забуваєте про мою спеціалізацію? – ображено спитав Пол. – Я на роботу приходжу та бачу: в однієї колежанки вдома негаразди, вона зажурена; друга гнівається чи то на чоловіка, чи то на когось із колег; третя в роздратуванні від плями на плащі, яку посадив їй необережний водій, поки вона намагалася перейти дорогу до зупинки громадського транспорту. Комплімент скажеш, і вже якось одразу можна працювати. Пару разів пожартуєш, і всі розслабилися, полегшало. Ось ти, Хельго, згадай, про що думала, коли ми з тобою вперше зустрілися?

Я посміхнулась. Настрій після знайомства фіктивного нареченого з батьками справді був кепським. І Полові тоді дійсно вдалося мене відволікти. Дан глянув на мене з цікавістю, але розпитувати не наважився.

– Тобто, мені ти теж компліменти кажеш тільки коли я

сумую? – вперла руки в боки Ліна.

– Тобі я кажу компліменти завжди, – запевнив дівчину Пол, обійнявши войовничу подругу міцніше.

– От і я Ліні говорила, що вона сильно помиляється. Тоді вона почала за твій робочий балахон згадувати й за окуляри, за якими очей не видно. А я їй порадила до тренувальної зали прийти. В той день концентрація на бойових завданнях порушилася у всіх присутніх.

– О-о-о, уявляю собі. Шкода, що я пропустив цю визначну подію. Знаючи мого приятеля, він, мабуть, навіть ногами свою боксерську грушу лупив, як балерина, – розвеселився Професор, а реінкарнолог гмикнув, змовницьки глянувши на мене.

– Вам весело. А я не міг повірити в своє щастя. Особливо після того випадку, Хельго. Шикарний шанс покрасуватися. Може, нарешті, помітить? Перестарався?

Дан припинив сміятися та знову глянув на мене, а потім перевів погляд на господаря квартири.

– Після якого випадку, Поле?

– Я Ліну потім з холодного душу витягала, – поспішила втрутитися я. – Помітила, не те слово. У бідолахи від твоїх старань зуб на зуб не попадав.

– Ти в своєму балахоні худий, – тицьнула господаря квартири в груди ліктем дівчина. Вона, до речі, абсолютно не соромилася власних почуттів і реакцій. Тільки легко та світло посміхалася. Я подібній природності завжди заздрила, признаюся. А тут на очах тепер є гарний приклад. Треба повчитися. Пол, до речі, взагалі немов світився, наче хтось увімкнув всередині нього невеличкий ліхтарик.

– А без балахона? – з посмішкою поцікавився він, погладжуючи подругу по спині долонею, немов кішку.

– А без балахона не худий, – хором сказали ми з Даном, переглянулися та зайшлися в нападі нестримних веселощів. От серйозно, сміятися разом, як на мене, так само чудово, як і цілуватися. Ліна закотила очі.

– Слухайте, може, досить вже веселитися? Треба по домівках потихеньку розбрідатися. Мене Пол проведе, тут до Віктора недалеко, а ви таксі візьміть. Ну її, ту бомбу.

Ми всі разом стали серйозними.

– Не вірю, що нам щось загрожує поза Відділком, – задумливо сказала я.

– Чому? – здивувалася Ліна. Дівчина сиділа в Пола на колінах і міцно-міцно притискалася до нього, а реінкарнолог обіймав її однією рукою, немов закриваючи від небезпеки. Не здивуюся, якщо там навіть тонкий повітряний щит стояв, який фахівці зі стихії повітря іноді неусвідомлено створюють перед собою за першого ж натяку на небезпеку.

– Подумай сама. Бомба – пристрій досить великих розмірів. Потужний вибуховий девайс, якого вистачило б на знищення цілого сектора лонкіїв. Ми її вчора на полігоні підірвали, й мені ледь вдалося зловити вогонь у магічну пастку. Моєї подвійної сили дару ледве вистачило для того, щоб захопити цю міць у вогневий кокон. Мене потім медики накачували енергією, щоб не знепритомніла, а я була на межі. Насилу вдалося зігрітися за півтори години перельоту від полігону до Відділку. Начальник служби безпеки дуже неприємно здивувався, тому що спочатку його спеціалісти оцінили міць, як не надто велику, думали, що основний розрахунок злодій робив на уламкове ураження. Тобто пристрій не рядовий, створив його чи то дуже грамотний фахівець-вогневик, чи то взагалі група людей. Навряд чи подібні люди стали б полювати на співробітників поодинці. З огляду на поширення чуток про наукові експерименти з новонародженими, я думаю, що мета – дискредитація чи взагалі припинення діяльності всього Відділку.

– Якщо ти маєш рацію, то під удар потрапляють бойові лікарі, – сказав Дан, задумливо потираючи підборіддя. – Варто перебити нас усіх, і Відділок завмре.

Тепер вже Ліна обійняла Пола, хлопець притис її до себе, а я відповіла:

– Так, завмре, але не припинить своєї діяльності назавжди. Занадто багато людей знають про нашу роботу, включаючи уряди більшості країн. Нові бойові лікарі рано чи пізно народяться, і Відділок знов почне роботу, нехай і через десятки років. Щоб досягти мети, розумніше знищити підопічних, – сказала я і сама злякалася картини, яка вимальовувалася з моїх слів.

– Що ж робити? – запитав реінкарнолог.

– Я думаю, що не можна залишати без нагляду сектори гренонів, лонкіїв і клеврів ані вдень, ані вночі. Хоча б один бойовий лікар повинен постійно чергувати там, а краще – два. І, як це не важко, але треба чекати, що буде далі. Судячи з того, що я чула в безпечників, зачіпок у них немає.

– Так, – відгукнувся Пол. – Лонкії сказали, що злодій одягнув захисний шолом, тому вони не змогли розпізнати особистість та зрозуміти наміри. А програмісти кажуть, що відстежити джерело чуток про експерименти з немовлятами не вдалося.

– У нас просто не вистачить бойових лікарів задля цілодобового чергування парами, – задумливо сказав Дан.

– До гренонів можна відправити бойового лікаря та безпечника. Тільки треба вибрати того, хто їх обожнює, – відгукнулася я. – В ідеалі треба б тимчасово відкликати усіх наших фахівців і з пологових будинків.

– Хельго, а ти ж зараз з охороною працюєш? – уточнив Професор. Я кивнула. – Дуже добре! Тоді з понеділка розповіси все це начальникові служби безпеки, а я зі свого боку донесу інформацію до директора, щоб він проконтролював відбір співробітників для чергувань. Без його санкції з пологового будинку нікого не відкличеш. Але містом давайте все ж таки пересуватися так, як нам рекомендували. Щоб просто одне за одного не турбуватися.

Сперечатися я не стала. Ліна та Пол тим більше нічого не сказали.

Глава 16

У понеділок за пів години до кінця зміни мене викликав до себе директор. Сьогодні я працювала вдень, готуючись складати іспити з техніки безпеки під час роботи з клеврами та розпочинати більш детальне знайомство з ними. Ліна теж вирішила пару разів вийти в денну зміну, щоби їх із Полом поки що менше бачили вдвох. Тому зранку на роботу ми з нею їхали разом.

– Хельго, надійшло повідомлення про те, що група аквалангістів бачила в океані дивну істоту з третім оком у лобі та чотирма щупальцями, – сказав директор. – У мережі вже з'явилися селфі і, судячи з них, можна точно сказати, що це – молодий гренон, дитинча. Тобі доведеться працювати з подібними випадками, тому я прошу тебе затриматися та приєднатися до групи пошуку, щоб набратися досвіду вже зараз. Понаднормові ми оплатимо. Ти не втомилася сьогодні?

– Ні, сер. Я відвідувала клеврів, в основному спостерігала за діями Віктора.

– Дуже добре! Я викликав Дана на роботу трохи раніше, ніж розпочнеться його зміна, як співробітника, який постійно має справу з гренонами. Алекс у нас – фахівець з повітря, добре б, звісно, відправити і його теж, але комусь треба чергувати у підопічних. А між бойовиками з води та повітря краще вибирати в цій ситуації водника. Тому Алекс залишиться у Відділку. Крім вас, полетить ще фахівець з аури, щоб допомогти виявити об'єкт. І ще наша безпечниця зі стихією повітря, яка до того ж трохи менталістка. Вона втрутиться, якщо раптом виникнуть проблеми із сумішшю для дихання чи з акулами. Ти, головне, у всі нюанси вникай, але під руку не лізь. І пильнуй: в океані можуть зустрічатися найрізноманітніші істоти й окрім акул.

Я кивнула.

– Тоді біжи швиденько за своїм гідрокостюмом. Решту спорядження завантажать наші хлопці. І ще: попроси на складі ласти відповідного розміру. Зателефонуй батькам і перехопи щось їстівне перед вильотом.

Який турботливий. В інструкції написано і про те, що не можна занурюватися втомленому чи голодному, і про повне спорядження для глибоководних робіт, і про особливості поведінки під час небезпечних ситуацій. Визубрила я це все напам'ять, тому не стала втрачати часу та справді пішла поїсти, зателефонувавши дорогою батькам.

Разом із гідрокостюмом мені видали герметичний пакетик з якимись пігулками.

– Що це? – кивнула я на них.

– Магічні огірки. Щоб гіркоту не жувати. Вам знадобиться багато, наскільки я розумію завдання, – відповіла співробітниця, яка зазвичай допомагала одягати гідрокостюм.

– Я думала їх тільки сирими можна їсти, – здивувалася я.

– У лабораторіях навчилися робити витяжку з найбільш потрібними властивостями й ось так у пігулки пресувати. Поки що вони не дуже відомі покупцям, але скоро наш маркетинговий відділ планує широку рекламну кампанію. Багато хто захоче перейти на пігулки.

– Це точно, – я згадала, яку гаму почуттів відчувала кожного разу перед зміною, кусаючи цю гірку закарлюку. Чому мені ніхто раніше про пігулки не сказав? Воістину, співробітники Відділку настільки сильно боялися проговоритися, що навіть своїм майже нічого не розповідали. Треба порозпитувати Дана на предмет ще якихось прихованих корисностей.

Ми летіли на океанське узбережжя. Найближча військова база, здатна прийняти наш літак, розташовувалася не так вже й близько від місця занурення. Тому звідти ми добиралися до берега автотранспортом, а потім пливли катером берегової охорони. І весь цей час Дан мене повчав.

– Хельго, занурюватимося парами у зв'язці. Я доглядатиму за тобою, а Наталі – за Роном. У нашій групі ви – новачки в дайвінзі, тому слухайтеся нас беззаперечно, будь ласка. Військові передали, що в тому місці, де бачили гренона, глибина не дуже велика – всього метрів п'ятнадцять. Це ідеально для перших серйозних занурень. Кожні п'ять хвилин дивишся на дайвінг-комп'ютер. Якщо раптом повітря почне добігати кінця раніше, ніж у когось із нас, смикаєш мотузку. У крайньому випадку Наталі допоможе з диханням. Занурюєшся з тією ж швидкістю, з якою й ми. Не забувай продуватися, щоб вуха не боліли. Нічого під водою не чіпай, там можуть бути отруйні риби та рослини. Спливатимемо разом. З плавучістю розберемося на катері, а потім і на дні. І головне: нічого не бійся. Я буду поруч.

Супутник, який у небезпечний момент триматиметься поруч – чи не про такого мріє кожна закохана жінка? Після цих його слів у мене навіть все роздратування випарувалося, яке накопичувалося через цю зайву опіку. Ні, я розуміла, що занурення – не дитяча забавка, тут дійсно потрібно дотримуватися абсолютно всіх нюансів інструкції, і додаткове їх повторення не завадить. Але все одно це повчання трохи дратувало. До його теплого та впевненого: "Я буду поруч".

Стоп! Що то за думка у мене промайнула? Я кохаю Дана? Я відчула дивне поєднання одночасно переляку та захоплення, ніжності та гіркоти. Дати волю своїм почуттям – це зовсім не те, що я зараз могла собі дозволити.

– Не лякай її, Дане! – обурилася тим часом безпечниця Наталі, мабуть, абсолютно неправильно витлумачивши вираз мого обличчя. – Хельго, насправді на нас чекає приголомшлива пригода! Океан неймовірно красивий у цьому місці, ми саме тут минулого року з чоловіком пірнали. Різнобарвні рибки, граціозно колишуться водорості, чудові кольори камінців, яких нагорі не побачиш. І гренончик, я сподіваюся.

З іншого сидіння мені підморгнув фахівець з аури, і я чомусь чітко відчула, що цей-то точно все зрозумів правильно, і його знак пов'язаний з моїми останніми емоціями. Але я вже якось навіть бентежитися перестала. Нехай. Від них не приховати того, що зі мною відбувається, а Данові вони не скажуть. І я підморгнула у відповідь.

Однак зі своїми почуттями дійсно потрібно щось робити. Інакше емоції перекриють розум, що за нинішніх обставин загрожує цілком серйозними проблемами. І розмова зовсім не про сумніви, а про події, які відбуваються у Відділку. Розслабишся й прокинешся раптом без руки чи ноги. Тому потрібно постійно бути напоготові та багато думати. А це означало, що треба засунути свою закоханість і ніжність у коробочку кудись на самісіньке дно душі та знову увімкнути мозок.

Одягати спорядження мені допомагала Наталі. Гідрокостюм – це тільки основа. Потрібен компенсаційний жилет зі спеціалізованою автоматикою, яка робить ручний піддув непотрібним. Далі ласти, маска, акваланг, шолом із потужним ліхтарем для пошуків гренона. Дуже добре те, що в наших гідрокостюмах вбудована спеціальна магічна система підігріву. Інформація про температуру води, зовнішній тиск, стан організму, залишок повітря – все подавалося на екран дайвінг-комп'ютера. Звідти ж йшла й автоматизація температури підігріву, кількості повітря в жилеті. За необхідності можна було перемкнутися на ручне управління, але поки що про це не йшлося. Я сподівалася, що Дан мені допоможе, якщо раптом такі маніпуляції знадобляться.

– Найбільша проблема всіх новачків під час першого занурення – зазвичай, страхи, пов'язані з диханням під водою. Але ти ж уже плавала з гренонами, отже, це питання можна зняти з порядку денного, – говорила мені безпечниця. – Головне, стеж за датчиками. І за Даном теж. Він хоч і досвідчений дайвер, але під водою за кожним потрібен нагляд. Найчастіше досвідчені дайвери потрапляють у біду від самовпевненості та від того, що немає кому вчасно помітити проблему. Тож пильнуй. Просто для власного спокою. У нас всього година на перше занурення, потім потрібно піднятися, щоб зробити перерву. Втім, ми всі сподіваємося, що Рон знайде гренончика швидко.

Ми з безпечницею повторили умовні жести дайверів і вийшли на палубу. Там військові вдягнули на нас важкі акваланги, після чого мене з Даном і Наталі з Роном скріпили спеціальним шнуром у пари та допомогли спуститися у воду. Занурення почалося.

Ми рухалися дуже повільно. Дан тримав мене за руку. У другій руці Професор ніс потужну лампу на доданок до ліхтаря на шоломі, який мій супутник поки що вимкнув, щоб не садити акумулятори. Поруч так само за руку спускалися Наталі та Рон. Я намагалася не витрачати часу на емоції, що з'явилися внаслідок цієї близькості, та крутила головою на всі боки, витріщаючись на все, що траплялося дорогою.

Почувалася я просто фантастично. Я завжди любила велику воду, а перед океаном відчувала якесь священне тремтіння. Він здавався мені божеством, яке може сьогодні показати себе добрим і люблячим батьком, а завтра стати грізним і страшним звіром. І зараз, під час занурення до його глибин, мені здавалося, що мене поблажливо пускають у якусь вічну таємницю. Так і бачилося, що через секунду мені відкриється затоплений піратський корабель, повний скринь із золотом. Або що назустріч випливе Посейдон, вітально розмахуючи своїм дивовижним посохом із тризубом. І це передчуття дива викликало масу радісних емоцій.

Наталі запевнила, що нам дуже пощастило з погодою, – слабенький шторм на поверхні не псував видимість. Навколо нас зграйками кружляли різнокольорові рибки, поруч проплив невеликий скат. Ми побачили кількох медуз, помітили мурен.

Більшу частину мешканців глибин я не знала, тому вони залишилися для мене безіменними, але від того не менш гарними чи чарівними. Мабуть, туристи дійсно часто пірнали тут, тому що мешканці глибин нас абсолютно не боялися. Мені дуже хотілося помацати рибок рукою, але я пам'ятала застереження Дана й інструкцію з техніки безпеки. Тому просто дивилася та насолоджувалася.

По дну океану повзали чудові восьминоги та краби. Там лежали величезні брили каміння, що утворювали мальовничі групи. Дан показав Ронові знак, що вже час починати пошуки. Ми спустилися на дно недалеко від того місця, де дайвери помітили гренона. Ще в літаку Професор сказав, що дитинча не могло поплисти далеко від місця, де його знайшли. Всіх нас мучило тільки одне запитання: звідки малюк взявся там, і чи немає десь поруч батьків?

Перші пів години пошуків результатів не дали. Зате ми знайшли залишки затонулого корабля, і я взагалі впала в дитячий захват. На жаль, під водою не виходило левітувати, мабуть, ця магічна техніка діяла тільки в повітрі. Довелося працювати ластами та плавати навколо корабля, щоб все роздивитися. Слідом за мною вимушено волочився й Дан, адже нас пов'язувала мотузка, а відпускати мене Професор не хотів. Поруч так само радісно махав руками Рон. Наталі постійно доводилося смикати його, щоб нагадувати фахівцеві з аури про те, навіщо ми взагалі тут.

А ось за кораблем Рон нарешті вхопив знайомий відблиск, який, за словами Пола, трохи відрізняється від світіння людських аур і вже тим більше – від світіння аур тварин і риб. Ми рвонули в зазначеному напрямку та дійсно побачили гренона невеликого розміру, котрий полював на мешканців глибин. Помітивши нас, малюк пустився навтьоки. Невже це його аквалангісти настільки налякали, що він тепер тікає від людей у масках? Дан спробував дотягнутися до гренона даром, сподіваючись показати, що він – не ворог. Малюк дійсно зупинився неподалік від групи величезних каменів. Але наблизитися нам не давав – весь час відпливав подалі, щойно Професор намагався зробити хоч один рух у його сторону.

Тоді я знаками показала, що хочу спробувати свої сили. Простягнула свій дар до магічного поля, яке оточувало гренона, та погладила його. Малюк завмер на одному з валунів, що височіли над нами. Я зробила до нього рух, побоюючись, що гренон знову спливе, але він не ворушився. Я повільно стала наближатися до малюка, простягаючи руку. Вильнула взутою в ласт ногою, піднімаючи тіло над валунами, сперлася лівою рукою на найближчий до гренона камінь і потяглася правою до щупалець. І тут моя ліва рука зісковзнула, я зробила незграбний рух і потрапила ногою в щілину між двома каменями, порвавши при цьому одним із них свій гідрокостюм на щиколотці. Ногу обпекло гострим болем і, витягнувши свою багатостраждальну кінцівку з ущелини, я побачила, що в кісточку вчепилася зубами невелика різнобарвна рибка. По спині пробіг холодок – цю рибку інструкція окремо позначала як смертельно отруйну.

У паніці я замахала руками й ногами. Від мого рота миттєво піднялася ціла зграя бульбашок – я витрачала занадто багато повітря. Рибка злетіла з ноги та метнулася кудись назад у каміння. До мене вже поспішали мої супутники зі знаками про те, що треба негайно спливати.

Я кліпнула очима та раптом виявила себе в лабораторії Відділку. Навколо мене з плескотом лилася вода. Дуже боліла кісточка та тягнули вниз балони з дихальною сумішшю. У кутку стояла величезна бочка з водою, з якої висувався дорослий гренон і, як мені здалося, із цікавістю дивився на мене. Ззаду хтось допомагав мені тримати балони, одночасно знімаючи їх з моєї спини. До мене підскочив Дан, одягнений у білий халат. На ньому я побачила маску з трубкою, що вела до балона за плечима. В руках Професор тримав аркуш паперу. Що, до біса, сталося? Куди подівся шматок мого життя? Як таке взагалі можливе!?

"Хельго, не хвилюйся", – прочитала я на аркуші, котрий Дан сунув мені в руки. Сам же він почав швидко знімати з мене шолом. Маска залишилася на місці, і я продовжувала через неї дихати. – "Щойно я зніму шолом, лягай на кушетку на спину. Алекс створив у лабораторії тиск, схожий на глибоководний. Щоб у тебе не з'явилося проблем зі здоров'ям. Він зараз почне цей тиск зменшувати з усією можливою безпечною швидкістю, як ніби ти піднімаєшся вгору з дна. Просто дихай. Варто б почекати, поки тиск нормалізується, але на це потрібен час, а його в нас немає. Потерпи, крихітко, буде боляче."

Тепер зрозуміло, хто допомагав мені з аквалангом і чому Дан у масці. При такому тискові дихати самостійно неможливо. І аркуш з текстом зрозумілий – говорити теж не вийде. Я поспішила лягти, бо стояти та рухатися майже не могла. Поранена нога поступово втрачала чутливість.

Дан тим часом уважно дивився на свій дайвінг-комп'ютер, мабуть, відслідковував зміни в показах тиску. Алекс акуратно зняв з мене ласти. Потім Професор наклав пальці на мою покусану та порізану ногу з двох сторін від розриву гідрокостюма, і я відчула потік його лікарської сили. І тут мене накрило хвилею пекучого болю. Я сіпнулася, і Дан вхопив мою ногу подвійним залізним хватом, а Алекс притиснув плечі до кушетки. Але я прекрасно розуміла, що все робиться мені на користь, і більше не збиралася їм заважати, тому скоро хватка трохи ослабла.

У мене текли сльози, накопичуючись всередині маски. Я намагалася не видавати звуків, тільки стиснула ще сильніше зубами загубник і заплющила очі, не припиняючи при цьому дихати. Руками схопилася за краї кушетки, так здавалося легше терпіти біль. В особливо складні моменти пальці стискалися з такою силою, що я переставала їх відчувати. Разом із тим, концентруватися на правильному для спливання диханні виявилося найкращою тактикою для боротьби з болем, який хвилями йшов від стегна до рани на щиколотці. Не знаю, скільки минуло часу. Мені здавалося, що вічність. Спочатку біль став відпускати стегно, потім – коліно, потім – гомілку. Останньою здалася моя ступня. Потім Дан вивів з моєї рани назовні крихітну молочно-білу кульку.

– Отрута, – пояснив він, знявши маску. Підчепив кульку спеціальним інструментом. – Зараз у пробірку закрию й усе. Потерпи ще трохи, будь ласка. Алекс повинен вивести з твоєї крові азот. Більше не болітиме. Маску можеш знімати.

Місце Дана біля моєї ноги зайняв бородань. Я так зрозуміла, що азот теж виводитимуть через поріз. Напевно, так набагато простіше, ніж через легені. Добре, що хоч знеболювання, нарешті, наклали. Мене одразу почало хилити в сон, як це завжди стається в моменти, коли біль нарешті йде. Поки Алекс виводив азот, Дан зняв з моєї голови шапочку, обережно витер сльози та допоміг розпустити волосся, зібране до цього моменту в хвіст. Лежати стало набагато зручніше. "Крихітко", треба ж таке! Перше пестливе слово, яким Професор мене назвав. До цього моменту я завжди була тільки Хельгою. А крихіткою мене раніше кликав винятково тато, якому мій зріст абсолютно не перешкоджав завжди вважати мене маленькою дівчинкою. Виходить, що для Дана це теж не має значення? Від його дотиків я ще більше розслабилася та мало не заснула просто на цій же кушетці.

Через дві години я сиділа в лабораторії поруч із регенераційним боксом. Шматок мого життя зник, і зараз за вікном розгортався вже пізній ранок. Не можу сказати, що раділа своїм відчуттям – неприємно просто втратити стільки часу. Сподіваюся, подібного зі мною більше ніколи не станеться. Після операції з вилучення отрути й азоту мене помістили на відновлення. Слава богу, хоч Наталі перед цим покликали, щоб допомогла мені переодягнутися з гідрокостюма в мої речі. Я трохи поспала, поки йшло загоєння рани й усунення залишкових наслідків отруєння та занурення. Тепер жувала сніданок, який приніс мені Дан, і сонно кліпала очима. Сам Професор сидів поруч і втомлено розповідав про те, що все ж таки сталося на дні.

– Коли я побачив рибину, яка вчепилася в тебе, я запанікував. Зі мною це вперше в житті, нас з дитинства вчили тримати все під контролем розуму. Але тут мене на секунду накрило з головою. Я знаю, що це за гадина, і тоді чітко зрозумів, що ми можемо не встигнути спливти. Вже думав, що доведеться проводити операцію просто на дні. Це загрожує своїми наслідками. І тут дивлюся, а ти не рухаєшся, і мотузку між нами наче хтось ножем зрізав. Обертаюся і бачу, що через купи каміння до нас випливає дорослий гренон. Я знаками показав Ронові та Наталі, щоб не ворушилися. Гренон нас обмацав своїм полем, підізвав малюка, і вони разом почали підніматися вгору. І ти слідом за ними попливла. Все в тому ж нерухомому стані.

– Знову капсула часу?

– Дуже схоже, тому що коли ми піднялися на поверхню, тебе гренон левітував через борт катера просто в певній кількості води та не став класти на палубу. Думаю, що боявся зруйнувати капсулу від дотику до поверхні. Не знаю, чому океанська вода її не знищувала. Може, вони еволюціонували та чогось нового навчилися, а може, ми просто не розуміємо до кінця принципу дії цієї технології.

– Уявляю собі очі співробітників берегової охорони.

– Еге ж. Добре, що вони всі під присягою. Ми потім їх сюди викличемо та почистимо пам'ять. Як би там не було, вони знайшли нам бочку для гренонів, і ми вирушили до Відділку.

– Гренони спокійно поїхали?

– Уяви собі, абсолютно спокійно. Поїхали самі і тебе везли. Кілька годин твого транспортування, але при цьому взагалі жодної напруги з їхнього боку. Хоча, якщо вони саме в цих капсулах подорожували між планетами, то це перевезення – дитяча забавка в порівнянні з космічним перельотом. Нам довелося вимагати у військових літак побільше та транспортувати вас ним до столичного аеропорту, а звідти таємно везти гелікоптером. Сама розумієш, наш винищувач бочку такого розміру перевезти просто не здатен, а більший літак на базі Відділку посадити немає де. Дякуючи військовим і нашому заступникові директора, все організували максимально таємно та без свідків. У лабораторію тебе доставили досить оперативно, а тут виникла інша проблема – як випустити тебе з капсули без шкоди для твого організму? Тиск на поверхні зовсім не такий, як на дні, і при різкому руйнуванні капсули часу ти б просто померла швидкою та болісною смертю.

Я зіщулилася. Швидше та болісніше, ніж від отрути? Втім, я читала про декомпресійну хворобу та розуміла про що говорить Дан.

– Не вдаючись у подробиці, ми викликали задля консультації фахівця, який працює з подібними випадками. Треба було дочекатися ранку та початку робочого дня. Консультант підказав, як створити повітряну камеру з необхідним тиском. Довелося витратити ще якийсь час, щоб організувати поступове збільшення тиску, адже ми з Алексом теж потребували поступових змін зовнішнього середовища. Я за цей час написав для тебе текст пояснення. Найцікавіше те, що гренонові не довелося подавати жодних знаків, він дочекався необхідних показників тиску та зробив все сам. Алекс ледве встиг підхопити акваланг, щоб ти з розмаху не впала. А далі ти все бачила сама.

– Як гренони?

– Пол каже, що радіють возз'єднанню зі своїми.

– З огляду на той факт, що розмножуються вони брунькуванням, другого з батьків шукати немає сенсу.

– І слава богу! Відчуваю, що мені знадобиться відпочинок від настільки екстремальних занурень.

Вдома мене зустріла схвильована матуся. Тато все ще не повернувся з роботи, а мама, мабуть, вже прийшла зі своєї зміни в дитячій поліклініці і тепер чекала на мене.

– Хельго, що з тобою сталося цієї ночі?

Добре, коли рідні відчувають стан своїх маленьких діточок, але погано, коли вони відчувають проблеми дітей вже дорослих. Знову доведеться викручуватися, вигадувати правдоподібну історію.

– Нічого особливого, ма. Чого ти так хвилюєшся?

– Я прокинулася посеред ночі від відчуття величезної біди. Але через кілька хвилин все пройшло, і знову повернувся спокій. Але щось же було!

Цікаво. Тобто мама одразу відчула, що більше мені нічого не загрожувало? Передбачення? Чи знову жарти з часом?

– А татко? Нічого не відчув?

– Каже, що йому снилися жахіття про величезних риб із гострими зубами, які за тобою ганялися. А потім з'явився восьминіг і всіх їх розігнав.

Ого, то, може, мої ранні підозри виявилися не безпідставними, і в батька таки є дар менталіста? Я вирішила акуратно порозпитувати його на цю тему. Можливо, дар занадто слабкий, тому тато не бачить сенсу про нього навіть згадувати? Якщо він накладається на родинну чутливість і проявляється тільки щодо дітей, тоді це мовчання цілком зрозуміле. Але мама вичікувально дивилася на мене, і треба було відповідати.

– Вночі в пологовий будинок одній з породіль принесли квіти і нам заодним букет презентували, – приречено зітхнула я, придумавши правдоподібну історію. – Акушерка пішла за вазою, помила її, набрала воду та принесла в ординаторську, але мокра важка посудина вислизнула з її рук і розбилася об підлогу. Один з уламків встромився мені в ногу просто у вену. Крові вилилося багато, але Дан одразу прибіг і швидко допоміг. Як бачиш, нога абсолютно ціла, тільки нова шкіра трохи за кольором відрізняється.

– Дан одразу прибіг, – виділила головне для себе мама. – Доки Дан бігає, все буде добре.

Мені б її впевненість. Утім, поки що факти підтверджують цю заяву. У будь-якому випадку виходить, що я досить цінна для Відділку, і мене по мірі сил берегтимуть всі, хто причетний до нашої роботи. Хоча сьогодні я жива, у першу чергу завдяки гренонам і вже тільки в другу – Данові.

Глава 17

Після занурення мені дали добу на відновлення, і вівторок я провела вдома, готуючись до майбутнього тестування. Перед вечірньою зміною до мене заскочив Професор, запросив мене на прогулянку до найближчого парку та перевірив ступінь загоєння моєї багатостраждальної ноги. Я насолоджувалася травневою зеленню та запахом квітучих дерев, підтвердила сама собі рухливість щиколотки. Середа пройшла тихо. Я саме склала іспит з техніки безпеки при роботі з клеврами та тепер із хвилюванням готувалася познайомитися з хрошками-гігантами.

Віктор моїй появі зрадів.

– Нам конче потрібен хтось для відволікання малюків від дорослих особин, поки ми з ними працюватимемо. Бо магічні поля постійно змішуються, і ми ніяк не можемо виділити хто де, – сказав він мені, подаючи спеціальну теплу куртку. – Йдемо, навчу тебе формувати з ними зв'язок.

Ми зайшли всередину клітки-огорожі та попрямували до глинобитних будиночків, у яких, зазвичай, ночували клеври. До нас назустріч вийшов чорношкірий бойовий лікар приблизно одного з Даном віку. Саме він у мій перший візит чухав молодняку черевця граблями.

– Це Мартін, – представив мені колегу брат Ліни. Мартін обережно потиснув мені руку.

– Привіт, Хельго! Радий знайомству. Сьогодні ти працюєш з малюками. Для першого разу це – найкращий варіант. Раптом що, миттю злітай у повітря. Вони від цього приходять в захват, завмирають на місці, тому не придушать.

– Що мені потрібно робити?

– Не давай їм наближатися до дорослих, обмежуй даром, як мотузкою.

– Одразу всіх?

– Так. Це не складно, зараз побачиш.

– Ой, а торкатися можна?

– Можна! – засміявся Мартін. – Але тільки після того, як встановиш зв'язок.

Ми з чорношкірим колегою стояли на невеликому лужку з холодостійкою ізумрудною травою. Віктор уже вів до нас одного "малюка" розміром з корову. Судячи з габаритів інших, цей народився тижні три тому. Дитинча довірливо тупотіло слідом за лікарем і намагалося хоботом залізти тому в кишеню. Напевно, шукало ласощі. Я подумала, що даремно не взяла з собою яблучко або хоч би просто пучок соковитої зеленої травички з газонів ботанічного саду. Нічого, іншого разу прихоплю.

– Так, Елль, звертайся одразу до обох сил, – почав інструктувати мене брат Ліни. – Перед внутрішнім поглядом формуй стрілу з двоколірним наконечником. "Стріляй" нею безпосередньо в магічне поле клевра. Щойно встановиться зв'язок – я його відпущу.

– А як я зрозумію, що він встановився?

– Зрозумієш, не хвилюйся, – посміхнувся Мартін. – Цей момент пропустити неможливо.

Я поспішила виконати інструкцію Віктора. Насправді, весь процес докладно описувався у навчальних посібниках, але на практиці сухі слова та схематичні малюнки абсолютно не відповідали дійсності. Мене немов занурило одночасно у відчуття власної дорослої сили та в дитячу цікавість, коли навколо все настільки нове, настільки привабливе, настільки смачне.

Малюк, нарешті, звернув увагу на мене та потопав ближче. Зупинився в трьох кроках, очікуючи на мою реакцію, та рохкнув. Чесне слово, він рохкнув! Але через наявність хобота звук вийшов трубним, а через розміри – пристойно гучним. Я підстрибнула від несподіванки, колеги засміялися, клевр радісно заскакав поруч, здригаючи землю. Йому моя реакція, мабуть, дуже сподобалася.

– Іди, мацай, – підштовхнув мене Мартін до поросятка з хоботом. – Віктор зараз приведе наступного, а я тобі поки що навушники знайду. Бо ці вухані як почнуть хрокати натовпом, можна легко оглухнути. Повісиш собі на шию, а за необхідності одразу на вуха натягуй, не зволікай.

Ми залишилися з клевром удвох. Я повільно рушила до дитинчати, але воно абсолютно не боялося. Врешті-решт я вже майже стрибнула на нього. Шерсть хрошки виявилася приємною на дотик, хоч і не настільки м'якою, як мені здавалося здалеку. Зате вуха можна було сміливо скручувати в трубочку. Клевр млів від моїх дотиків, обмацував мене хоботом і постійно мутузив моє магічне поле. Відчуття здавалися дуже кумедними.

При появі другої молодої особини малюк якось одразу напружився та сховався мені за спину. Підозрюю, що зі сторони це виглядало досить смішно, адже прикрити його собою я, вочевидь, не могла. Мабуть, поросятко почувалося за моєю спиною впевненіше, тому що я справляла на нього враження дорослої та сильної. Віктор зупинився в п'яти кроках та порадив:

– Відокремлюй від свого зв'язку з малюком нову двобарвну стрілу та роби другу гілку. Ми таким чином можемо з легкістю утримувати до десяти особин. Тобі сьогодні потрібно контролювати всього шість.

– Як можна їх контролювати? Зв'язок же розтягується.

– Уявляй собі двобарвну петлю ласо, яку ти накидаєш на шию неслухняного молодика. Потім упирайся в землю ногами та гальмуй. Можеш для впевненості очі заплющити. Клеври швидко не бігають, хоча стрибки роблять гігантські, тому все одно віддалятимуться від тебе досить оперативно. Але в тебе хороша реакція.

– Я точно впораюся? – щось мені якось боязко.

– Елль, я не бачу жодних причин, чому вони повинні почати від тебе тікати, – виважено сказав мені Віктор. – Тут геть немає страшних факторів, наразі відсутні сторонні персони. Максимум – побачать дорослих або смакоту якусь осторонь пронюхають, тоді можуть спробувати відійти. Ти цілком встигнеш і петлю накинути, і назад потягти. Не хвилюйся.

Мартін нарешті приніс мені навушники та пішов до дорослих особин. Віктор вирушив за наступним клевром, і тут старше дитинча вирішило напасти на молодшого.

Воно рвонулося до жертви, яка стояла безпосередньо за мною. Малюк заверещав так, що заклало вуха, а я відскочила в бік, щоб не потрапити під ноги агресорові. Натягуючи на голову навушники, усвідомила, що старший вже навалився на молодшого всією своєю вагою та кусає того за всі місця, що траплялися під зуби. Ах ти скотиняка! От я тобі зараз дам!

Від люті мене кинуло в жар, я миттєво сформувала петлю та за її допомогою відтягла негідника якомога далі в сторону, попутно хльоснувши частиною двокольорового зв'язку по магічному полю десь на рівні волохатої блакитної задниці. Ненавиджу, коли ображають беззахисних!

Як не дивно, це допомогло. От не думала, що подібний магічний удар можна якось відчути, мої дії були чисто інтуїтивними, покликаними швидше виплеснути лють, аніж якось помітно покарати кривдника. Однак агресор опустив вуха та поплентався до мене миритися. Треба б змусити його помиритися з молодшим, але, як таке провернути, я не знала. Досить того, що бійку вдалося швидко та без жертв зупинити. Збоку пролунали оплески. До нас йшов Віктор з третім клевром.

– Не мав жодних сумнівів, що ти впораєшся, Елль, – сказав він. – У тебе є якась сила, яку ці істоти поважають.

– Вікторе, я тебе вб'ю! – у мене тремтіли руки. – Попереджати ж треба!

– Елль, нічого страшного б не сталося. У клеврів ієрархічна побудова суспільства, і виховання молодших входить до їхніх звичаїв. Ну, покусав би він його трохи та й відпустив.

– А якщо б мене затоптав?

– А ти для того і складала іспит з техніки безпеки, щоб цього не сталося. Нагадую, у будь-якому випадку злітай. І лупити можеш, звісно. Це в тебе добре виходить. Напевно, тому що ти – вогневчиня. Я так не вмію.

– Гаразд, впораюся, – я вже трохи заспокоїлася та відчула деяку впевненість. Моєї люті дійсно боялися домашні улюбленці, і, зазвичай, не наважувалися нахабніти після першого ж її прояву. Мабуть, клеври влаштовані приблизно так само. – Тільки прошу тебе: ані слова Данові про це.

– Домовилися, – посміхнувся колега.

Наступного разу я уявила собі двокольоровий магічний віник, і після цього спроб побитися у моїй присутності більше не робило жодне порося. Знай наших!

Глава 18

– Елль, у нас ЧП! – відірвав мене в четвер від вивчення чергового навчального посібника Віктор. Інструкції з техніки безпеки закінчилися, і тепер я знайомилася з унікальними методиками чищення пам'яті, про які розповідав Дан у мій перший день на новій роботі. Інформація здавалася вельми цікавою, і мені не терпілося спробувати застосувати нові знання на практиці, але поки що такої можливості не з'являлося, тому я вникала у теорію.

– Кидай роздруківки, все одно нікому окрім тебе вони не потрібні. Побігли!

– Знову?! Що сталося? – дорогою запитала я. Надзвичайні ситуації у Відділку останнім часом траплялися надто вже часто. Втім, у спокійні часи я тут ще не працювала, порівнювати ні з чим, і для мене цей цейтнот, схоже, ставав нормою життя. Ось тільки тих самих сабантуїв, про які мені раніше розповідала Ліна, Відділок більше не влаштовував. Мабуть, вирішили почекати з додатковими заходами до того моменту, коли все заспокоїться. Забезпечувати охорону ще й веселих співробітників напідпитку – це той ще клопіт. Між тим, Віктор відповів на моє запитання, перервавши мої роздуми:

– Клеври розбіглися. Йдемо ловити та чистити пам'ять відвідувачам ботанічного саду. Заразом опануєш технологію, так би мовити, на практиці.

– Як вони могли розбігтися? – здивувалася я. Ось так і мрій про повноцінне засвоєння нових навичок. Мрії збуваються із запаморочливою швидкістю, найнепередбачуванішим чином та ще й часто-густо не дуже приємним.

– Не знаю. Потім розберемося. Зараз треба терміново всіх виловити та забрати назад, доки ніхто не постраждав, і свідків не стало занадто багато.

Ми промчали крізь весь Відділок, піднялися сходами у павільйон клеврів, пробігли його та вискочили на вулицю. Незручності, які мені довелося відчувати на полігоні, змусили мене відмовитися від взуття на підборах. Тому тепер на роботу я взувала білі кеди, такі ж, як у Ліни. Вони дуже пасували до моєї жовтої сукні в спортивному стилі. І зараз я легко бігла в них Відділком й раділа власному вибору взуття. У стіні павільйону клеврів зяяла величезна діра. У насадженнях маячила виразна просіка. Найближчу клумбу хтось знищив вщент. Пробігаючи крізь пролом в стіні я краєм ока побачила понівечені конструкції та здивувалася силі, з якою треба було рватися на волю, щоб зробити діру у настільки товстій огорожі.

– Я вже всіх скликав, зараз сюди наші бойові лікарі підтягнуться. Клеврів тільки нам ловити. Інших людей вони до себе не підпустять. Добре, що їх мало.

– Всі втекли?

– Ні, тільки молоді особини. Шестеро. Саме ті, з якими ти вчора працювала.

– За їхніх розмірів більш, ніж достатньо. Це моя провина? – задала я цілком резонне питання.

– Авжеж, ні! Здається, їх щось налякало.

Праворуч лунали крики. Просіка красномовно натякала на приблизний напрямок пошуку. Дорогою до нас приєднався заспаний Пол, потім підтяглися інші колеги. Не прийшли тільки ті троє співробітників, які за розпорядженням директора чергували зараз біля підопічних. Поруч опинився Дан.

– Хельго, головне – не лізь під ноги. Спочатку їх треба заспокоїти, – попросив він.

– Дане, я пам'ятаю! Я нещодавно іспит складала, – огризнулася я, і мені одразу ж стало соромно за свою нестриманість. Він непокоїться, а я тут дратуюся.

– Не сердься, – попросив Професор, а потім звернувся до Віктора. – Дротики є?

– Звісно. Тримай.

– Агов! А мені? – обурилася я.

– Не треба, Елль. Твоя жіноча справа – після заспокійливого їх вести до Відділку.

– Що за сексизм, Вікторе?

– Це ти клеврам скажи, вони на відстані від стійбища за жінками ходять, немов прив'язані, – розвеселився Дан. – А чоловікам пручаються, навіть після заспокійливого.

– Самки теж? Чому цього не було в інструкції?

– Самки теж. Мабуть, із жіночої солідарності, – розійшовся не на жарт Професор. Решта лікарів навколо посміхалися. Точно, всі ж чоловіки. – Добре, що ти в нас є, насправді. Інакше виловити наших втікачів-гігантів було б нереально складно. Довелося б присипляти та транспортувати. А це набагато гірше. І набагато довше.

– Жінки серед бойових лікарів взагалі дивовижна рідкість, – пояснив мені Віктор. – Тож Дан правду каже, нам дуже пощастило, що ти з'явилася у Відділку.

– Дане, а як ви з Полом настільки швидко тут опинилися? Ви ж після нічної зміни повинні мати час на відпочинок вдома? – вирішила я перевести розмову.

– То ми ж живемо тут поруч, – здивувався Професор моєму запитанню. – Всі співробітники Відділку намагаються вибирати місця проживання неподалік від роботи. Ти що, не помітила, коли ми в Пола в гостях були?

– Ні. Мабуть, їхали з іншого боку, – з цієї слизької теми теж бажано якось зістрибнути, бо свідків навколо знаходилося дуже багато. Ще бовкну випадково щось не те. І якби ж то про саму гулянку з веселухою, але стосунки подруги та Пола поки що світити не бажано. Друзі повинні самі вирішити, коли припинити таїтися від колег та керівництва.

Ліворуч я побачила безпечників і декількох наших медиків разом із Ліною.

– А їх навіщо від роботи відволікати, якщо клеврів тільки нам ловити?

– А вони на інше стадо полюють, – ні, з Даном вочевидь щось сьогодні коїться. Чого він регоче? – На свідків.

Тепер уже сміялися всі. Моторошна напруга стала відпускати, хоч ми і продовжували швидко йти.

– Так, Елль, – посміхнувся Віктор, підтримуючи Професора. – Всіх відвідувачів ботанічного саду треба зібрати в конференц-залі. Перевірити, кому потрібна медична допомога, та всім пам'ять підчистити. Цим медики і займаються. Добре, що сьогодні четвер та людей не так багато, як зазвичай збирається тут у вихідні.

– І Джулі з ними?

– Вона – фахівчиня з читання аури. Пол з нами ловить підопічних, Рон після нічної зміни спить, тому їй виловлювати всіх, у кого в аурі промайне страх. Якщо не впорається, викличуть Рона на підмогу, але я думаю, що впорається.

– Як жваво бігає старенька, – продовжував веселитися Професор.

– Дане, – спинив його Пол.

– Це він так на Джулі злиться, що вона йому чогось там не сказала, – пояснила я реінкарнологові. Пол закашлявся, мабуть, зрозумів мій натяк, а Професор зареготав у голос.

– Дане, чого ти розійшовся? Дротиком з веселухою подряпався? Це не привід для ейджизму. Вгамовуйся, попереду клеври! – гримнув Віктор, і всю веселість Професора немов рукою зняло. Решта теж одразу стали серйозними. Ми призупинилися та визирнули з-поміж дерев.

Природа наділила клеврів величезними розмірами для їхнього захисту, тому що мозок цих тварин є не надто розвиненим. За поведінкою вони нагадували корів – біжать, якщо налякати, та зупиняються, якщо помітять, що їм нічого не загрожує, а поруч є смачненький кущик чи яскрава квіточка. Так вийшло й цього разу – майже всі втікачі розбрелися по галявині з фонтанами. Весняна зелень манила наших поросят, і, доки їм не стало занадто спекотно в сонячний день, клеври не збиралися залишати благодатне пасовище з таким різноманіттям смаколиків. Хтось обривав перші весняні квіти з найближчої клумби, хтось обкушував пишний кущ, а наймолодша особина із захопленням купалася просто у фонтані. Саме цього малюка я вчора і захищала від старшого. Не вистачало тільки одного клевра, інші пустували тут. Осторонь виднілася групка молоді. Підлітки фотографувалися на тлі незрозумілих тварин. До них побіг Дан. Я простежила, як він пред'являє молодикам якийсь документ та забирає телефони та камеру. Після цього Дан повів хлопців у бік медиків.

– Вікторе, наші втікачі настільки спокійні. Може, не треба дротиків?

– Треба, Елль. Вони як спокійні, так одразу й полохливі. Якщо б у вольєрі, то ніхто б їх не чіпав. А тут, не дай бог, з'являться сторонні, і ці красені знову побіжать. Ще затопчуть кого. Не хвилюйся, їм не буде погано чи боляче. Вони навіть не відчують голки.

Брат Ліни пішов до малюка у фонтані, налаштовуючись на спільну з ним магічну хвилю, щоб не злякати підопічного. Решта бойових лікарів вже теж прямували до клеврів. Малюк балувався магією води, влаштовуючи в повітрі маленькі та великі веселки. Дротик увійшов рівно в центр його чола. Другий встромився у вухо. Клевр навіть не почухався, продовжуючи свою забавку. За п'ять хвилин веселки почали з'являтися рідше, через десять зовсім зникли. Малюк став млявим і втупився в одну точку. Я дуже співчувала йому та розуміла, що інакше не можна.

– Елль, твій вихід. Йди-но сюди. Налаштовуйся.

Знову я пережила оте дивовижне відчуття одночасного звернення до двох магічних сил – лікарської та бойової. Зібравши дар у стрілу з двох половинок, я спрямувала її до млявого клевра. Той ненадовго стрепенувся, відчувши зв'язок зі мною. І повільно рушив до мене, як до дорослого, який вчора захищав його від нападу старшого дитинчати.

– Молодець! Веди до вольєру, – скомандував Віктор.

– Як?

– Просто йди.

Я розвернулася та пішла в бік пролому у стіні павільйону. Ззаду дрібно затремтіла земля – малюк тупотів за мною, немов прив'язаний. В цілому я дійсно тримала його на ланцюгу свого дару. Я завела дитинча до павільйону, потім увійшла в розчинені двері вольєру. Акуратно повернулася та відпустила клевра, розірвавши нитку магії. Малюк побачив дорослих особин і повільно поплентався до них. А я пішла назад.

З кожною особиною виходило все легше та швидше налагоджувати й відпускати зв'язок. Через сорок хвилин у вольєрі паслися вже п'ять втікачів-клеврів. Залишався один, найбільший та найстарший, якого ми не змогли знайти на галявині.

До того моменту, як я повернулася, провівши до вольєру п'яту особину, до речі, самку, на місці подій на мене чекав тільки Віктор. Разом ми пройшли далі по сліду, залишеному останнім клевром. Через п'ять хвилин ми побачили скупчення колег навколо поросяти, яке лежало на землі.

– Воно мертве? – скрикнула я, одразу відчувши відсутність життя в тілі особини. – Як це сталося?

– Хтось вистрілив у нього отруєним дротиком, – сумно відповів Пол.

– У нас такі є?

– Немає, – сказав Віктор. – Такі є у військових і в наших безпечників, звісно. Про всяк випадок тримають, я навіть не знаю, для чого. Хто його знайшов?

– Я, – пролунав позаду голос Дана. Я обернулася.

– Це ти в нього вистрілив? – насупився Віктор.

– Ні.

– Через цього клевра загинула Софі! Всі знають, що в тебе з ним особливі стосунки!

– Вікторе, які з клеврами взагалі можуть бути стосунки? – незворушно поцікавився Дан. – Для стосунків потрібен розум в обох сторін. А клеври – просто тупі неповороткі створіння з певними цінними магічними якостями. Мститися їм – все одно, що мститися торнадо або цеглині.

– Подивися в очі Полові та скажи, що ти його не вбивав.

– Я. Його. Не. Вбивав, – чітко та роздільно вимовив Дан, дивлячись чомусь в очі мені. Я видихнула свою тривогу та помітила, що через хвилювання за нього тримаю за спиною руки. Просто за мною пролунав голос Пола.

– Він правду каже. Але нехай ще перед Джулі відзвітує, щоб ні в кого сумнівів не виникло. Спробуємо вирішити, що робити, поки сюди ще стадо роззяв не прибігло. Здоровенний втікач, найбільший та найважчий, е-ех.

Перетягувати клевра мене не змушували. Я не сильно то й рвалася, самі розберуться та придумають метод транспортування. Врешті-решт, досвіду в колег у цьому плані більше за мене, а я дещо втомилася від повертання клеврів до загону. Мені хотілося трішки розслабитися, і тому я не стала брати участь у загальній дискусії, натомість вирушивши обходити галявину за периметром. І почула за кущами дивне клацання. Не видаючи свого схвилювання, по дузі повернулася до колег і торкнулася до Данової руки.

– Що? – обернувся він.

– Чула в кущах клацання затвору камери.

– Цього ще не вистачало. Де?

– Тільки не озирайся, я зараз опишу. Кущі біля клумби з трояндами, просто навпроти голови клевра.

– Зрозумів. Повідом Вікторові, а я пішов виловлювати, – Дан попрямував до Відділку, який розташовувався в протилежному напрямку від підозрілих кущів.

– Куди це він? – зацікавився брат Ліни, і я тихенько пояснила йому ситуацію. Інші до нашої розмови не прислуховувалися, а Віктор вважався старшим у секторі клеврів, тому намагався тримати все під контролем. Ми повернулися до метушні з тушею, але нагострили вуха.

Хвилин через п'ять у кущах пролунав зойк, і Дан вивів до нас чоловіка з професійною фотокамерою на шиї. Той пручався, як міг, але Професор заломив йому руку за спину та штовхав затриманого вперед. Чинити опір бойовому лікареві з чорним поясом простому фотографові б жодним чином не вдалося.

– Репортер, – пояснив нам Дан. – Хто зна, скільки знімків

зробив. Добре, що Хельга почула, і він не встиг втекти. Треба терміново прочесати територію, раптом він тут не один? Вікторе, зателефонуй директорові, нехай викликає всіх, хто ще не тут, із Роном включно. Я відведу цього типа до Відділку.

– Елль прихопи. Хай доєднається до команди допиту. І перевірте камеру, раптом там є момент вбивства клевра?

Ми сиділи в білій кімнаті Джулі та намагалися витягти з журналіста інформацію. На жаль, кадрів з отруєнням підопічної особини на картці пам'яті камери не знайшлося. Дан пішов назад до колег – допомагати з транспортуванням туші. Репортер відмовлявся відповідати на запитання фахівчині з аури, і стверджував тільки, що потрапив на галявину випадково – знімав у ботанічному саду цвітіння рідкісних дерев й опинився в епіцентрі подій.

– Він бреше та ще й насолоджується цим, – сказала Джулі директорові, котрий теж взяв участь у допиті. – Я бачу зневагу та презирство, які він відчуває до нас зараз. І правду не скаже, спливає бичача впертість, коли я торкаюся питання про джерело інформації. Відчуваю, що зараз ще й про адвокатів заговорить.

– Відправте його до лонкіїв, – задумливо порадила я. – Здається мені, що вони швидко витягнуть з дурня правду.

– Відмінна ідея, Хельго! – зрадів директор. – Все одно пам'ять стирати, от нехай вони одразу все і зроблять.

– Чого це я дурень? – спробував обуритися журналіст. – Я відомий фотограф! За мої світлини багато видань великі гроші платять!

– Не став співпрацювати, тому й дурень, – ласкаво пояснила йому Джулі. – Не знаєш, з ким зв'язався? Ну нічого, зайчику, ми постараємося зберегти тобі хоча б ті крихти розуму, які в тебе є.

Особисто мене від її голосу пробило на тремтіння.

За дверима білої кімнати директор дав розпорядження двом безпечникам конвоювати фотографа до лонкіїв, а мене відправив до конференц-зали.

– Лікарі вже прибрали мертвого клевра з галявини та зараз займаються очевидцями, – повідомив він мені, вислухавши чиюсь доповідь по мобільному телефону. – Йди туди, саме попрактикуєшся.

У конференц-залі медики надавали допомогу всім, хто отримав травми. Я побачила Ліну та помахала їй рукою.

– Уявляєш собі, пару пацієнтів довелося навіть до регенераційних боксів помістити. Один клевр завалив кілька дерев і декого придавило. Без боксу дуже довго гоїтиметься, а нам бажано сьогодні всіх відпустити по домівках. Інакше занадто велика прогалина в пам'яті з'явиться, – розповіла мені подруга.

– А де відбувається робота зі спогадами?

– Там он є велика кімната для, так би мовити, "оптової" обробки.

Я пройшла туди, куди махнула Ліна. Побачила розмежоване на вісім частин-кабінок приміщення з проходом по центру. Я зайшла до однієї з кабінок і побачила за столом Мартіна в лікарському халаті. Навпроти нього, спиною до входу та до мене сиділа молода струнка жінка зі світлими кучерями. Вона щось розповідала, а лікар тримав її за руку й уважно слухав, дивлячись в очі. Помітивши мене, Мартін попросив жінку перерватися та підняв на мене погляд.

– Дан тут? – запитала я, перепросивши за втручання.

– Так. Третя кабінка праворуч.

Я подякувала та вийшла. Виготовлені зі спеціального матеріалу, здатного екранувати ментальний вплив, звуконепроникні кабінки забезпечували повну конфіденційність роботи. Лікар із "пацієнтом" опинялися зовсім наодинці і процесу роботи зі спогадами ніщо не заважало.

Коли я залишила кабінку, де працював Мартін, від Дана виходив один із хлопців, які робили фотографії на тлі клеврів-втікачів. Очі в нього були порожні, він немов намагався щось пригадати, але не міг, і рухався при цьому теж через силу. Під руку "пацієнта" вела одна з медичок. Я вирішила, що саме час зайти.

Дан моїй появі зрадів і спробував посадити мене до себе на коліна, але я ухилилася та сіла на стіл.

– До мене прийшла? Довго шукала?

– Зайшла в першу-ліпшу кабінку, а там мені Мартін сказав, де ти.

– Чому в нього не залишилася?

– Ти ж мій науковий керівник, стільки часу мене вчив медицині. От і продовжуй, – у білому халаті Дан виглядав точнісінько так, як і під час моєї роботи в пологовому будинку. Я занурилася в той настрій та зніяковіла.

– Що там з журналістом? – запитав Дан.

– Джулі розколоти не змогла. Він ухилявся та не хотів говорити правду.

– Просто треба правильні запитання ставити та емоції відстежити. Джулі – хороший фахівець, але психолог слабенький, – скривився Професор.

– Нічого, ми його до лонкіїв відправили. Думаю, що там швидко все з'ясується.

У двері заглянула медичка.

– Почекай, будь ласка, хвилинку. Я інструктаж проведу, тоді заведеш, – сказав їй Дан і звернувся до мене. – Так, Хельго, я зараз принесу другий стілець, а ти сідай поки що на мій. Заодно халат тобі знайду.

– До речі, а навіщо халат?

– Люди довіряють лікарям, і з ними тоді простіше працювати. Уважно дивись та слухай, що я роблю. Покладеш руку мені на спину таким чином, щоб "пацієнт" не бачив, і відстежиш магічні потоки та технологію. Можна й без фізичного контакту обійтися, але з ним краще видно. Не розмовляти, пацієнта поки що не торкатися та погляд його на себе не перетягувати. Зрозуміло?

Я кивнула, Професор підвівся.

– Сідай, – він підхопив мене на руки, пересадив зі столу на свій стілець і стрімко вийшов. Учергове прийшов подив тій легкості, з якою він мене тягав. Я все ж таки не Ліна, важу не так вже й мало через свій зріст.

– Зачекайте, будь ласка, ще хвилинку, – сказав Дан людям за дверима. – Потрібно додатковий стілець принести.

Процедура чищення пам'яті здалася мені вельми цікавою. Медичка завела до кабінки літню сиву жінку у тренувальному костюмі. Професор привітно їй посміхнувся та запропонував сісти навпроти нас. Я не стала класти йому руку на спину, тому що тоді нам обом було б незручно. Замість цього просто доторкнулася своїм коліном до його ноги під столом.

– Як ви почуваєтеся? – запитав Дан у жінки.

– Дякую, вже краще, – з гідністю відповіла та. – У вас хороші лікарі. Доброзичливі, привітні та дуже уважні. А я вже, повірте, на цьому добре розуміюся.

– Віримо. Ми сюди їх по всьому світі відбираємо. Саме уважних. От і я такий, – посміхнувся Професор пацієнтці. – Уважний. Розкажіть, будь ласка, що з вами сьогодні сталося в ботанічному саду? Тільки постарайтеся нічого не забути.

Жінка зашарілася. Я витріщилася на свого колегу. Ти подивися на нього! Дан що, гіпнозом володіє? Те, що за ним упадають панянки мого віку, ще якось зрозуміло. Але щоб жінки в роках! Подібне я бачила вперше. А цей серцеїд ще й долонею руку пацієнтки накрив. І вона раптом заторохтіла, дивлячись співрозмовникові в білому халаті просто в очі. Вона розповідала про те, як збиралася вранці до ботанічного саду на заняття з йоги, як довго не могла знайти свого посвідчення для проїзду у міському транспорті, як дісталася до місця проведення занять, як розгортала свій гімнастичний килимок і робила першу асану. Коли в розповіді жінки з'явилися клеври, я вловила рух магії та доклала максимальних зусиль до того, щоб зосередитися на діях Професора. Потік йшов від голови пацієнтки через руку до мого наукового керівника.

Слова вичерпалися. Дан дивився в очі жінці, яка продовжувала сидіти навпроти нього.

– Де я? – раптом спитала вона та висмикнула свою руку з-під долоні Професора.

– Ви в медпункті ботанічного саду, – ласкаво сказав Дан.

– Що зі мною? – вона стала озиратися.

– Вам стало зле під час занять йогою. Ми допомогли вам і щойно перевіряли, чи не торкнувся напад вашого мозку.

– Чому я нічого не пам'ятаю після початку занять? – здавалося, що вона зараз скочить та побіжить кудись.

– Тривалий час ви лежали непритомні під наглядом наших медиків, поки ми проводили комплексне обстеження. Не хвилюйтеся, у вас все добре, і незабаром пам'ять повернеться. Зараз вас проведе наша лікарка, а співробітники ботанічного саду допоможуть сісти в таксі, – Дан встав, відчинив двері та покликав медичку, яка очікувала закінчення процесу в коридорчику.

– Зробімо перерву на п'ять хвилин, – сказав колезі Професор. – Піди, ковтни чогось. І, якщо можна, нам із Хельгою теж кави принеси, будь ласка, бо я спав за цю добу всього три години.

Дівчина зраділа, кивнула та вивела літню леді з нашої кабінки.

– Побачила все? – запитав мене Дан.

– Так, тільки не до кінця зрозуміла. Ти ж не менталіст, як це виходить?

– Ми тому і просимо очевидців детально розповідати нам про події. Пам'ять піднімається до самісінької поверхні, і звідти її можна зловити, а потім витягти нашим даром лікаря. Водникам ще легше, бо ми підключаємо другий дар, щоб пройти по кровоносних і лімфатичних судинах. Але в тебе теж вийде. Нумо, ще раз подивишся, а потім сама спробуєш, якщо зрозумієш до кінця.

– Стривай, а в очі навіщо дивитися? Наскільки я змогла розгледіти, у самому процесі очищення пам'яті погляд участі не бере.

– Так простіше встановити довіру та допомогти людині все розповісти, не перериваючись. І отямитися не дати. Якщо виходить працювати без візуального контакту, то можна навіть із заплющеними очима робити чистку. Але подібне, зазвичай, буває тільки в разі дуже високого рівня довіри.

У цей момент дівчина занесла нам каву та сказала, що через три хвилини приведе наступного очевидця. Ми не стали більше гаяти час на розмови та швиденько випили гарячий напій. Тільки встигли відставити кухлі, як у кабінку зайшов підліток років сімнадцяти. Я придивилася та впізнала другого з хлопців, які робили на галявині селфі.

– Не стану я з вами розмовляти! Ви взагалі не лікар, а співробітник якоїсь спецслужби. Я вашу ксиву бачив! Всі фотки в телефоні постирали, – від дверей заявив він. – Де мої друзі?

– От ми зараз тобі пару питань задамо, та й підеш собі до них.

– Нічого я вам не скажу, – насупився той. Я знала цей вік – найбільш впертий. Гормонів багато, сміливість через край, а розум сором'язливо бовтається десь на задньому плані. Цікаво, що Дан робитиме?

Професор незворушно подивився на мене.

– Класна в мене подружка, га? – задав він хлопцеві питання, якого я абсолютно від нього не очікувала, і раптом схопив мене за стегно, обнявши при цьому правою рукою ззаду. Навіть не можу собі уявити, що в той момент виражало моє обличчя, але підліток повністю забув про свою впертість і зовсім іншим тоном сказав:

– Нічого така. Симпотна, – і при цьому оглянув мене з голови до п'ят оцінюючим безсоромним поглядом. – Халатик сексі!

Здається, я почервоніла. Дан же нагнувся до свідка, поклав ліву руку йому на плече, продовжуючи правою обіймати мене, та довірливо сказав:

– Так от. Вона думає, що ти пережахався, тому тобі просто лячно знову подумки опинитися на тій галявині, щоб розповісти нам усе.

– Та чого там жахатися було? Прибігли ці здоровенні хутряні свині з хоботами. Ми взагалі з друзями думали, як би на них покататися...

Стратегія Дана виявилася абсолютно правильною. Підліток поспішав довести, що він не боягуз і взагалі весь такий із себе герой – клевра одразу зупинить, у басейн гренонів пірне. Я боялася поворухнутися, щоб не відволікти його, та вкотре уважно стежила за потоками магії. Цього разу я дійсно змогла вловити якісь тоненькі лусочки, які дар Професора знімав з пам'яті хлопця та виносив через плече й руку до лікаря. Наприкінці розповіді Дан відпустив плече підлітка та сказав йому:

– Ви з друзями полізли на вологу огорожу фонтану. Ти послизнувся, вони спробували тебе утримати, і ви всі впали. Ти вдарився головою, а друзі наковтались води. Всі троє знепритомніли. Наші медики вас ледве відкачали. Ви довго були без пам'яті, але вже все добре. Навіть гулі не залишилося, у нас працюють майстри своєї справи. Намагайтеся надалі поводитися трохи обережніше. Справжня сила чоловіка не в тому, щоб безглуздо ризикувати собою, а в умінні правильно оцінювати обставини та застосовувати розум.

Підліток кивнув, і Дан встав покликати медичку. Коли за ними зачинилися двері, Професор сказав:

– Пробач, Хельго. Ти ж бачила – вік впертості. Згадав себе в його роки і те, що мене тоді хвилювало найбільше у світі, – вродливі дівчата та їхня думка про мене. Якщо б ти не підіграла, то я не знаю чи впорався б.

Та годі! Якби ще йому дійсно було хоч трішки соромно. Я, відверто кажучи, не підігравала, просто мову відібрало від шоку та від того, що мені відкривається в ньому. Але зізнаватися в цьому вголос я не стала. Треба віддати Професорові належне, хлопчина дійсно видав нам усі події в деталях.

– Халатик сексі! – треба ж хоч якось виплеснути емоції, котрі мене охоплювали. З завтрашнього дня знову починаю носити на роботу брюки та комбінезони. – Нахаба малолітній!

Професор засміявся та підморгнув мені. Якщо зараз щось скаже про мій халат, стукну, чесне слово! Мені вже зовсім не заважала боязкість перед ним, як перед керівництвом, тож горезвісний синець таки в когось з'явиться.

– То як, наступний очевидець твій?

Глава 19

– Хельго, швидко до нас! – голос Пола в телефонній слухавці звучав страшенно схвильованим.

– Куди?

– До лабораторії з боксом для клонування людини! – і реінкарнолог завершив виклик.

Я мчала через весь павільйон, не відчуваючи ніг. Щось страшне сталося? Кого клонуватимуть? Господи, хоч би з Ліною все було гаразд!

Лабораторія відрізнялася невеликими розмірами, і практично весь вільний простір хтось чи щось займало. Пол стояв біля пульта керування боксом для клонування людини, поруч із ним на стільцях сиділи бліді молоді чоловік і жінка. Ціла й неушкоджена стояла навколішки біля блоку та тримала в руках закривавлену голову чотирирічної дитини. Вона вочевидь робила нагальну діагностику. Блідий до синяви хлопчик в боксі не дихав.

– Хельго, дуже швидко – повний знімок візерунка магічного поля, – розпорядився реінкарнолог, і я приступила до процедури. Добре, що примчала скоренько, тому що ще б трохи й не встигла б. Поле зникало та немов розчинялося просто на очах. Дитина була в стані клінічної смерті.

– Тримайте нитку душі! – велів Пол чоловікові та жінці, мабуть, батькам хлопчика. – Тримайте та не смійте відпускати. Очі заплющувати не можна, тільки кліпати. Утримуватимете по черзі – один працює, другий спить або їсть. Ліно, ти закінчила?

– Так, – подруга була налякана, але зібрана.

– Відсунься.

Кришка боксу зачинилася.

– У вашого сина сильно пошкоджений мозок, – реінкарнолог знову звернувся до батьків хлопчика. – Більшу частину нам доведеться видалити, і ми наростимо новий. У нас є для цього всі необхідні дані, ДНК, біоматеріал. Але ми не можемо дати вам жодних гарантій. Я здатен тільки пообіцяти, що зроблю все, що в моїх силах, і навіть більше. А ви повинні утримати нитку душі.

Батьки кивнули.

– Дівчата, до мене! – скомандував Пол, і мене вразили зміни, що відбувалися в ньому. Навпроти мене стояла залізна людина, зібрана, така, що знає свою справу та ціну кожній секунді, кожній миті. Ліна, здається, теж бачила хлопця таким вперше, не дивлячись на те, що працювала з ним довше за мене. – Швидко вивантажуємо дані в бокс. Яка скоріше вивантажить, та й побіжить за хірургами.

Першою впоралася Ліна і миттю помчала кудись. Доки я перекачувала в бокс інформацію про унікальний візерунок магічного поля дитини, дівчина повернулася в супроводі Дана й одного з медиків. Мабуть, колеги вже знали про завдання. Пол відчинив бокс, хлопчикові на голову наділи прилад, який дозволяв робити надточні операції на мозку. Я знову здивувалася різноманітності технічного оснащення Відділку. Не могла собі навіть уявити, що тут є й таке обладнання. Медик почав керувати апаратурою, а Дан забезпечував своєчасну очистку оперованих областей від залишків відмерлої тканини. У подібних ситуаціях, зазвичай, проводиться ще й магічне підживлення, яке, мабуть, і повинен був робити Професор. Але магія вже полишила тіло дитини, тому Дан просто асистував колезі.

Після закінчення операції Пол одразу ж знову зачинив бокс. Малюка під'єднали до всіх необхідних систем життєзабезпечення ще до хірургічного втручання, а тепер, як я зрозуміла, запустили процедуру клонування. Ми з Ліною залишилися до кінця операції в лабораторії на той випадок, якщо раптом знадобиться додаткова допомога лікаря чи просто швидкі ноги, щоб збігати кудись за розпорядженням реінкарнолога.

– Шістнадцять годин, – сказав Пол. – Через шістнадцять годин закінчиться клонування та нарощування втрачених частин мозку. Дівчата, давайте-но по домівках. Прийдете допомагати завтра вранці.

– А ти? – злякалася Ліна за хлопця.

– Мені треба чергувати з батьками, тримати нитку.

– Ти що, не спатимеш зовсім? Ти ж добу вже на роботі!

– Я посиджу ще чотири години, потім змінника попрошу. У нас є ще один реінкарнолог, він впорається. Взагалі зараз все залежить від батьків. Ми тут так, для моральної підтримки. Коли фахівець поруч, люди якось впевненіше почуваються. Заодно простежимо, щоб не заплющували очі.

– Так, Поле, я зараз вам всім поїсти принесу... – почала я.

– Навіть не думай, – перебив мене хлопець. – Батькам заборонено – заснуть. Я теж не їстиму, щоб їх не бентежити. По черзі перекусимо, коли з’явиться можливість. Давайте додому. І

Дана прихопіть, він сьогодні теж після нічної зміни майже не відпочивав.

Дорогою додому ми удвох із Професором накинулися на Ліну із запитаннями.

– Ти там була? Що трапилося?

– Елль, ну чого ти так репетуєш? Зараз розповім усе. Коли клеври побігли та вирвалися в ботанічний сад, проломивши стіну сектора, там почалася паніка. Ми бігали, збирали всіх, шукали наляканих, поранених, просто зацікавлених. Серед них метушилися і ці двоє – батьки хлопчика. Жінка плакала та повторювала, що з її дитиною сталося щось погане. Її чоловік тримався тільки тому, що мав втішати дружину.

– Хлопчик хіба був не з ними? – запитав Дан.

– Ні. Вони відпочивали на майданчику біля фонтану, син бавився, намагався вилазити на дерева, постійно тікав від мами. Вона каже, що в останній раз витягла хлопчика з фонтану, сподівалася, що малий триматиметься поруч, сіла на лавку до чоловіка. Але неслух знову розійшовся та побіг кудись у кущі. А тут клеври. І ми за ними одразу.

– Діти цього віку в разі небезпеки, зазвичай, біжать до батьків, – недовірливо сказала я.

– Я не знаю, що там насправді сталося, Елль. Може, вона його відшльопала за те, що не слухався, може ще що. Я знаю тільки те, що батьки нам сказали. Ми дуже довго не могли його знайти, тому що аура практично не відгукувалася. Мати схлипувала, що хлопчик десь поруч, але ми обшукали все. Витратили до біса багато часу, допоки я не додумалася спробувати пошукати слід магічного поля в прив'язці до матері. Ледве вловила відблиск у кущах під уламками лави. Він лежав майже без життя, голова на великому камені, все під нею залито кров'ю. Моторошне видовище, здається, ще й клевр на нього наступив, бр-р-р. Ти, Елль, його вже вмитим бачила.

Ліна ненадовго замовкла.

– А мене чому покликали?

– Лікарів вільних мало залишалося. А тих, хто вміє знімати візерунок магічного поля, і того менше. Там же поранених цілий натовп. Я як хлопчика побачила в кущах, одразу Полові зателефонувала. Він наказав дитину до лабораторії нести і самій туди ж бігти. А там вже тебе викликав.

Дівчина зіщулилася. Я погладила її по плечу. Професор слухав уважно, але не втручався.

– Дане, як оцінюєш пошкодження? – я немов повернулася до пологового будинку. Два лікаря завжди зрозуміють одне одного.

– Дуже важкі. Дивно, що він взагалі дотягнув до того моменту, коли ви його знайшли. Практично нічого не залишилося від зон, які керують системами життєзабезпечення. Можливо, хлопчик з тих малюків, яким я передавав здатність до швидкої регенерації. Саме за віком підходить. Тільки це пояснює подібну дивину. Тримався, доки магія не вичерпалася.

– Зараз він під наглядом, – от дідько! Висловлююся точно як у пологовому будинку. Але від цього якось спокійніше – немов ми просто обговорюємо важкий, але вже не небезпечний випадок у пологах. – А нам всім треба набратися сил. Завтра вирішальний момент. Господи, хоч би вийшло повернути!

Ми завезли Ліну до брата, а потім Дан поїхав проводжати мене.

– Дане, звідки у Відділку це обладнання? – запитала я свого супутника.

– У нас багато різного є. Ніколи не знаєш, що знадобиться в роботі, тому Відділок оснащує лабораторії всіма новинками, які з'являються на медичному ринку. Ще й плюс деякі власні винаходи присутні, звісно.

Я ошелешено мовчала.

– Я не дуже вірю в успіх цієї справи, – продовжив між тим Професор, маючи на увазі клонування та воскресіння хлопчика.

– Чому? – я знову витріщилася на нього з подивом. Невже він так думає через те, що з Софі тоді не вийшло?

– Хельго, я асистував під час операції. Від мозку дуже мало що залишилося.

Я нарешті зрозуміла про що він говорить. Якось ця думка не дійшла до мене в той момент, коли Дан розповідав про стан дитини. Мабуть, шок і при цьому надія вибили все з моєї голови. Занадто сильно я стала вірити в сучасність Відділку, у його чудодійні технології. Але зараз натяк став цілком зрозумілим. Софі тут абсолютно ні до чого.

Людина – це не тільки тіло та душа, об'єднані з потоками магічного поля. Нас також визначають спогади та отриманий за час прожитого життя досвід, у першу чергу, досвід дихання, управління серцем та іншими органами та системами тіла. Ці навички мозок починає отримувати ще в утробі матері та поступово нарощує, розвиває, досвід поповнюється новим. Можна виростити другий мозок або його частини, але він вийде чистим, як скельце, і там не збережеться найголовнішого – знань про те, як вижити. А без них системи організму навряд чи запустяться.

– Чому керівництво дало Полові дозвіл на цю процедуру? – запитала я Професора після тривалої похмурої мовчанки.

– А як же інакше? Адже ця трагедія – наша провина. Ми не додивились за клеврами, ми не забезпечили досить надійні стіни для їхнього сектору, ми приховуємо їх від людей, і тепер людство навіть не знає, як поводитися в разі їхньої появи. Та й можливість вчергове спробувати просунутися трохи далі напрямком клонування і повернення людини з того світу теж зіграла свою роль.

Біля будинку батьків Дан обійняв мене, міцно притиснув до себе та попросив ніколи не лізти під ноги клеврам. Хоча б доки я не засвою сповна методику прискореної регенерації. Та й після цього теж. Я пожартувала, що не можу поводитися настільки безвідповідально та залишити Відділок без цінного працівника. Професор невесело та дуже стомлено посміхнувся, сказав: "На добраніч, крихітко!" і сів назад у таксі. Я бачила, що він ледве тримається, щоб не заснути просто в автівці.

***

– Складний день? – запитала мене мама.

Ні, треба все ж таки вирішувати щось із переїздом. Постійно брехати батькам або навіть просто замовчувати деталі ставало з кожним разом все важче. Я вирішила відволікти маму від слизької теми. Тим більше, що я все ще мала забрати світлину прадіда.

– Ма, а де той альбом, який ти мені показувала в день мого дванадцятиріччя?

– У спальні. А що?

– Хочу ще раз подивитись на зображення прадіда з гренонами. Мені здається, що та робота, яку мені пропонують, якось із цим пов'язана.

Мама зацікавлено глянула на мене, забувши і про своє запитання, і про мій складний день. Ми пройшли в спальню батьків, вона дістала із сейфа альбом, і ми сіли на ліжко поруч, зіткнувшись плечима та схиливши голови над світлиною.

Навпроти ліжка стояв мамин туалетний столик, і в дзеркалі відбивалося наше відображення. Все ж таки ми з нею схожі, хоч і здається іноді, що це не так. Той же обрис обличчя, ті ж очі, які свого часу Ліна назвала таємничими, абсолютно однакова нижня губа. Я задивилася на мамине відображення, потім перевела погляд на своє обличчя та вперше усвідомила, що я дійсно, мабуть, дуже навіть нічого на вигляд. Цікаво, чому я раніше цього не бачила? Невже для прозріння я потребувала нахабної оцінки сімнадцятирічного хлопчака? Недоотримала порцію уваги від парубків у підлітковому віці, чи що? Мамине відображення посміхнулося мені в дзеркалі. Я повернулася думками до альбому.

– Тато про це знає?

– Навряд чи. Як бачиш, альбом із замком, ключ я тримаю окремо. Але можеш сама в нього запитати. Я не розповідала. Це ж страшна таємниця.

При цих словах мама смішно витріщилась, немов поруч із нею сиділа все та ж дванадцятирічна дівчинка. Кумедно було бачити її такою. Кумедно та водночас сумно, розуміючи, що скоро цієї страшної таємниці в неї не стане.

– Ма, розкажи мені, будь ласка, ще раз все, що ти про це знаєш. Тільки максимально докладно. Заплющ очі та постарайся пригадати всі деталі.

Мама дійсно заплющила очі та почала розповідати. В цій ситуації ми не потребували візуального контакту, тому все проходило легко і без поглядів. Я виловлювала лусочки її спогадів, не забувши в цей момент акуратно зняти альбом з наших колін і заховати його під ліжко. Заберу за зручної нагоди. Відчувала себе при цьому гидко. Немов я обкрадаю власну матір, позбавляючи її дорогого – спогадів про сімейну таємницю, які робили образ прадіда героїчним і романтичним. Коли мама замовкла, я витримала павзу та запитала її знову:

– Ма, чим займався мій прадід?

– Я ж тобі вже розповідала. Працював при дворі медиком.

– І все?

– Так. А чому ти питаєш? І що ми тут з тобою робимо?

– Ти цікавилася моєю роботою, пам'ятаєш?

– А, так. Щось у мене трохи голова паморочиться.

– Відпочивай. Напевно, у кухні втомилася. Я тебе дуже

люблю!

Мама обійняла мене, потім лягла та відвернулася до стіни. Я скористалася моментом, щоб витягнути з-під ліжка альбом. Виходячи з кімнати, відчувала себе зрадницею. Виявляється, чудова робота у Відділку має свою ціну.

Глава 20

Наступного ранку я примчала на роботу раніше, ніж передбачалося. Але поспішала даремно – Пол ще не прийшов, його змінник, хоч і втомлений, тримався цілком нормально, а мати хлопчика сиділа на стільці з широко розплющеними очима та прямою спиною. Все свідчило про те, що процес йде, і нитка не порвалася.

– Де батько дитини? – пошепки запитала я у другого реінкарнолога.

– Спить у регенераційному боксі, – так само тихо відповів мені колега. – Ми їм зробили зміни по шість годин. Саме достатньо, щоб відновитися, особливо в боксі.

Слідом за мною з тими ж питаннями та вочевидь тими ж думками до лабораторії увірвалася Ліна. І попленталася за наказом реінкарнолога на робоче місце. Напевно, і мені варто поки що піти, щоб не маячити перед очима людей у лабораторії та не заважати процесу. Не дай Боже відволічуться на мене, й нитка порветься. Та й мої власні завдання ніхто не відміняв. Мені так само треба вчитися та вникати в інформацію, як і раніше.

Щоправда, робочий день ще не почався, і я вирішила зайти до їдальні, випити чашку кави та взяти булочку. Бо зранку так летіла сюди, що не встигла навіть поснідати. Мама намагалася затягнути мене до кухні, але я стрімко обійшла її по широкій дузі та вискочила до таксі, де на мене вже чекав Дан, щоб провести до Відділку. В їдальні групка Ліниних колежанок гаряче обговорювала щось, сидячи за одним великим столом.

– Хельго, йди до нас, – покликала мене звідти якась дівчина. Я впізнала лаборантку, яка в мій перший день порадила мені не запам'ятовувати імена співробітників. – У нас тут ще є вільне місце.

Я налила собі кави, взяла круасан та із задоволенням приєдналася до таємничих зборів.

– Що це ви настільки гаряче обговорюєте? – поцікавилася я.

– Виявляється, клеврів хтось випустив, – змовницьким шепотом повідомила мені повненька дівчина з чорною косою.

– Ми цього точно не знаємо, – смикнула її інша учасниця бесіди. – Просто двері клітки, що обгороджує територію клеврів, знайшли відчиненими.

– Як це?

– Замок залишився цілим, двері не виламані. Їх саме відчинили. Чи випадково, через недогляд, не зачинили.

– А ще Мартін говорить, що безпосередньо перед тим, як клеври побігли та проломили стіну, він побачив яскравий спалах і почув гучний хлопок. Саме він і налякав підопічних.

– Так, Віктор мені вчора теж обмовився, що клеврів начебто чимось налякали, – задумливо промовила я.

– Бомба? – вжахнулася дівчина з косою.

– Ні, швидше за все якась хлопавка, тільки потужна. Якби вибухнула бомба, то побігли б не тільки молоді особини, але й уся популяція. Крім того, безпечник, який оглядав місце події, не знайшов жодних слідів. Взагалі нічого. Робоча версія охорони зараз полягає в тому, що сталося коротке замикання, яке й дало такий ефект. Там дійсно щось загорілося поруч із сектором клеврів, на розподільчому щитку. Навіть частина сектора залишилася без електроенергії. Але чому двері виявилися відчиненими?

– А що на камерах?

– Нічого особливого, все абсолютно стандартно. Останніми перед подією до сектору заходили безпечники. Коли вони виходили, то один із них навіть двері посмикав, перевіряв, чи зачинилися. Це дуже добре видно на відео.

– Як це все дивно!

– І не кажи, – відповіла медичка, яка вчора водила до нас із Даном очевидців. – Якось незатишно стає працювати. То бомба, то клеври. Гаразд, нам вже час до роботи, бо влетить від керівництва.

Дівчата розійшлися, а я залишилася в їдальні думати. Дивацтва накопичувалися. Спочатку бомба поблизу сектора лонкіїв, потім наполохані клеври, які випадково потрапили у відчинені двері, потім дивний репортер, який опинився в потрібному місці в потрібний час. Та й ще цей фейк про експерименти з новонародженими. Моя теорія про те, що хтось намагається дискредитувати чи взагалі закрити Відділок, здавалася мені все більш правдоподібною. Якщо це так, то зловмисник на досягнутому не зупиниться, і я боялася думати про те, яким буде його наступний крок.

Пол зателефонував мені вже майже перед кінцем зміни. Я встигла знудитися в очікуванні, загнати себе до сьомого поту в тренувальній залі, десять разів прочитати одну й ту ж сторінку методички, та нічого з неї не почерпнути. Ані до лонкіїв, ані до гренонів вдень іти сенсу я не бачила – вони просто спали. А до клеврів геть не хотілося наближатися. У своєму нервозному стані я навіть пішла на те, щоб навідатися до лабораторії Ліни та поспостерігати за ненависними комахами. Щоправда, вистачило мене ненадовго, тому що в приміщенні сиділа настільки ж напружена подруга, і подібної концентрації засмиканих дівчат на маленьку лабораторію не витримало освітлення – одна з ламп наказала довго жити, супроводивши власну смерть гучним "бах!". Ми з Ліною обидві підскочили на місці, і я поспішила ретируватися назад до їдальні. Краще все ж таки намагатимуся хоч щось зрозуміти з навчального посібника, ніж підривати лампочки в лабораторії.

– Хельго, ти хочеш брати в цьому участь? – запитав мене Пол.

– Обов'язково!

– Я змушений попередити. Все може закінчитися зовсім не так радісно, як ми тут сподіваємося. Ти впевнена, що точно хочеш бачити результат? Може краще почекаєш у їдальні?

– Поле, я прийду.

– Тоді ми на тебе чекаємо.

У лабораторії знаходилися тільки батьки хлопчика, реінкарнолог і Ліна. Обличчя Пола виражало екстремально високий ступінь зосередженості.

– Дівчата, готуйтеся допомагати. Раптом що, підхопите системи життєдіяльності. Якщо щось не запрацює одразу, можна акуратно підживити, потім знову спробувати запустити. Прошу від вас максимальної зібраності й уваги, – потім реінкарнолог звернувся до батьків. – На рахунок три, тягнемо. Від вас потрібно небагато – просто уявляйте собі свою дитину живою, веселою. Вам слід постаратися побачити, як ви її обіймаєте, як вона сміється, дивлячись на вас. Радість, любов, ніжність, очікування дива. Намагайтеся не дати сумнівам пробитися крізь настрій впевненості. Решту за вас зроблю я, коли зрозумію, що ви поринули в необхідний стан.

Чоловік і жінка кивнули. Я подивилася на бокс і відчула, що зараз там все ще лежить бездушне тіло, нехай і підтримуване системами життєзабезпечення. Магічне поле ще не повернулося. Мабуть, не спостерігалося ще й аури. Мої підозри підтверджувалися картинкою на екрані комп'ютера, що зображала нерухомого хлопчика у боксі.

І тут Пол напружився. А я раптом вловила, як починає світитися унікальний візерунок поля дитини. Сказати, що я зраділа, це нічого не сказати. Мене накрило ейфорією! Приблизно в тому ж настрої поруч затанцювала Ліна.

Ми побачили на екрані, що хлопчик розплющив очі. Пол натиснув на кнопку вимкнення систем підтримки життєдіяльності. Вийшла з горла й уїхала в спеціальну нішу блоку трубка для штучної вентиляції легенів, магія перестала ганяти кров по судинах. І тут почало відбуватися страшне. Хлопчик не міг вдихнути. Складалося відчуття, що він просто не знав, як це робиться. Ліна перехопила систему дихання та почала вентиляцію легенів за допомогою магії. Але слідом за цим прилади повідомили про зупинку серця. Кровоносну систему перехопила на себе я. Однак і це допомогло мало, адже у хлопчика раптом почалася блювота жовчю, яка потім стала кривавою. Страшний прогноз Дана перетворювався на реальність – новий мозок малюка просто не знав, що йому робити з цим тілом. Я спробувала зупинити кровотечу, зменшивши тиск, але тоді стало здавати серце. Пол намагався усунути проблеми з внутрішніми органами. Кров тонким шаром дрібних краплин вкривала бокс, Ліна не встигала очищати від неї легені. Ще один удар серця, і дитина померла. Розгублено глянувши на реінкарнолога, я зрозуміла, що нитка душі теж порвалася.

За пів години ми сиділи в їдальні втрьох в абсолютно убитому стані. Найгірше почувався Пол. Він тримав на колінах Ліну та щосили мовчки притискався до неї. Я бачила, що подрузі незручно, але вона обіймала хлопця та гладила його по голові. Зміна добігала кінця, до приміщення періодично заходили співробітники та з цікавістю поглядали на нас. Правильніше сказати, на обійми моїх друзів. Вся конспірація пішла коту під хвіст, але закохані вже на це не зважали. Мені, чесно кажучи, теж дуже не вистачало людини, до якої можна було б притиснутися та постаратися забути жахливе видовище залитого кров'ю боксу, що стояло перед очима. Тому я друзям навіть злегка заздрила. Напевно, якби Дан вже з'явився на роботі, я б наплювала на всі свої сумніви та пішла б до нього. Але на Професора чекала нічна зміна, тому він ще до Відділку не приїхав.

Пол підняв голову, перехоплюючи Ліну так, щоб забезпечити їй зручнішу позу, і через плече дівчини подивився на мене.

– Зателефонуй, – шепнув він мені одними губами.

– Тобі б було легше? – так само відповіла я реінкарнологові, маючи на увазі марність телефонної розмови.

Пол заперечливо похитав головою та сказав уже набагато голосніше:

– Ідіть додому, дівчатка.

– А ти? – занепокоїлася подруга.

– Я помию бокс і продезінфікую його. Ідіть, я теж скоро відкланяюся, – він поцілував Ліну на очах у сторопілих співробітниць лабораторії, які допивали каву за сусіднім столиком, і горда подруга підвелася, прямуючи до виходу. Я поплентала за нею.

Я намагалася не думати про батьків загиблого малюка. Процедуру чистки пам'яті та підселення нових спогадів взяв на себе Алекс. У нього були власні діти, і всі переживання батьків бородатий лікар розумів набагато краще за нас. Особисто я б не впоралася з цією роботою. Просто не здатна собі уявити, як можна прибрати в батьків з пам'яті причину смерті їхнього малюка, як знайти потрібні слова, щоб батько та мати продовжували жити далі.

Того вечора ми з Ліною вперше разом напилися.

***

– А мене Пол заміж покликав, гик, ой! – Ліна тримала в руках пляшку вина та прикладалася до неї безпосередньо з горлянки.

Ми сиділи в моїй кімнаті просто на підлозі. Келихи валялися десь осторонь, по центру між нами стояла велика тарілка з нарізаним сиром і яблуками. Від вмісту залишилася приблизно третина. Треба сказати, що більшість сиру зжерла нахабна вусата морда мого кота. Не здивуюся, якщо саме він ще й частину вина з мого келиха висьорбав. Батьки не втручалися. Я розповіла мамі про те, що вдень ми втратили в пологовому будинку дитину, і вона вивела з моєї кімнати татка, який намагався зупинити нашу пиятику. Пару разів телефонував Дан, але я попросила його побути з Полом, якщо той ще на роботі. Дан намагався з'ясувати, якими є наші плани. Я відповіла, що ми будемо пити, і Ліна переночує в мене в гостьовій спальні. Потім просто вимкнула телефон. Моя подружка зробила те ж саме, сподіваючись, що Дан за необхідності перекаже все Полові, і хлопець не хвилюватиметься.

– Ну то виходь! Тільки, той, коли у вас діти з'являться,

тримайте їх подалі від ботанічного саду та клеврів. І високих дерев.

– Ег-ге ж, – знову зажурилася Ліна. Дівчина сиділа в розстебнутій блузці, тому що через вино їй раптом стало жарко. Скуйовджені коси та одне заплющене око доповнювали мальовничу картину. Підозрюю, що я виглядала не набагато краще, тому що моя туніка перекосилась, а спідниця задерлася майже до талії. Але ми на стан власного одягу не зважали, а хлопців, слава богу, поруч не спостерігалося. – Друга тр-р-рагедія з цими клеврами, яку я знаю.

– Навіщо вони взагалі потрібні Відділкові? – на мене алкоголь діє не так, як на подругу, я п'янію повільніше. Мабуть, різниця в зрості та комплекції позначається. Свідомість, звісно, дуже каламутна, але мовні функції поки що під контролем.

– Віктор го-о-говрить, що в них той, гере-, рере-, ре-ге-не-ра-ці-я, о! – насилу вимовила потрібне слово подруга. – І парні стосунки. Ре-про- дук-тивна система чимось там важлива.

– Тупі, неповороткі створіння! – стукнула я об підлогу денцем своєї пляшки.

– Ти говориш, як Дан, – захихотіла Ліна.

– Тому що це правда! Як вони могли потрапити в один ряд з гренонами та лонкіями?

– Легко! – подружка махнула в повітрі пляшкою. Вино всередині плеснуло. – Люди в якомусь сенсі – такі ж створіння, як клеври. Ми жуємо, злучаємося та р-р-р-р-р-розмножуємося. Т-о-ому фі-зі-о-ло-гія в прив'язці до м-магічного поля поки що вся на них вивчається.

Я зажурилася. Ліна мала рацію. Людство дійсно знаходилося десь на одному рівні з клеврами. До гренонів, а тим більше до лонкіїв, нам ще рости й рости. Дівчина тим часом продовжувала:

– Н-не настільки вони вже й тупі. У н-них своя і-є-рар-хі-я, о! Пари на все життя формуються. М-м-малюки народжуються виключно за б-б-бажанням. Це в н-них люди навчилися к-к-контролювати м-магічні потоки, щоб не ставалося небажаних вагітностей. Просто вони в-великі, – Ліна багатозначно підняла вгору палець, через що ледь не впустила пляшку. Схоже, подруга геть забула про те, що в неї є друга рука, якою вона спиралася об підлогу. Втім, краще нехай спирається далі, бо ще впаде.

– То й що, що великі?

– М-ми для них як мурахи. Або як миші. Т-ти ж не д-думаєш

про м-мурах, коли йдеш с-с-стежкою?

Я замислилась. Ні, не думаю. І яку там мишу я випадково розчавлю, теж не думаю. Якщо не прибралася вчасно з дороги, то значить, що сама винна. Хоч і шкода її.

– Цікаво, хто ж отруїв клевра? Дан каже, що це не він, і я йому вірю.

– Авжеж не він! – з абсолютною впевненістю, властивою п'яним людям, заявила подружка. – Н-навіщо йому це?

– Твій брат думає, що через Софі.

– Дурня! – махнула пляшкою Ліна. – М-мій брат сидить зі своїми клеврами та н-не бачить, що обставини змінилися.

– Що ти маєш на увазі?

Але Ліна, здається, вже забула, про що саме щойно думала, і повернулася до теми, яка її хвилювала.

– То що, погоджуватися з-заміж?

– Тобі вирішувати, – розсміялася я.

– Ш-ш-швидко якось, – зажурилася дівчина, підперши щоку рукою, якою до цього спиралася на підлогу. Як я і боялася, від цього руху Ліна мало не завалилася на бік, але вчасно змінила траєкторію та притулилася спиною до стіни позаду.

– Це для тебе швидко, а він цілий рік чекав.

– А раптом я погана гос-по-ди-ня? А раптом готувати не в-в-вмію?

– Нічого, Пол вміє.

Я розвеселилася не на жарт. Сама того не усвідомлюючи, Ліна боялася розчарувати в собі Пола, а не розчаруватися в ньому самій. Діагноз прозорий, і він вкрай чудовий.

– От чого ти іржеш? – тут же розсердилася Ліна. – Т-ти сама чого заміж не виходиш?

– А мені поки що ніхто не пропонував, – я зайшлася в нападі веселощів від погляду на розлючену подружку. Дівчина виглядала дійсно кумедно – маленька, розпатлана, п'яна та зла.

– Як це? – здивувалася співрозмовниця. Зміни її настрою наступали настільки різко, що я не встигала адекватно реагувати. Ще й вино гальмувало реакцію. – Тобі ж Дан робив пропозицію? Робив, я знаю! Мені м-мама твоя сказала.

– Ліна, мені не Дан робив пропозицію, а Відділок його вустами. У фіктивний шлюб заради спокою моїх рідних, – я витерла сльози, що виступили від сміху.

– От гад!

– Відділок? – ні, я більше не можу сміятися!

– Дан!

– Ліно, облиш Дана. Я сама з ним розберуся.

– А якщо б покликав, ти б пішла?

– Пішла б, але не одразу.

– От і я одразу не хочу. Я там знаю що в Полові відкриється пізніше?

– Ну то не виходь тоді! – чесно кажучи, мені ці розмови про шлюб вже страшенно набридли.

– А-а-а, Пол на відповідь чекає! Як я можу відмовитися? Це розіб'є йому серце.

– Так, Ліно! Скажи, що згодна, але через рік-півтора-два, та й радій собі заручинам, спостерігай, що відкриється. А тепер спати! – у розмовах про заміжжя я бачила один позитивний момент. Ми обидві зовсім забули та повністю відволіклися від минулих подій. Чого ми, власне, і прагнули.

Глава 21

Наступного тижня, у понеділок, перед початком роботи, всіх бойових лікарів нічної зміни в себе в кабінеті зібрав директор Відділку. Після встановлення цілодобового чергування нас у цю пору залишилося всього четверо – Дан, Пол, Мартін, який працював із клеврами, і я. Але зараз денна зміна затрималася на час, необхідний директорові для розмови з нами. Керівництво вирішило теж залишитися поза графіком заради цієї бесіди. Мабуть, сталося щось надзвичайне.

– Помер один із ваших колег, фахівець з аури Ентон, – повідомив директор шокову новину. Я сильно здивувалася. Вихідні пройшли спокійно. Професор навіть примудрився витягти нас із Ліною в неділю ввечері на прогулянку. Пол, на жаль, у той день чергував, тому погуляти всім разом не вдалося, але і без того добре все пройшло. Відпочинок дав відчуття, що незабаром все, нарешті, налагодиться. І тут ось знову.

– Що сталося? – ошелешено спитав Пол, який саме чергував у лонкіїв разом із покійним.

– Медики, що проводили посмертну діагностику, кажуть, що серцевий напад.

Я не могла впоратися із здивуванням. Я познайомилася з Ентоном близько тижня тому, коли ми разом тренувалися в залі. Він був уже, звісно, не молодим, але і не настільки літнім, щоб померти ось так, миттєво, від серцевого нападу. Дивацтва тривають, і вони стали страшними. Мабуть, про те ж подумали й усі решта.

– Коли це сталося? – глухо запитав Пол.

– Сьогодні вранці після закінчення вашого чергування. Ти вже пішов додому, а його знайшов змінник. Він лежав у закутку, де висять шоломи. Туди не дістають камери спостереження й цього місця не видно лонкіям. Поле, тільки не думай себе звинувачувати! Ти тут абсолютно ні до чого.

– Я міг би залишитися ще на десять хвилин і встиг би надати допомогу, – голос реінкарнолога був глухим, наче хлопець насилу виштовхував слова зі стиснутого спазмом горла. Такий удар після невдалого воскресіння дитини в п'ятницю.

Директор похитав головою.

– Занадто багато варіантів розвитку подій, Поле. Це могло

статися в той момент, коли ти вийшов би перекусити чи за якоїсь іншої потреби. Він міг піти раніше за тебе та померти в таксі. Чи відійти через якісь справи та звалитися в порожньому коридорі, померши ще до того, як ми б до нього добігли. Від цього ніхто не застрахований, і ніхто в цьому не винен.

Я погладила Пола по руці. З іншого боку його плече підбадьорливо стиснув Дан. Як ще підтримати друга, ми обидва не знали. Директор продовжував.

– Я змушений для закриття потреби в безпеці підопічних перевести одного з бойових лікарів, які чергують вдень, на нічну зміну. А для денного чергування у гренонів та лонкіїв дібрати поки що когось із безпечників. На вас чекають деякі перестановки в графіку. Будьте всі готові до змін у годинах роботи. Не смію вас більше затримувати, підопічних не можна надовго залишати без уваги, а ваших колег – без відпочинку.

Ми рушили до виходу, але директор попросив нас із Даном залишитися.

– Наскільки я знаю, у вас двох досить близькі стосунки з Полом? – почав він.

– Так і є, – відповів Професор.

– Справа в тому, що Ентона знайшли на підлозі без захисного шолома. Можливо, він просто знімав його перед відходом, а може це – трагічний збіг, але ми повинні враховувати абсолютно все. Крім того, лонкії стурбовані. Вони кажуть, що щось недобре відбувається у Відділку. Але пояснити свою схвильованість не можуть. Тому я прошу вас двох додатково доглядати за Полом. Його партнерові з чергування я скажу те ж саме. Хельго, я наполягаю на тому, щоб ти якомога швидше склала іспит з техніки безпеки під час роботи з нашими підопічними-менталістами, і я викликатиму тебе до лонкіїв на короткі моменти відсутності одного з чергових, щоб не залишати другого на самоті. Вдень лонкії сплять, і присутність поруч із ними тривалий час без шолома не настільки небезпечна, як в темну пору. А в нічні зміни потрібно проявити додаткову обережність. І сама там теж дивись уважно по сторонах, прошу тебе.

Не подобається мені все це.

– Чому Полові не сказали? – запитав Дан.

– Я побоявся, що тоді він точно зануриться у глибоку провину від того, що не доглядів напарника, не вберіг. А йому зараз треба просто зберігати максимальну сконцентрованість та уважність. Він отримає відповідні інструкції розсилкою, без пояснення причин, що спонукали нас їх скласти.

Після тренування, у жіночій роздягальні я ніс до носа зіткнулася з Ліною, яка тільки готувалася до занять.

– Утекла від дівчат з лабораторії, – збентежено посміхнулася мені подруга.

– Чіпляються?

– Доки Пол працював неподалік, ніхто особливо не ліз, а щойно він пішов до лонкіїв, то дівчата одразу ж налетіли з розпитуваннями. А дехто навіть з привітаннями, уявляєш собі? Як я тебе тепер розумію! Пробач, що була настільки безтактною в день нашого знайомства.

Я махнула рукою, а Ліна продовжувала:

– "Ви тепер разом?", "Що трапилося?", "Чому зараз?", "Коли весілля?". Про бідолаху Ентона поговорити треба, а не про нас. Знайшли тему.

– Оце ти порівняла! – вигукнула я. – Їх вочевидь цікавість від самої п'ятниці мучила. Ви сиділи в обіймах на очах у всіх, а потім ще й цей поцілунок у присутності твоїх колежанок. Уяви собі все, що встигли собі надумати твої дівчата за вихідні. Ви з Полом ближчі та цікавіші за Ентона.

– Та невже? Ентон з нами працював стільки ж часу, скільки й Пол. При цьому ми живі та ще довго мулятимемо всім очі, а Ентона вже немає.

– З цим не посперечаєшся, – я не могла не визнати її правоту.

– Все це якось жахливо неправильно та підозріло, – задумливо сказала подруга.

– Так. Він був ще не настільки старим, щоб померти від серцевого нападу, впавши ось так просто, без нагляду, біля шафи з шоломами, – погодилася я. – Та й медичне обстеження ми всі періодично проходимо, якщо я правильно зрозуміла.

– У Ентона спостерігалися невеликі проблеми з серцево-судинною системою, але нічого серйозного, – підтримала Ліна. – Він постійно займався спортом, нехай і за полегшеною програмою. Разом із регулярною профілактичною терапією це робило його майже здоровим. Але справа не в цьому.

– А в чому тоді?

Ліна нахилилася до мене та зашепотіла:

– Наші дівчата кажуть, що медики, які робили посмертну діагностику, знайшли в крові у покійного підвищений вміст цикуса.

– Тобто смерть Ентона ви все ж таки теж встигли обговорити? – трішечки глузливо спитала я.

– Доки Пол був десь поруч, – зніяковіла Ліна. – Саме про підвищений вміст цикуса й говорили.

– Але ж це не є небезпечним.

Цикус додавали до напоїв всі співробітники Відділку, що працювали в лабораторії з читання та передачі думок. Ця рослина посилювала сприйнятливість до ментальної магії та практично не мала побічних ефектів. Вживати її не могли тільки ті люди, у кого виявилася індивідуальна непереносимість. Наскільки я знала, Ентон до таких не належав. Цикус вирощувався в спеціальному приміщенні з іншими магічними травами, які активно застосовувалися в роботі співробітниками Відділку. З нього робили солодку на смак витяжку й іноді колеги навіть використовували його в якості замінника цукру. Особливо жінки, які стежили за фігурою.

– Ні, не є, доки ти під його дією не відправився до сектора лонкіїв без шолома. А ще, як ти, мабуть, знаєш, його не бажано поєднувати зі звичайним цукром. Це може призвести до підвищення частоти серцебиття. Не страшно для людини зі здоровим серцем, але загрожує негараздами пацієнтові з проблемами. Ентон прекрасно знав про ці застереження, але чомусь в його крові знайшли велику дозу цикусу. Він що, вирішив накласти на себе руки? Загалом, все якось дуже й дуже дивно складається.

– Це точно.

– Я починаю ловити себе на параноїдальній підозрілості. Спочатку – бомба, потім – клеври, тепер ще й ця дивна смерть. Дуже боюся за Пола.

Бачити зазвичай радісну та сміхотливу Ліну в настільки пригніченому стані було незвично та важко.

– Цікаво, чому керівництво не долучає нормального слідчого? – сказала я, очікуючи, що Ліна нагадає мені про секретність діяльності Відділку.

– Поки що немає до чого підкопатися. Слідчий навряд чи знайде щось підозріле, і справу закриють. Не вимальовується ані доказів, ані мотиву, ані складу злочину. Безпечники намагаються знайти хоч щось самостійно. Якщо це – не низка жахливих співпадінь, то вони щось знайдуть і передадуть справу спеціалістові.

– А що, Відділок працює з подібними фахівцями?

– Кажуть, що зазвичай наші безпечники справляються своїми силами. Але в особливо важких ситуаціях пару разів запрошували слідчих зі сторони.

– І що, схожі ситуації часто бувають?

– Та, начебто, ні.

– Тоді звідки ти про них знаєш?

– Елль, я ж працюю у жіночому колективі, – посміхнулася подруга. – Одна колежанка нас пів ночі просвіщала щодо дій Відділку під час будь-яких непорозумінь.

– Гаразд, мені вже час іти на іспит.

– Сьогодні, нарешті, до лонкіїв?

– Так. Не можу дочекатися!

– Хай щастить!

***

– Поле, це що, якийсь жарт?

– Ні, Хельго. Це – лонкії, – здавалося, що реінкарнолог відчував неймовірну гордість.

Нас з усіх боків оточували маленькі, вгодовані, різнокольорові... дракони. То ось чому Джулі тоді запитувала про моє ставлення до ящірок. Кожна окрема особина була розміром з вельми товстезного кота з широченним хвостом та тоненьким гребенем вздовж всієї спини. Дракони товклися під ногами, літали навколо та з цікавістю роздивлялись мене. В очах мерехтіло від гри кольорів їхніх тіл – кожен з лонкіїв мав унікальний візерунок шкіри. На тілах драконів немов постійно пересипався пісок – візерунок дихав і змінювався, притягуючи та причаровуючи погляд. Красиво, але коли їх навколо багато, то швидко починає паморочитися в голові.

– Який пігмент дає це забарвлення шкіри?

– Це не пігмент. Це унікальна магічна особливість лонкіїв. Не дивися на всіх одразу. Якщо хочеш вивчити переливи уважніше, то вибери когось одного. Інакше цілком можеш знепритомніти, – порадив мені Пол.

– А в них луска?

– Ні, просто шкіра така. М'яка й уразлива до пошкоджень. Як наша з тобою.

Напарник реінкарнолога пішов працювати до лабораторії, а я

саме з'явилася йому на заміну. На мене наділи шолом ментального захисту, забезпечили електронним браслетом з годинником, будильником і таймером, а потім пустили за спеціальне огороджувальне скло до підопічних. Ще перед ним я почула незрозумілий ментальний "шум" – потік найрізноманітніших приглушених емоцій та думок. Після того, як на голові опинився шолом, "шум" зник.

За склом розташовувалася велика територія зі штучними скелями, маленьким водоймищем, спеціально висадженою рослинністю та навіть якимось пагорбом. Лонкії жили всюди – у дуплах дерев, у скельних печерах, у норах пагорба та під кущами. Зараз же вони всі зібралися навколо нас, роздивляючись мене та чекаючи на можливість познайомитися ще ближче.

– Я думала, що казки про драконів не мають під собою підстав.

– Як бачиш, мають.

– Такі крихітки. Як вони літають? – крильця драконів вочевидь не могли підняти їхні тіла в повітря.

– А ти як літаєш? – відповів запитанням на запитання Пол.

– Тобто це від них ми отримали навички польоту? – зробила я дуже логічний висновок.

– Саме так. І обережніше з висловлюваннями, Хельго, вони тебе чують та розуміють.

Я замовкла. Лонкії були першими та єдиними підопічними, які розуміли людську мову. Між собою вони вголос не перемовлялися. Інструкція зазначала, що спілкування драконів відбувається винятково подумки. Взагалі, реальні звуки, хоч якось схожі на спробу розмовляти вголос, видавали тільки клеври. Бойові лікарі, які працювали з ними, навіть склали невеликий довідник умовних позначень, але примітивна мова хрошок на бесіду аж ніяк не тягнула.

– І ти кажеш, що лонкії живуть кілька сотень років? – продовжувала дивуватися я. – Такі крихітки?

– Хельго, деякі види черепах не надто відрізняються за розмірами від лонкіїв, але теж живуть сотнями років, – з усмішкою сказав реінкарнолог.

– Як це в них виходить?

– Відповідь на це запитання ми шукаємо вже давно. Одне можу сказати: багато в чому довжина життя маленьких менталістів залежить від їхнього ставлення до будь-яких подій навколо. Лонкії насолоджуються кожним моментом. Вони ніколи нікуди не поспішають, знаходячи приховану радість в усьому.

– Абсолютно в усьому?

– Саме так. В їжі та навчанні, уві сні та творчості, у болю та польоті. Щомиті, кожне переживання та емоція – все для них є приводом для радості. Я в них вчуся. Раніше непогано виходило.

– А зараз що трапилося? – зацікавилася я.

– Ліна трапилася, – тепло й одночасно якось сумно посміхнувся Пол.

Я здивувалася цьому набору емоцій.

– Як на мене, Ліна – найперший і найбільший привід для радості.

– Точно! – засміявся реінкарнолог. – Але, на жаль, не тільки. Спочатку це її тигреня вибило мене з колії. Потім роздуми про бомбу та злодія, його мотиви. Невдале воскресіння дитини. Смерть Ентона. Я непокоюся, боюся за Ліну та підопічних, за тебе, за Дана, за дівчат у лабораторії.

– А лонкії не переймаються?

– А лонкії навіть у страху вміють знайти радість, – з якимось благоговінням сказав реінкарнолог. – Мені здається, що це – вищий рівень дзену, я до подібного, напевно, ніколи не доросту.

– Дивна річ, – я до подібного скоріш за все теж не доросту ніколи. Сприймати кожну мить життя з її різнополюсними "презентами" як привід для радості? Безсумнівно, це – вищий рівень рівноваги.

– То що, підеш знайомитися? – поцікавився Пол.

– Обов'язково.

– Тоді знімай шолом. Я позначу час і одягну його на тебе, щойно безпечний період скінчиться. Розмовляють вони з нами передачею думок, бо їхні пащі не пристосовані до людської мови. Дракони вміють "чути" абсолютно все, що ти сама усвідомлюєш. Дальність читання – метрів двадцять. Якщо формувати чітку відповідь у думках не виходить, то можна вимовляти її вголос. Потім попросиш Артура навчити тебе медитувати. Це сильно допомагає освоїти й ментальні бесіди. А зараз не варто напружуватися. Роби так, як тобі зручно. Вони зрозуміють та підлаштуються.

Через постійний ментальний "шум" спілкуватися з лонкіями дозволялося тільки п'ять хвилин один раз на годину. Це страшенно гальмувало роботу з підопічними, але зробити щось із цією проблемою бойові лікарі не могли. Більш тривала "розмова" загрожувала знепритомненням від перевантаження чужими емоціями. А в людей із серцево-судинними проблемами – навіть до смерті. Що, мабуть, і сталося з Ентоном. При чому самі лонкії були у цих проблемах не винні, зробити хоч щось зі своїми думками не вдавалося навіть їм.

Я зняла захист – і на мене навалилася справжня какофонія. Навпроти мого обличчя завис дракон із красивою синьо-зеленою шкірою. На ній немов коливалося північне сяйво, зачаровуючи переливами магічного вогню.

– "Доброї ночі, Хельго", – почула я у своїй голові сторонній голос. Найдивнішим у цьому досвіді стало те, що я ніяк не могла визначитися, який голос звучав у моїх думках – низький чи високий, приємний чи не дуже. Ненав'язливий – ось найточніше визначення. І, разом з тим, виразний.

– Доброї ночі.

– "Я – старший, і зараз з тобою розмовлятиму тільки я. Щоб твій розум не затьмарився від нашої цікавості. Ми всі хочемо з тобою познайомитися, але час не має значення в порівнянні з душевним спокоєм. Ще встигнемо".

– Дякую за турботу, – формулювати відповіді подумки в мене не виходило, тому я, як і порадив Пол, не стала напружуватися та просто говорила вголос.

Реальність навколо мене замиготіла, пішла хвилями та швидко змінилася. Я стояла у сонячному весняному лісі з яскравою та соковитою зеленню, немов після дощу, яку можна побачити тільки в квітні. Кудись зник Пол й інші лонкії. Тільки старший, як і раніше, ширяв навпроти мого обличчя. Щоправда, ментальний "шум" нікуди не подівся, хоча став дещо приглушеним. Мабуть, дракони, як могли, намагалися себе контролювати, щоб не заважати нам.

– "Створювати ілюзії – це немов писати чудову картину. Ти накладаєш кожен мазок, використовуючи все багатство фарб і пензлі найрізноманітніших форм та розмірів. Це той різновид творчості, яким ми полюбляємо займатися в будь-яку вільну хвилину. Тому я відгородив нас, щоб творіння інших лонкіїв не відволікали твій погляд та увагу".

– Ви вмієте малювати картини?

– "Ні. Нам немає чим тримати пензлика", – мені здалося, чи лонкій посміхнувся, промовляючи ці слова? – "Але ми знайшли цей образ у одного з твоїх колег, і він нам дуже сподобався. Однак я бачу, що ти в пригніченому стані душі. Хвилюєшся про те, про що хвилюватися зовсім немає ніякого сенсу".

– Дівчата взагалі люблять похвилюватися, – я посміхнулась.

– "Ти дуже врівноважена, Хельго. І все ж тебе гризе сумнів. Дозволь собі один раз пірнути в нього, дозволь відчути кожну грань, знайди в ній користь й оціни шкоду. Поринь з головою та відчуй всю гіркоту гіршого варіанту. Розплачся та посмакуй радість від того, що ти можеш собі це дозволити. А потім уяви солодкість кращого, і теж переживи її".

– Навіщо?

– "Це допоможе вогню емоцій трохи вщухнути та дати терпінню шанс побороти засушливу гіркоту страху. І ти побачиш, що скоро все стане на свої місця, зумовлені від давніх-давен".

Мабуть, це була найкраща розмова з усіх, які трапилися зі мною за останній місяць. Я не мала з ким поговорити про свої поточні переживання. Зазвичай, я довіряла свої таємниці та сумніви матусі, але зараз нас розділяла секретність моєї нової роботи. Я не могла зачепити жодну з хвилюючих тем, щоб не довелося брехати чи замовчувати. Тому я вважала за краще взагалі ні про що не розповідати. Лонкій же не потребував від мене навіть висловлюватися вголос про те, що постійно мучило мою душу – він усе читав у моїх думках, немов у розгорнутій книзі. І це викликало неймовірні відчуття.

Я раптом усвідомила, яким чую голос у своїй голові, – добрим і дуже мудрим. І відразу ж прийшло розуміння того, чому Пол настільки любить проводити час з маленькими драконами. Наша бесіда нагадувала молитву в церкві. Тільки тут вищий розум мені відповідав.

Ні, я не намагаюся паплюжити або зневажати бога. Я намагаюся описати власні відчуття під час першої зустрічі з лонкіями. Я була цікава та важлива, про мене піклувалися та турбувалися, мій душевний стан хвилював і не залишав байдужим. Я відчувала себе приголомшливо спокійною та радісною.

Шкода, що цей стан тривав всього декілька секунд. Мене знову захопили чужі різнопланові емоції та думки. Я чула уривки ментальних бесід навколо. Лонкії говорили про мене та про Ентона, про страхи Пола, про свою творчість, про те, що старий скоро піде та потрібно готувати йому нове тіло, про якусь дівчинку з ножицями, про візерунки на шкірі та про смачну їжу, якої останнім часом достатньо. Я почала розуміти, що гублюся в чужих переживаннях. І тут на мою голову хтось насунув шолом – і все зникло. Залишився тільки старший, що ширяв навпроти, та купа дракончиків неподалік.

– Минуло п'ять хвилин, – сказав Пол. – Ну як?

– Неймовірно! Ще хочу!

– Через годину, – твердо сказав реінкарнолог. – Відпочивай поки що. Думай про те, що вивчатимеш наступного разу. Ти їх магічне поле встигла роздивитись?

– Навіть не подумала про це, – ошелешено сказала я.

– Ех, ти! Бойова лікарка-тюхтійка, – пожартував Пол. – Ну, нічого. Ти така не одна. Лонкії на всіх справляють відповідне враження. Що він тобі сказав?

– Що я – дурепа та даремно смикаюся.

– Ось просто так? – розвеселився хлопець.

– Звісно ж, ні. Це я для тебе, примітива, перекладаю простою мовою, пожартувала я.

Пол дружньо штовхнув мене в плече.

– Іди, виробляй свій дзен.

Глава 22

У вівторок ми з Даном стояли в коридорі поруч із сектором гренонів і обговорювали те, що розповіла Ліна про Ентона. А також я вперше наважилася поговорити з Даном про смерть дитини. За минулі дні стрес трохи відпустив, емоції та гіркота вщухли, але я все ще відчувала потребу розповісти йому про те, що тримала в собі з того часу.

– Я навіть не можу собі уявити, що довелося пережити Алексові під час розмови з батьками, – говорила я, дивлячись кудись у плече Професора.

– На жаль, секретність має свою страшну ціну, – з сумом сказав мені у відповідь Дан.

– З цим треба щось робити. Я маю на увазі приховування підопічних від населення планети. Ця секретність приносить самі неприємності.

– Клеврів, можливо, вдасться ще якось розділити, щоб залишити частину в нас, а частину передати до заказника, який би їм підходив. А от гренони не захочуть "виходити на поверхню". Лонкії ж взагалі заявили нам, що їх влаштовує життя у Відділку. Вони не прагнуть кудись звідси йти. Після того, як наша організація почала ними опікуватися, лонкіїв нарешті перестали вбивати.

Я від подиву відкрила рота. Кому спаде на думку вбивати маленьких, розміром з мого кошака (то й що, що вгодованого), дракончиків? До того ж розумних.

– Казки про скарби драконів не на порожньому місці виникли, – невесело посміхнувся Дан. – Хоча правильніше сказати, що саме на порожньому, тому що матеріальних скарбів у них немає жодних. Самі лонкії розповідають, що одного разу спілкувалися з якимось цікавим стариганом. Сталося це близько тисячі років тому, що за мірками менталістів взагалі недавно. А старий виявився не просто філософом, а ще й знатним любителем казок. І начебто славився слабкістю до метафор. Він склав притчу про скарби лонкіїв, маючи на увазі магічний дар, культуру та розум маленьких менталістів. А одноплемінники метафори не зрозуміли. Відтоді у лонкіїв почалися дуже великі проблеми.

Еге ж, уявляю собі. З огляду на той факт, що крихітки-дракони не дихають вогнем і не можуть зжерти зловмисника... У них, звісно, є зброя, вони здатні довести людину до смерті своєю ментальною силою. Або хоча б страшенно налякати. Підозрюю, що деталь про вогняний подих драконів з'явилася саме через подібні навіювання. Але на цю зброю теж можна знайти свої хитрощі.

– Які ж ми все ж таки ще варвари! – вирвався в мене гнівний вигук.

– Задля справедливості треба сказати, що неприємноші закінчилися майже пів тисячоліття тому. Відтоді людство злегка порозумнішало. Але лонкії не хочуть розсекречення.

– І я цілком можу їх зрозуміти. Як Пол?

– Уже все гаразд. Йому, звісно, дійсно дісталося за ці дні, але, здається, він погодився з доводами про те, що в жодному з випадків нічого не міг вдіяти. До речі, переконати нашого приятеля допомогли лонкії. Не знаю, що вже маленькі менталісти йому там сказали, але він злегка заспокоївся. Головне, щоб тепер Ліна йому не розпатякала про цикус.

– Не розпатякає. Вони з колежанками це обговорювали, коли Пол був десь поруч, але не у його безпосередній присутності. А я попередила і її, і дівчат з лабораторії.

– Ти взагалі розумна. І вродлива. І халатик той дійсно сексі. Навіть не знаю, у чому ти краще виглядаєш – у ньому чи в гідрокостюмі. Я цей халатик притримав для тебе. Забереш?

Я почервоніла. І от що йому відповідати на подібні запитання?

– Дане, навіщо ти бентежиш дівчинку? Не зважай, мила, це він сам від хвилювання.

Я обернулася на голос і побачила літню жінку невисокого зросту, з довгим чорним волоссям, забраним у тугий пучок на потилиці. Темно-сині штани та такого ж кольору жакет із коміром-стійкою робили незнайомку дуже стрункою та якоюсь елегантно-суворою.

– Мама? – здивовано вигукнув Професор. – Ти що тут робиш?

Дан на неї був зовсім не схожий. Мабуть, зовнішністю пішов у батька. Кров жінки містила вочевидь набагато більше генів жителів Жовтого архіпелагу – шкіра відповідного відтінку, колір волосся, розріз очей це підкреслювали.

– Мене ваш директор викликав на підміну. Твоя маман хоч і пенсіонерка вже, а ще багато на що годиться, – розвеселилася жінка у відповідь на запитання та знову звернулася до мене. – Доброї ночі, Хельго!

– Ви мене знаєте?

– Читати ще не розучилася, – вона вказала пальцем на мій іменний бейдж. Я зніяковіла. – Ой, яка мила руденька лисичка! Просто як наші кітсуне.

Я знала, про кого вона говорить. Підготовка бойовика включала в себе предмет із вивчення різновидів нечисті, і для мене він входив до обов'язкової програми. Кітсуне чи священні лисиці Жовтого архіпелагу, були розумними перевертнями. Вони хоч і належали до нечисті, але їх вже досить давно вилучилиі зі списку різновидів, які шкодять людям. Деякі жителі архіпелагу вважали їх більш давньою розумною расою, ніж людство. Цілком ймовірно, що кітсуне оселилися на нашій планеті разом із лонкіями. От тільки вони не мали з нами нічого спільного за магічною мапою, і тому лисиці-перевертні геть не цікавили Відділок.

Кітсуне жили в горах найбільшого з островів Жовтого архіпелагу. То бігали на чотирьох лапах у вигляді величезних лисиць різного відтінку, то пересувалися на двох ногах у людиноподібному образі. З людьми вони спілкувалися неохоче, проте мову розуміли, а деякі могли навіть відповідати короткими гавкаючим фразами. Ходили легенди, що дуже давно, ще на зорі появи на планеті людства, наші пращури воювали з лисицями-перевертнями, намагаючись зовсім знищити цю расу. Мабуть, тоді кітсуне і вирішили, що потрібно вивчити людську мову, щоб розуміти плани ворога. Як я вже сказала, зараз лисиці- перевертні вважалися священними, тож їх ніхто не чіпав.

– Хельго, це – моя мама. Мамо, а це – Хельга, – представив нас одне одній Професор.

– Називай мене Матінка Ізумі, маленька, – підказала мені жінка. Еге ж, маленька! Я височила над нею майже на голову. Цікаво, чому мене всі навколо раптом почали так називати?

– Відколи це ти стала Матінкою Ізумі? – здивувався Дан.

– Відтоді, як почала навчати сусідських хлопчаків бою, – сварливо відповіла жінка. – З'являвся б частіше вдома, то знав би. Три місяці батьків не відвідував. Совість де? Де совість, я тебе питаю!

– Тепер мені за вами обома доглядати, – пробурчав собі під носа Дан, але місіс Ізумі сина почула.

– Твоя маман цілком ще здатна здійснити достатній догляд не тільки за собою, а й за вами двома. І ще за твоїм безсоромним Полом та половиною твоїх колег. Власне, за Полом і лонкіями я й наглядатиму до закінчення смутного часу. Давненько у Відділку не спостерігалося настільки бридких часів!

***

Я переодягалася в роздягальні перед тим, як зайти до тренувальної зали, коли почула розмову двох жінок. За голосами я впізнала Інгу та Матінку Ізумі. Що змусило мене сховатися в найближчу душову кабінку та зачинити двері? Інстинкт? Цікавість? Страх? Наші кабінки не мали цих безглуздих прозорих дверцят і стінок – Відділок поважав приватність своїх співробітників хоча б під час водних процедур. Тому я могла не боятися, що мене виявлять, та послухати тихенько.

– Інго, я непокоюся! – сказала місіс Ізумі, входячи до роздягальні. – Хоч би мій син не злякав дівчинку.

– Наскільки я змогла зрозуміти, Хельга не з лякливих, – я гмикнула собі під ніс при цих словах тренерки. Не з лякливих. – Тільки павуків боїться.

– Як гарно! – розчулилася мама Дана. – Правильно! У кожної жінки повинна бути своя маленька слабкість.

Я здивувалася. От ніколи б не подумала, що мою фобію можна перетворити на перевагу. Треба б Ліні розповісти, нехай теж собі якийсь страх шукає. Не знайде, так хоч придумає. Хоча Пола вигаданими страхами не проведеш. Цікаво, чи є слабкості в самої Матінки Ізумі?

– Не злякає, то образить ще, не дай бог, – продовжувала тим часом жінка. – Чула б ти, що мій бовдур їй говорив. Весь у батька.

У голосі літньої леді прозвучала смішинка. Мабуть, згадала молодість.

– Ізі, твоєму бовдурові вже тридцять два роки, він має звання професора медицини, чорний пояс з єдиноборств і світлу голову, – буркнула Інга.

– Я знаю! – гордо сказала мама Дана. – Гени – не плями, відбілювачем не виведеш. Але в подібних справах у нього практично немає досвіду. Бовкне що-небудь не те та зіпсує все. Піде Хельга з Відділку, і більше ніхто її не побачить. Милий рудий вогник.

– Так, вогник у неї той ще. Ізі, якщо досі не пішла, значить не настільки легко її образити. Ти ж не станеш за ним ходити та підтримувати за ручку, немов маленького.

Я тихенько пирхнула, уявивши собі цю картину. Взагалі образ Дана в мене ніяк не пов'язувався з образом чийогось сина. Я звикла дивитися на нього, як на старшого, набагато розумнішого. Дан був моїм науковим керівником, моїм Професором. Але ніяк не "бовдуром", який може щось не те ляпнути "дівчинці".

– Інго, розкажи мені, що між ними відбувається?

Ось ми і дісталися до делікатної теми. Зараз тренерка викладе зацікавленій подружці всі чутки Відділку. То я хоч теж послухаю, що про нас тут кажуть.

– Ізумі, та звідки ж я знаю? Я із зали нікуди особливо не виходжу. На тренування вони з'являються у різний час, у нас тут перетнулися лише один раз – у перший день на п'ять хвилин, коли Пол приводив дівчинку знайомитися з нами. Дан проводить багато часу в медитаціях і спарингах. Якщо реінкарнолог воліє обирати бокс, то твій син займається вашим традиційним мистецтвом. Хельга робить стандартну розминку, кидає ножі та пульсари в мішень, а потім вимотує себе на біговій доріжці чи робить вправи на розвиток гнучкості. Два рази на тиждень я працюю з нею у спарингах. Нема про що розмовляти. Дівчинка, до речі, скоро повинна прийти, сама подивишся. Ходять чутки, що вона кликала твого сина на полігон, щоб асистував під час вибуху бомби. Але я точно не знаю, чи правда це.

Ого, безпечники та медики, з якими ми літали на полігон, виявилися людьми надійними, інакше вже весь Відділок, включаючи Інгу, знав би про наш спільний політ. Взагалі убогість інформації, якою володіла тренерка, мене здивувала. Мабуть, зі слів Ліни я в перший день зробила абсолютно неправильні висновки. Можливо, дівчина вирішила просто спровокувати мене на відвертість та вивідати щось особливо пікантне.

– Доведеться самій подивитися, – з досадою сказала мама Дана. – Я-то сподівалася, що ти мені розкажеш за старою дружбою. Ну й добре. Самій воно навіть цікавіше.

Жінки вийшли з роздягальні, а я задумалася. Поява у Відділку Матінки Ізумі мене геть не порадувала. По-перше, з підслуханої розмови я не зрозуміла, за що саме вона переживає – за наші з Даном особисті стосунки чи за благо Відділку, з якого я раптом що можу піти? По-друге, поява ще однієї людини, котра пильно стежитиме за нашими з Професором "танцями", мене абсолютно не надихала. Особливо, якщо врахувати, що цією людиною була мама Дана. Грань, якою мені доводилося зараз ходити, ставала ще тоншою. Хоч би не порізатися.

Як це все зараз невчасно! Неабияка загроза, що висіла над усім Відділком у цілому та над бойовими лікарями зокрема, і без того сильно псувала життя. Я постійно подумки перебирала всю доступну мені інформацію. А тут ще напружуйся тепер, щоб самій чогось не бовкнути при місіс Ізумі чи не почервоніти красномовно в певний момент.

Я вийшла з кабінки, швидко закінчила переодягання та рушила до тренувальної зали. Коли я увійшла всередину, Матінка Ізумі стояла навпроти Інги в бойовій стійці. Вища за свою супротивницю тренерка між тим не здавалася впевненою в собі. Навколо стовпилися всі відвідувачі зали, які в цю годину прийшли на тренування. Я зупинилася біля входу.

Супротивниці вклонилися одна одній і застрибали по мату, тримаючи руки в бойовій позиції. Ривок, два розлючених скрики, й Інга лежить на підлозі, а місіс Ізумі простягає їй руку. Все сталося дуже швидко, але я встигла побачити, як тренерка пішла в атаку, спробувавши вдарити супротивницю ногою, за що і поплатилася – мама Дана захопила ступню Інги в захват, крутнула та кинула тренерку на мати. Допомагаючи подрузі піднятися, Матінка Ізумі нарешті побачила мене.

– Хельго, йди до нас, мила! – покликала вона. – Інга каже, що ти хотіла підтягнути єдиноборства?

– Боюся, що мій рівень у порівнянні з вашим настільки низький, що про підтягування говорити не доводиться, – вклонилася я мамі Дана на манер жителів Жовтого архіпелагу.

– Не бійся, лисичко, я тебе не ображу, – розвеселилася жінка. – Я не ображаю друзів мого сина. Запитай он у цього безсоромного Пола. От нахаба, надумав хвалити мою зачіску. Було б там що хвалити! Дівчинку нехай собі шукає та хвалить хоч з ранку до ночі. Скільки можна ходити неодруженим?

– Є вже дівчинка, – швиденько вирішила я перевести увагу літньої леді з себе на Пола. – Тільки вона поки що думає, чи варто за нього заміж іти.

Але Матінку Ізумі не вдалося так легко провести, як Ліну.

– Чого там думати? Нехай погоджується! Але спробуємо перевірити, що ти вмієш. Не хвилюйся, я вчила моїх хлопчаків з трьох років. Навряд чи ти рухаєшся гірше, ніж трирічні карапузи.

– У Дана є брат? – виділила я головне в цій промові.

– Так, мила. Старший. Поїхав на Жовтий архіпелаг і зовсім

забув своїх старих батьків, негідник. Ай, хитра яка лисичка. Вирішила заговорити пенсіонерку? Атакуй!

Через годину я, абсолютно знесилена, сиділа в їдальні та підкріплювалася. Матінка Ізумі вичавила мене до денця, і я ліниво міркувала, що мені робити далі.

Легка на спомин! Моя недавня мучителька зайшла до приміщення й попрямувала до мене.

– Хельго, хочеш, я наллю тобі нашого відновлювального чаю? Його ще моя бабуся дідові на роботу готувала. Дан ним нехтує, негідник, йому лінь купувати та відміряти компоненти, потім заварювати їх у термосі. Хоча з його-то даром це зовсім не складно. Вип'єш зараз й одразу полегшає.

Я не стала відмовлятися. Нічого поганого в напої я не бачила. Матінка Ізумі наливала чай у чашку неквапливо, немов готувала справжню чайну церемонію для своїх співвітчизників, а не переливала настій з термоса в робочий кухоль. Вона м'яко відкрутила пробку, плавно підняла колбу, спритно нахилила її та наповнила посудину, не проливши жодної краплі. Я замилувалася її відточеними рухами. Чай смакував добре, у ньому відчувався імбир, луїнза (магічна рослина для відновлення сил), а от інші інгредієнти розпізнати мені не вдалося. Звідкись із надр власної сумки літня леді дістала маленький рисовий колобок й акуратно розмістила його на невеликій білій тарілочці, поруч поклала серветку. Не перекус, а свято. Зате я зрозуміла небажання Дана займатися приготуванням напою. Якщо настільки багато уваги витрачати на сервіровку, то скоро й пити не захочеться. Таку церемонію можна готувати для близької людини або хорошого друга, але для себе дійсно лінь.

Після чаю голова трохи прояснилася.

– Якщо сподобається, я тобі рецепт розповім, заварюватимеш собі та друзям. Є у тебе вже тут друзі?

– Так. Пол, Ліна, кілька бойових лікарів.

– От і добре! Заодним, може, і мого сина пригощатимеш, якщо вже йому самому не хочеться перейматись.

– Не впевнена, що зможу зробити все так само гарно, як ви, місіс Ізумі, – вирішила я відзначити мистецтво моєї співрозмовниці. Уявляю собі, як убого виглядатимуть мої спроби пригостити Професора на тлі чарівних дій його мами.

– Ай, лисичко, дурниці! – відмахнулася Матінка Ізумі. – З рук друга завжди приємно прийняти навіть гіркий магічний огірок, не те що відновлювальний чай. У якій би упаковці його не подали.

Думки читає? Не вірю, звісно, але хто її знає. Пані пропрацювала все життя з менталістами та цілком могла навчитися дивовижному.

– У Вас дуже гарний костюм, – вирішила зізнатися я співрозмовниці у власній легкій заздрості до її зовнішнього вигляду.

– Це наш традиційний крій. Але тобі не личитиме – ти виглядатимеш у ньому занадто відчуженою, – промовила мама Дана. – Тобі треба світліший і веселіший одяг носити. Ось просто як зараз. Відмінний смак! Ти тепер до гренонів підеш?

Я уявила собі майбутнє спілкування з Даном під наглядом його мами та внутрішньо здригнулася.

– Ні, думаю, що варто сьогодні відвідати лонкіїв. Тим більше, що Пол просив підмінити його на пару годин, доки він працюватиме в лабораторії.

– Так, я теж підміняла його сьогодні до тренування. Тоді йдемо, я тебе проведу, заодно розповіси мені, що там у цього нахаби за дівчинка з'явилася. Тобі полегшало?

Я кивнула. Чай дійсно допоміг мені швидко відновитися, а рисовий колобок завершив трапезу та став тим самим останнім шматочком, який приносить відчуття ситості. До сектора менталістів я зможу дійти точно. Там плавати не треба, значить, додаткові фізичні зусилля не знадобляться.

Ми йшли з Матінкою Ізумі коридором, я коротко розповідала їй про Ліну, чим вочевидь підняла жінці настрій.

– Розумієш, мила, хлопчик тут зовсім один. Мами-татка немає, інших родичів немає. Недобре, коли діти без нагляду. От у тої ж Ліни, наскільки я зрозуміла, брат старший є?

Я кивнула.

– Отож. А в Пола немає нікого. Потрібна дружина.

– А до якого віку, на Вашу думку, потрібен догляд?

– Дитинко, людина взагалі не повинна залишатися самотньою. В жодному віці.

Я не встигла нічого відповісти на цю цікаву заяву Матінки Ізумі, адже із-за рогу нам назустріч вийшов начальник сектору охорони з двома безпечниками.

– Хельго. Місіс Ізумі, – він вклонився мамі Дана на манер жителів Жовтого архіпелагу. – Ви до лонкіїв?

– Ти подивися, який ти став авторитетний! Дослужився до

великого цабе, – підморгнула безпечникові моя супутниця. – А прийшов сюди таким симпатичним молоденьким фахівцем з повітря.

Начальник охорони посміхнувся. Ні, здається, ця жінка всіх тут вважала хлопчиками та дівчатками, які потребували стороннього нагляду. Втім, її радість й опіка швидше гріли та бавили, ніж напружували. Навіть свої коронні "нахаба" та "негідник" літня леді вимовляла з теплотою та ніжністю, чим абсолютно нівелювала негативний сенс цих слів. Мама Дана весь час танцювала на тонкій нитці турботи та тактовності, не втручаючись не в свою справу та, разом із тим, показуючи, що вона завжди поруч, всіх пам'ятає та цінує. Якби я не підслухала в роздягальні їхню розмову з Інгою, то взагалі б нічого не запідозрила та не напружувалася б.

– Так, сер, ми йдемо саме туди, – відповіла я на поставлене безпечником запитання.

– Прошу вас, леді, будьте обережними, – серйозно попросив керівник служби охорони. – Раптово вийшла з ладу електроніка, яка живить камери спостереження біля сектора лонкіїв. Тому поки що ми не можемо побачити з пульта біля дверей, що там у вас відбувається. Я зараз виділю двох безпечників, які стоятимуть там, доки не полагодять техніку. Але все ж таки пильнуйте.

Мені стало не спокійно. Знову ЧП і знову поруч із підопічними. Матінка Ізумі вочевидь подумала про те ж саме. Ми подякували начальникові охорони за турботу та пішли далі.

– Бридкі часи! – тихенько пробурмотіла собі під ніс моя супутниця. – Бридкі.

– Мені вже починає здаватися, що тут завжди неспокійно, – поскаржилася я.

– Ні, маленька! Що ти? Тут, зазвичай, все тихо, навіть нудно іноді, я б сказала. Комп'ютерники займаються чутками та дата аналізом, бойові лікарі – підопічними, а медики – мушками. Всі періодично бігають плавати до гренонів і пару разів на місяць веселяться під час чергової вибухової вечірки, організованої фахівцями з легенд. А безпечники взагалі сплять.

Цікаво, вона правду каже про звичайну тишу у Відділку чи знову заспокоює мене тільки заради того, щоб я звідси не втекла, перелякавшись наповненого негараздами життя?

– Вечірки організовують фахівці з легенд? – уточнила я нову для себе інформацію.

– А хто ж ще? Вони в нас щось на зразок, як це зараз модно називати, піар-відділу. І чутки вигадують, і з пресою спілкуються раптом що, і корпоративною культурою займаються.

– Тобто, все, дійсно, відносно тихо?

– Єдина на моїй пам'яті метушня сталася тоді, коли ми вирішили провести експеримент і познайомити дитинча хронделя з лонкіями, – відповіла Матінка Ізумі. – От начебто і малюків-менталістів попередили, і все розрахували. Клеврів же немає сенсу попереджати, сама розумієш. Вибрали спокійну молоду особину. Ці два види мають різний ритм життя, тому ми вирішили влаштувати зустріч увечері, коли лонкії вже прокидаються, а клеври ще тільки готуються спати. Що тоді драконам у голову стукнуло, вони так і не зізналися. Може, просто повеселитися хотіли, негідники? Але коли клевра побачили, піднявся гамір, і хтось створив ілюзію величезного ящера з вогняним подихом. Ти можеш собі уявити трьохтонну налякану свиню в секторі лонкіїв? Клевр розніс на друзки штучні гори, розбив скло, зім'яв перегородки та помчав тунелем прямісінько до своїх, наступивши при цьому на ногу моєму колезі. Ногу, на щастя, вдалося врятувати. А от наші премії – ні.

Я сміялася так, що з очей текли сльози. Тритонна хутряна свиня в секторі лонкіїв, налякана драконом, – це, напевно, було щось. "Хрондель", треба ж тобі таке! Як клевр ще малюків-драконів не перечавив при цьому? Злетіли в повітря, напевно, від гріха подалі. Добре, що всі жертви закінчилися врятованою згодом ногою одного з експериментаторів.

– Ви давно вже тут не працюєте? – запитала я співрозмовницю, коли ми заходили в сектор лонкіїв і вдягали шоломи для ментального захисту.

– А от як Дана підготувала, так і пішла. Вже майже десять років.

– Сумуєте?

– Дуже! Особливо за плаванням з гренонами.

– А що, не можна приходити у Відділок поплавати?

– Уявляю собі цю богадільню. Будинок літніх людей для нудьгуючих пенсіонерів.

Я пирснула. Місіс Ізумі похитала головою.

– Ні, лисичко, доводиться вчитися жити без цього задоволення. Я ось хлопчаків треную. Знайшла собі своїх підопічних. Це не менш приємно, ніж плавати з гренонами. Дітки так гріють душу.

Хоч би про онуків розмову не завела. Хоча, наскільки я встигла зрозуміти, Матінка Ізумі до подібного натяку не опустилася б.

– А Дан не пручався роботі у Відділку?

– Ні, маленька, він від гренонів у захваті з дитинства. Як першу ініціацію пройшов і стало зрозуміло, що йому передався у спадок дар бойового лікаря, так я їх одразу і познайомила.

Виходить, що в нас із Професором геть однакова історія закоханості в свою роботу?

Побачивши нас, Пол зрадів. Він вочевидь поспішав до лабораторії і тому з нетерпінням чекав на підміну. Щоправда, на останні інструкції для мене пішло ще хвилин десять, після чого і Пол, і Матінка Ізумі вийшли. Мабуть, на жінку чекали в іншому секторі підопічних. Коли двері перед ними відчинилися, я побачила, що з обох боків від входу вже стоять два безпечники в шоломах ментального захисту. Здається, я впізнала Наталі. Другого охоронця я раніше не зустрічала.

Лонкії моїй появі теж зраділи. Один з маленьких драконів опустився мені на плече. Він був золотим – шкіра переливалася всіма відтінками, відбиваючи світло та створюючи чарівні кола та лінії. Немов вогонь свічки танцював якийсь хитромудрий танець. Я завела таймер і акуратно однією рукою зняла шолом, щоб не потривожити малюка.

На мене навалився ментальний шум. Лонкії жили своїм життям, кожен із них відчував якісь емоції. Десь поруч один дракон передавав іншому знання, і звідти лунали цікавість, гордість, радість. З протилежного боку три особини створювали спільну об'ємну ілюзію та сперечалися через деталі. Творча бійка була в розпалі з усім відповідним загостренням пристрастей. У скелях страждав від поганого самопочуття літній лонкій, і його бурчання навіювало думки про вічність, близький Перехід і нове тіло. Емоції та роздуми мчали з усіх боків, і довше п'яти хвилин я б таку напругу точно не витримала б. Я постаралася зосередитися на драконі, що сидів на моєму плечі.

– "Щось дивне та загрозливе відбувається у Відділку", – сказав дракон. – "Ізумі ось з'явилася. Не до добра це".

– Ми зробимо все можливе, щоб відновити рівновагу, – вголос сказала я. У мене так і не виходило подумки формувати чіткі послання, постійно домішувалися якісь уривки зовсім іншого штибу. Я тренувалася та навіть на медитації до Артура стала ходити, але поки що успіху не мала. Краще говорити вголос. Це допоможе малюку-менталістові відсіювати мої думки від того, що я дійсно хотіла сказати.

– "Ти, головне, сама пильнуй", – відповів дракон. "Тебе тут багато хто береже, але не дозволяй цьому знанню замутити твій розум туманом впевненості у власній безпеці. Ворог може виявитися за будь-яким обличчям, навіть ховатися за посмішкою друга".

– Кого б ви точно назвали чистими?

– "Усіх бойових лікарів, начальника служби безпеки, директора, його заступника та Джулі. Перевірити інших у нас не було можливості".

Мій список містив тих самих людей плюс з ймовірністю до дев'яноста дев'яти відсотків з-під підозри випадала ще Ліна.

– "Ліна? Це та особина, до якої настільки багато емоцій у Пола? Немов стелеться різнокольоровий вогонь, який гріє, пече, світить і навіть іноді вбиває, але ніколи не гасне".

– Так, – вражено відповіла я. Як йому вдавалося підбирати подібні образи?!

– "Приведи її до нас на пару хвилин. Перевіримо. І хочеться познайомитися з людиною, до якої в Пола стільки вогню. Це полум'я потрібно берегти, і не дозволяти чорній ночі сумнівів приглушити його хоч на крихітну мить".

– Добре, – я, звісно, вважала, що сам Пол і на соту частку відсотка не сумнівається в дівчині, але думаю, що від знайомства з малюками-драконами Ліна прийде в справжній захват. Чому б не порадувати подругу, коли самі лонкії запрошують?

Тема перевірки оточення стояла на першому місці, але я ніяк не могла зосередитися. Трійця творців, нарешті, домовилася та створила таку красу, що просто захоплювало дух. Ілюзія веселкового фонтану жила, дихала, переходила зі стану в стан і притягувала погляд, немов магніт. Здається, саме звідси людство отримало знання щодо об'ємних ілюзій та рухливих світлин. Я відчула, що починаю втрачати суть реальності навколо, що мене затягує всередину фонтану та що мені зовсім не хочеться чинити опір і виринати...

На зап'ясті завібрував годинник, немов стискаючи руку та нагадуючи: "Обережніше!". Вібрація вивела мене зі стану трансу, і я миттєво вдягнула шолом. Ментальний шум згас одразу ж, зникла й ілюзія фонтану, а голова почала прояснюватися. Дракон на плечі переступив з лапи на лапу, але вирішив не летіти від мене. Мабуть, так він почувався спокійніше. Я дістала телефон і набрала повідомлення для Ліни: "Приходь у сектор лоніків, вони хочуть з тобою познайомитися. Полові про це не кажи". І приготувалася чекати.

Через п'ять хвилин телефон завібрував, і я побачила виклик від подруги. Малюк піднявся з мого плеча та відлетів убік, але недалеко, даючи мені розблокувати для Ліни двері зсередини, тому що доступу до сектора дівчина не мала. Я поспішила натиснути необхідну комбінацію клавіш на кодовому замку, двері відчинилися і всередину влетіла перелякана подруга.

– Хельго! Швидко! Вони там всі лежать на підлозі!

Я сунула Ліні в руки шолом ментального захисту та вискочила за двері. Слідом висунувся і другий бойовий лікар, що не мав права покидати територію сектора. На підлозі покотом лежали два співробітники служби безпеки. Поруч валялися кухлі з-під кави, сам напій калюжею розтікався по кахлю та краплями стікав по стінах. Трохи далі по коридору, при виході зі сліпої зони лежав так само непорушно ще один безпечник. Цього співробітника я знала: він літав з нами на полігон.

– Не виходь з сектора та пильнуй, – крикнула я колезі. – Приглянь за дівчиною. Я зараз все тут перевірю, а ти виклич охорону зсередини.

Лікар кивнув і замкнув двері. Я перевірила пульс у всіх безпечників і провела швидке сканування. Всі троє спали глибоким сном. У кожного з тіла стирчав дротик, мабуть зі снодійним. До мене бігли безпечники, за спинами яких я помітила Рона. Думаю, що Джулі вже пішла додому, адже час давно перевалив за дванадцяту годину ночі.

– Що трапилося? – ще на відстані закричав начальник охорони.

– Сплять, – коротко відповіла йому я. Безпечник полегшено видихнув.

– Хто їх знайшов?

– Моя подруга, яку я запросила відвідати сектор лонкіїв.

– Навіщо? – здивовано подивився на мене начальник охорони. Зазвичай, рядові співробітники до менталістів не ходили.

– Вони попросили.

– Що за чортівня тут коїться?

На це питання в мене відповіді не знайшлося. Я сама погано розуміла, що відбувається. Навіщо присипляти охорону? Щоб підібратися до лонкіїв ближче? Але там же, крім безпечників, чергували ще й ми з колегою. А ми в такі моменти постійно напоготові, ходимо з тонкими магічними щитами, нас дротиками не дістанеш. Не логічно все це якось.

– Не логічно, – погодився начальник охорони, і я зрозуміла, що останню фразу промовила вголос.

Постраждалих відправили до лабораторії відсипатися. Один з безпечників запропонував запросити медиків, щоб нейтралізувати вплив снодійного, але начальство вирішило все ж таки почекати, поки жертви нападу прокинуться самі. Після інциденту саме з'явився майстер з ремонту устаткування відеоспостереження, і майже вся нічна зміна охорони стояла за магічними щитами в маленькому коридорчику, контролюючи процес ремонту, який, на щастя, зайняв зовсім небагато часу.

Коли я зайшла до сектора лонкіїв, там вже знали, що ніхто не загинув і нічого особливо страшного не сталося. Ліна з блаженним виглядом сиділа у драконів без шолома, дивилася кудись в одну точку та гладила по черевцю перламутрово-блакитну особину. Малюк розвалився під її рукою та млів. Бачити менталіста в такому стані було дивно – мені здавалося, що мудрі та стародавні істоти таким чином поводитися просто не могли. Виявляється, я помилялася. Треба взяти на озброєння.

– Давно вона там? – запитала я в колеги, киваючи на Ліну.

– Чотири хвилини. Не хвилюйся, я стежу за часом. Хто б міг подумати, що вони вміють ось так розтікатися калюжкою? – співрозмовника теж вразило це незвичайне видовище. – Чому ми раніше не додумалися пустити сюди когось такого, як Ліна? Того, хто б не страждав від зайвого благоговіння перед нашими друзями. Може, чогось нового б дізналися?

Після закінчення визначеного часу я зайшла за скло до лонкіїв і насунула на голову подруги шолом. Дівчина отямилася, глянула на мене, продовжуючи чухати дракона по животику, і поцікавилася:

– Що там сталось?

– Не знаю. Повна нісенітниця виходить. Хтось приспав всю охорону дротиками зі снодійним. Вони всі вдягнули захисні шоломи, тому лонкії навряд чи змогли зчитати їхній стан в момент події. Судячи з усього, два безпечники стояли на варті, а один приніс для них каву та виходив. У цей момент його дістали. Розташування дротиків у тілах свідчить про те, що стріляли з боку виходу в загальний коридор, але не зрозуміло, кого в якій послідовності приспали. Якщо спочатку вистрілили в того, хто приніс каву, то чому вартові не встигли помітити та підняти тривогу? Якщо навпаки, то як той, хто приніс каву, міг пропустити нападника? Чекаємо, доки потерпілі прокинуться та розкажуть про події.

Однак нічого зрозумілого від співробітників начальнику охорони домогтися не вдалося. Невинність Ліни підтвердили лонкії, але самі постраждалі нікого помітити не встигли. Тільки третій охоронець, який приніс каву, твердив як заведений одне і те саме: "Винен хтось із сектору безпеки" та "Все сталося дуже швидко!". Рон намагався витягнути з нього ще хоч щось, але опитуваний мабуть перебував у шоці, бо зациклився на одних і тих же фразах. Мучити співробітника не стали

Вартові ж говорили, що колега приніс для них каву, але випити хоча б по ковтку вони не встигли. Падіння тіла третього охоронця не почули через шоломи. Можливо, нападник ще й притримав свою першу жертву, щоб та не створила зайвого шуму. У свідченнях постраждалі сходилися, правдивість підтверджував і Рон, який відстежував брехню по аурі. Перегляд записів працюючих камер спостереження нічого не дав, бо їхній нагляд закінчувався на найжвавішому коридорі Відділку, яким постійно пересувалося дуже багато людей. Вгадати, хто та коли пройшов по ньому, прямуючи нападати на безпечників, ніхто не взявся. Загалом, до ранку було зрозуміло, що нічого не зрозуміло.

Середа та четвер пройшли дуже тихо та спокійно. Настільки, що мені з незвички здавалося, що цей спокій – затишшя перед бурею. Через це я весь час озиралася на всі боки, почуваючись дуже неспокійно. Але жодних несподіванок більше не траплялося. Кожного дня я займалася єдиноборствами з Матінкою Ізумі, освоїла, нарешті, ще декілька секретних технологій Відділку та одного дня навіть поплавала з гренонами. Щоправда, цього разу нічого особливо цікавого мені на думку не спало. Мабуть, далася взнаки нервовість та втома.

У п'ятницю вранці одразу після закінчення нічної зміни мене викликав до себе директор.

– Хельго, ти проявляєш дуже нестандартні здібності. Творчий підхід до вирішення проблем дозволяє нам швидко впоратися з ними та знаходити відповіді. Лонкії за пів хвилини розкололи того журналіста та з'ясувалося, що на завдання його відправило безпосереднє керівництво, тобто головний редактор видання. Звідки до головного редактора потрапила наводка, репортер не знає. Це треба з'ясувати. З огляду на дещо підозрілу смерть Ентона та інцидент з приспанням охорони, напрошуються цілком конкретні висновки. Боюся, у нас завівся "щур" з величезними зубами. Джулі знову опитає всіх на предмет лояльності, але це потребуватиме багато часу. Швидше було б прогнати весь колектив через лонкіїв, але настільки ризикувати ні в чому не винними співробітниками я не можу. Доведеться шпигувати.

– Боюся, я не зовсім розумію…

– У неділю ввечері редакція влаштовує захід – благодійний концерт. Планується виступ декількох музик-менталістів, свято звуку та емоцій, всяке таке. Я відправляю вас із Даном туди під прикриттям. Ми з'ясували, що головний редактор є цінителем і великим любителем колекційних вин. Якщо Данові вдасться, він зуміє напоїти редактора та витягнути правду.

– Для чого Данові моє товариство?

– Потрібна максимально правдоподібна легенда. Вашу пару порадила наша найкраща експертка в цій справі – дуже забезпечений чоловік у супроводі вродливої супутниці. Я ще з Джулі порадився. Вона в деталі не вдавалася, просто сказала, що можна вас відправляти без питань. Наш об'єкт – фахівець з аури, всю відверту брехню одразу побачить і навіть на гарматний постріл не підпустить.

– А Дан – забезпечений чоловік?

– Дівчинко, ми всі тут не бідні. Ти просто ще мало працюєш у нас. От отримаєш першу зарплатню та зрозумієш.

– Тоді чому саме ми? Мені здавалося, що цим повинні займатися безпечники. Я бачила, що в нас працює сімейна пара.

– Потрібен водник, який зможе вчасно випаровувати алкоголь з крові, щоб не сп'яніти раніше за редактора. А в тій парі чоловік – фахівець з повітря. Ти не хочеш на концерт?

– Вибачте, – зніяковіла я. – Дуже хочу! Я просто ніяк не можу приступити до безпосередньої роботи з підопічними. Вже майже місяць пролетів, а я все на чомусь іншому. Тих же лонкіїв відвідувала пару разів за весь цей час, один з яких – через потребу підмінити Пола. Разом із тим, я маю деякі сумніви у власних силах шпигунки. Ну, і звичка ставити запитання, максимально все з'ясовуючи, теж дається взнаки.

-А-а-а, воїн, – чомусь зрадів директор. – Хельго, у тебе все життя попереду. Встигнеш напрацюватися з підопічними, набридне ще ця діяльність. Такі події, як зараз, відбуваються вкрай рідко. Хоч би вони взагалі ніколи не відбувалися! Тобі шпигувати особливо не потрібно, просто насолоджуйся концертом. Решту зробить Дан. Відділкові потрібна твоя допомога.

– Чому Ви думаєте, що я – не "щур"?

– По-перше, всі ці дивні події почалися раніше, ніж ти в нас з'явилася. По-друге, ти навряд чи пропонувала б нам такі варіанти вирішення проблем, якби не була зацікавленою у безпеці Відділку. По-третє, твою лояльність підтвердили лонкії. Тож, ось тобі конверт – це на сукню, туфлі та все те, що потрібно вродливій жінці для концерту. Післязавтра вдень добре виспись, тому що ввечері від тебе знадобиться повна концентрація уваги. Після концерту даю тобі вихідний, прийдеш у вівторок. Ізумі замінить тебе на чергуваннях. І дуже тебе прошу – пильнуй Дана. Мені більше немає кому його доручити.

– Слухаю, сер! – напівжартома-напівсерйозно випалила я, взяла конверт і вийшла з кабінету. Будь моя воля, я б з Дана взагалі очей не зводила б. Але воля не моя. Треба зателефонувати Ліні. Нехай завтра допоможе мені з вибором вбрання. Я ніколи не купувала сукні до подібних заходів.

Глава 23

Наскільки Ліна підступна, я усвідомила в неділю ввечері, побачивши реакцію Дана на мій зовнішній вигляд. Подруженька вочевидь вирішила помститися мені за Пола, але під час шопінгу я навіть не запідозрила цього. Ліна переконала мене, що саме такі сукні належить носити багатим і респектабельним леді на благодійних заходах. Перші сумніви пронеслися у мене в голові, коли мама сплеснула руками, побачивши моє відображення в дзеркалі.

– Яка ж ти гарна! Колір і розріз тобі дуже личать! Татку, подивися на нашу дівчинку!

Батько зайшов до кімнати і завмер.

– Краща від мами, – нарешті видав він небувалу похвалу. – Вибач, люба!

– Нічого, – засміялася мама. – Я з тобою повністю згідна! Ліна допомагала вибирати сукню?

– Так, – кивнула я. – Я ж нічого не знаю про подібні заходи, а вона вже має досвід – ходила зі старшим братом.

– Куди ви з нареченим зібралися, нагадай-но? – зацікавився батько.

– На благодійний концерт, тату. Вибиватимемо гроші на обладнання для пологового будинку.

– Тоді я впевнений, що у вас вийде.

Я знову повернулася до дзеркала. Сукня струменіла темно-зеленим шовком і дійсно пасувала до кольору моєї шкіри та волосся. А високий розріз був рівно такої довжини, щоб відкривати ногу й одночасно приховувати на стегні чохол з метальними ножами. Драпірування дозволяло маскувати обриси зброї на нозі. Образ завершували туфлі того ж кольору на шпильці. Ходити в них мені спочатку здалося не дуже зручно, через свій зріст я не звикла взувати настільки високі підбори. Ми з Ліною навіть посварилися, вибираючи взуття. Я казала про свій високий зріст, подруга ж відповідала, що Данові байдуже, а мені потрібно зваблювати редактора. В результаті дівчина просто придбала туфлі та сунула їх мені в руки, не приймаючи жодних заперечень. Чесно кажучи, поеми їй за це подякувала. Взуття на шпильці – це, мабуть, єдине, що я ніколи не дозволяла собі носити. Але завжди страшенно хотіла. Додому з магазину я їхала в таксі, погладжуючи дивовижну зелену замшу. І залишок дня суботи, а потім і всю неділю тренувалася пересуватися в нових туфлях, тримаючи при цьому поставу. Радувало тільки те, що танцювати, бігати та багато ходити мені в них не доведеться. Концерт – не бал.

Дан втратив мову, коли я вийшла до нього з дому батьків. Хвилин зо п'ять він, не рухаючись, роздивлявся мене, а потім просто мовчки запропонував руку, і ми сіли в дорогий автомобіль, припаркований поряд із будинком. Від керма мені посміхнувся знайомий безпечник-водник. Саме він морозив для мене мішені у тренувальній залі.

– Наш корпоративний транспорт для подібних випадків, – пояснив безпечник у відповідь на мій погляд. – Часто доводиться возити керівництво на різні зустрічі. Не годиться директорові та його заступникові літати повітрям. Сьогодні я вас двох довезу до концерт-холу, щоб ви красиво та респектабельно вийшли з шикарної автівки. Дочекатися, на жаль, не можу, треба везти заступника директора в урядовий квартал. Додому потім на таксі дістанетеся?

Я кивнула та подивилася на мовчазного Професора. Сам він був теж дуже привабливим сьогодні. Ні, він завжди привабливий, звісно. Але сьогодні він був привабливим в елегантному костюмі.

У пологовому будинку я звикла бачити Професора в лікарському халаті. У Відділок він з'являвся в простих джинсах і футболці, у прохолодні ночі накидав на себе спортивну куртку. В костюмі та краватці я бачила його вперше, і спочатку теж не могла ані слова сказати.

Однак, зараз я абсолютно по-хуліганськи штовхнула Дана в бік ліктем, щоб розрядити обстановку. У Ліни навчилася. Цей її рух завжди допомагав у подібних випадках.

– Ти не в курсі, що то за концерт?

Професор, нарешті, ожив.

– Редакція виводить у світ новий колектив, – прочистивши горло, сказав він. – Начебто у них на цих новачків великі плани, і, якщо сьогодні все пройде вдало, з музикантами укладуть контракт і зароблятимуть гроші. Якщо вечір закінчиться добре, редактор нап'ється на радощах, якщо погано – з горя. У будь-якому випадку ми зі своїм подарунком підоспіємо вчасно.

Професор дістав з автомобільного холодильника пляшку вина.

– Я на цьому геть не розуміюся, – поскаржилася я.

– Дороге. Старе. Відмінне, – коротко охарактеризував алкоголь Дан. – Я тобі там наллю, спробуєш.

Їхати виявилося зовсім недовго, і вже дуже скоро ми стояли біля входу в будівлю, перед реєстратором.

– Містер і місіс Лі, – сказав Дан, і нас з поклоном пропустили всередину.

– Лі? – здивувалася я.

– Це дівоче прізвище моєї бабусі. І заодно однієї багатої та впливової родини. Однофамільці. Дуже зручно, що майже не довелося брехати. Напівправда на аурі не так відбивається. Реєстратор нічого не запідозрив.

– А він фахівець з аури?

– Хельго, ти наче вчора народилася. На таку роботу обов'язково беруть тільки фахівців з аури. Бідніші ставлять собі детектори брехні та рамки металошукачів.

Ото тобі! З огляду на те, скільки коштує рамка та детектор брехні, уявляю доходи цього реєстратора. Щоправда, рамку потрібно купувати один раз, а фахівцеві з аури доводиться платити постійно... Я вирішила на цьому не концентруватися. Тим більше, що ми зайшли до зали.

Наші концерт-холи будуються за особливим принципом. Всі найталановитіші та дорогі музиканти – обов'язково менталісти. Навіть якщо в самого музики дар менталіста слабкий, йому до пари шукають більш обдарованого магічно фахівця. Таким чином забезпечується повнота передачі емоцій – мелодія доповнюється впливом. Звісно, десь на дискотеці в нічному клубі чи на студентському весіллі достатньо одного слабенького спеціаліста – трошки підігріти натовп, додати веселощів, злегка розворушити особливо ледачих. Але в подібних залах виступали тільки сильні, талановиті та вмілі. Тому місця для глядачів розташовувалися в окремих кабінках або ложах на декількох ярусах вгору, а внизу, в самому центрі, стояли музичні інструменти. Найбільш почесні місця планувалися на першому ярусі. Чим ближче музикант та менталіст, тим вплив сильніший і тим почесніше (або дорожче) місце.

Розпорядник провів нас на другий ярус, і я зітхнула з полегшенням. Хто його знає, що від цього музичного колективу чекати? Вчителі з лікарської справи розповідали нам про випадки надмірного впливу, які призводили до летальних наслідків. Не витримували, зазвичай, літні люди зі слабким серцем. Але і для молодих-здорових занадто сильний вплив міг погано скінчитися. Тому всі менталісти без винятку проходили повний курс навчання і в звичайному житті зобов'язувалися стримувати себе або екрануватися.

У кабінці-ложі стояв маленький столик, на ньому красувалася ваза з фруктами, вода та для чогось коробка з серветками. Ми з Даном сіли у зручні крісла. Поруч із собою Професор поставив пакет з двома пляшками. Я виглянула за огорожу вниз і побачила шикарний рояль, висвітлений прожекторами. Поблизу роялю стояло два стільці.

– Коли плануєш підбиратися до редактора? – запитала я свого супутника, вирішивши тимчасово придушити цікавість щодо кількості сидінь біля музичного інструменту. Все одно скоро дізнаюся деталі.

– Діятимемо за обставинами. Чи то в антракті, чи то вже після концерту. Не хвилюйся, нікуди він від нас не дінеться. Починається.

Світло в залі згасло, залишився тільки промінь одного єдиного прожектора, який світив просто на рояль. Поруч з інструментом раптом з'явилися дві постаті в концертному вбранні. Їх що, двоє?

– Так, – відповів Дан, і я зрозуміла, що останнє запитання знову поставила вголос. Треба щось із цим робити, бо ще бовкну таке, що говорити не слід. – Чоловік і жінка. Грають у чотири руки. Ходять чутки, що ментальний вплив на диво насичений та емоційно спрямований на кожного глядача в залі. Зараз побачимо.

Я ледве стримувала цікавість. Подібного я ніде ніколи не зустрічала. Одразу два менталісти-музиканти, вочевидь приблизно однакової сили, інакше вони не змогли б забезпечувати рівномірність впливу. Та ще й різної статі. Близнюки, як Інга з Артуром?

Тим часом піаністи сіли за інструмент, підняли кришку та поклали пальці на клавіші.

– "Без тебе", – проголосив прихований темрявою конферансьє назву композиції, яка починала вечір. Полилася сумна, трохи філософська мелодія. Я здригнулася, відчувши перші чужі емоції, які ледь могла відокремити від своїх. Жінка проводжала коханого в далеку та небезпечну подорож і вже сумувала, дивлячись, як він віддаляється. Чоловік залишав за спиною усе найдорожче, що мав у житті, але розумів, що інакше не можна. Емоції піднімалися вгору, перепліталися, утворювали невимовно прекрасну та щемливу композицію з музикою та змушували стискатися серце.

Зрозуміло тепер, чому тут стоять серветки. Я вміла

контролювати свої почуття ще зі шкільної лави, але настав момент, коли і мені здавалося, що я не витримаю цієї дикої напруги та туги. Сльози дали б їй вихід, а мені – полегшення але плакати я ще була не готова, хоча до межі підійшла дуже близько.

– "Коли сонце сідає", – знову оголосив конферансьє, і я зітхнула з полегшенням, почувши безтурботну мелодію. Під час цієї композиції в дію вступив гітарист, і ми поринули у спекотну ніч південних островів, де все життя починається тільки з настанням темряви. Ненав'язлива радість струменіла залою, ми немов у легкій ейфорії танцювали разом із виконавцями, насолоджуючись абсолютною свободою. Свободою від умовностей, від спеки минулого дня, від зобов'язань і важких думок. Відчуття посилювалися завдяки контрастові з попередньою композицією. Мені страшенно захотілося схопитися та закружляти в танці, але маленька ложа не дозволяла зробити цього. Стриматися було мабуть ще важче, ніж не розплакатися раніше. Виконавці виявилися відверто талановитими.

– "Танго в чотири руки", – оголосив конферансьє, і я злякалася. Танго – це дуже пристрасна музика, її і без емоційного підживлення слухати неймовірно складно. У темряві ложі я не могла зрозуміти, що відчуває Професор, але тихенько постаралася відсунутися від нього подалі. Та не його я боюся! Себе!

Цього разу роялю акомпанували контрабас і віолончель. Від гостроти пристрасті мене кинуло в жар. Одночасно дві лінії емоцій – чоловіча та жіноча – просто рвали душу на частини. Насолода прекрасним танцем, захват від вмілості та сили власного тіла, бажання, еротичність, прагнення спокусити партнера/партнерку та стримування себе, тому що ще не час, танго ще не скінчилося. Ця вибухонебезпечна суміш почуттів нашаровувалась на мої власні переживання, що від цього тільки посилювалися. Наше з Даном танго теж тільки набирало обертів, і зовсім невідомо, чим ще воно скінчиться. Я згадала практику з концентрації дихання, якій Професор навчав мою подругу, та постаралася відволіктися, але в мене нічого не вийшло. Абсолютно! Не давали зовнішні емоції. Як вони в цьому стані взагалі можуть грати? Вони ж все це не просто транслюють, вони це самі відчувають!

Дан потягнувся до столика та налив води з графина у дві високі склянки. Я бачила обриси його рук у слабкому розсіяному світлі, яке проникало в ложу ззовні. Бачила й уявляла, як ці руки обіймають мене, гладять по щоці, розпускають коси... У паніці я схопила склянку, подану Професором. Перший же ковток приніс певне полегшення, і я постаралася зосередитися на прохолоді води, яку пила. Чужі емоції злегка відсунулися на задній план, а потім і композиція скінчилася.

– Буде важко, пий, – хрипко сказав Професор. – Стає трохи легше.

– Звідки ти знаєш? – запитала я не менш хрипким голосом.

– Бував вже на таких заходах, хоча сьогодні – просто унікальний випадок.

– "Колискова!" – оголосив конферансьє наступний номер. Еге ж, після подібних танго саме діти і народжуються. Тільки колискові співати. Тут у гру вступила скрипка, яка виводила невимовно прекрасне соло. Основною емоцією виступала ніжність по відношенню до дитини. Чоловік оберігав своє дитя та його матір, а жінка мліла від розчулення та при цьому пишалася чоловіком. Ніжність пронизувала все навколо, здавалося, що зала заповнена чистою й абсолютно прозорою любов'ю. Подібне я переживала вперше, тому що мого особистого життєвого досвіду не вистачало – дітей у мене немає. Але дуже захотілося повернутися додому та скоріше обійняти своїх батьків. А ще я відчула пекуче бажання самій стати матір'ю.

Тут я вже не стрималася та потяглася за серветкою. Сльози текли по щоках, але при цьому я відчувала себе просто на сьомому небі від щастя. Мені не хотілося, щоб колискова закінчувалася, я купалася в ній, немов у місячному сяйві, у теплих хвилях моря. Дан стиснув мою руку, і щастя стало повним.

– "Діти вогню".

А ось це здалося мені вже набагато ближчим, я сама ще недавно була в тому віці, коли всі гори – по плече, а моря – по коліно. Коли гуляєш до світанку з друзями, граєш на гітарі поруч із багаттям, поглядаєш з-під вій на колишніх однокласників, які раптом стали дорослими, і відчуваєш себе абсолютно безтурботною. Всі сумніви, тривоги та хвилювання почнуться завтра, а сьогодні є тільки ця безтурботність, тільки ніч і тільки друзі.

Під час антракту Дан запропонував мені вийти, щоб прогулятися та подихати. За його словами, фізична активність дозволяла швидше скинути оману та підготуватися до другої частини концерту. Ми використали цю можливість, щоб спробувати познайомитися з нашим сьогоднішнім об'єктом.

Даремно Ліна думала, що мені доведеться зваблювати редактора. Той виявився старим і лисим, як більярдна куля. Судячи з усього, спокусити його вдалося б тільки вином, яке, на щастя, ми приготували. Зовнішність завзятого любителя випивки, але при цьому уважні колючі оченята.

– Елль і Дан Лі, – представив нас Професор, знову майже не збрехавши. Я глянула на нього із захопленням. Імена звучали цілком в співзвуччі з прізвищем, а поставивши моє прізвисько на перше місце, Дан не викликав і тіні сумніву в тому, що це прізвище – і моє теж. От би Ліні повчитися так з фахівцями з аури розмовляти! Втім, думаю, що вона тепер і без того навчиться.

– Скажіть, а ваші протеже – близнюки? – я наважилася поставити запитання, що мучило мене весь вечір. Редактор радісно засміявся.

– Ні, дівчинко. Не близнюки. Багато хто сьогодні задає мені це питання. Така злагодженість навіювання!

– Подружжя? – уточнив Дан.

– І не подружжя. Кожен з них перебуває у шлюбі з іншою людиною.

– Тоді як? – здивовано запитала я.

– Ніхто не знає. Самі вони кажуть, що просто дружать із дитячого садка. Але народ не вірить. Напевно, коханці.

– Як би там не було, це – дуже вдала знахідка, і я готовий вкласти в них трохи грошей, – сказав Дан. – Моя супутниця – жінка вкрай стримана. Але навіть її ці музиканти змогли розчулити до сліз. Для мене це багато про що свідчить.

– Сподіваюся, ви не від суму плакали? – занепокоївся редактор.

– Від щастя, – зніяковіло посміхнулася я. – Під час колискової не змогла стриматися.

– О, колискова, так! Обидва виконавці відносно недавно стали батьками. Після цього й з'явилася композиція. Я під час неї теж плачу. Старий став, сентиментальний. У мене онук минулого року народився. У вас є діти?

– Поки що немає, – сказав Дан, обіймаючи мене за талію. – Але прийміть наші вітання з народженням онука! Запрошуємо вас до нас у ложу після закінчення концерту. Відсвяткуємо появу спадкоємця й успіх ваших протеже «Пікерським» двадцятирічної витримки.

Редактор пожвавився.

– Де ви дістали цю рідкість? Це ж неймовірна удача!

– Моя родина була причетною до цього винного заводу. Після його злиття та перепрофілювання в нас залишилися деякі запаси, – скромно опустив очі Професор. І, дійсно ж, не бреше. Бачу, що мені про нього відкривається нова інформація. – Я тримаю їх для особливих випадків. Сьогоднішній концерт вважаю одним з них.

Після того, як ми отримали від редактора гаряче запевнення в обов'язковому візиті, ми зробили ще одне коло та повернулися до ложі саме перед початком другої частини.

– "Кленовий вальс".

І знову ніжність, і знову гіркота розлуки, і муки, і творчість, і щастя, і зацікавленість. Композиції змінювалися, емоції сплітались та доповнювали одна одну, дозволяючи слухачам за вечір пережити всю повноту життя. Я думала про те, що на такий концерт обов'язково потрібно зводити батьків. А ще підсунути квиточки певній дівчині, яка сумнівається, чи варто їй виходити заміж.

Глава 24

Дан веселився щосили. Він обіймав мене за талію однією рукою, а я підтримувала його плечем і потихеньку тягла по сходах вгору. Професор виспівував на всю парадну фривольну пісеньку, розмахував другою рукою та постійно спотикався. В повітрі виразно пахло спиртним.

– Дане, ну тверезій вже нарешті, – просила я його.

– А-а-а-а мені і т-т-т-т-так до-о-обре, – п'яно відповідав він і тверезішати навідріз відмовлявся. Я шипіла, бурчала собі під ніс і тягла його нагору. – А-а-а-а т-т-т-т-ти н-неймові-і-ірно вро-о-одлива!

– Вродлива-вродлива, Дане. Ти теж гарний, – все одно завтра не згадає.

– Пра-а-авда? – розплився в усмішці мій супутник. – Н-не зна-а-ав.

– Не бреши!

– Т-т-т-ти не-е-е-е казала.

– Начебто ти і без того не знаєш думки колег про тебе. Ну, тверезій нарешті!

– Н-не хочу! А-а-а-а-а т-т-ти вро-о-одлива та ду-уже сексуальна.

– О Боже! Дане, потім буде соромно.

– М-м-м-мені? – здивувався Професор і призупинився. Зрушити його з місця я не могла. Алкоголем запахло ще сильніше. Я намагалася глибоко не вдихати. – Н-не бу-у-уде. Слухай, н-ну у на-ас же вийшло?

– Вийшло. З'ясували, що в редакцію поступив анонімний дзвінок із зазначенням приблизного часу та місця. Жодної конкретики. Пішли вже.

– Ч-чому? – здивувався знову Дан, рухаючись далі. – "Щур" у Відділку. Знайдемо.

– А ти звідки знаєш, що у Відділку?

– А-а-а... – Професор похитнувся та мало не завалив нас обох вперед. – А-а-анонімний дзвінок! Н-н-на, відмикай.

На обличчі в нього знову розпливлася благодушна п'яна посмішка. Він простягав мені ключ від дверей, поруч з якими ми стояли. Я поворушила ключ у замку, поклала великий палець його руки на кнопку та м'яко змусила повернути голову до зчитувача райдужки. Двері відчинилися, і я втягла Професора до його квартири. Стягнула з нього піджак.

– Де в тебе спальня?

– Хід твоїх думок мені подобається, – абсолютно тверезим голосом сказав мій супутник і зачинив за моєю спиною двері, притиснувши мене до них. Моя сумочка впала кудись нам під ноги.

– Дане, що ти робиш?

– Поцілувати хочу, що ж ще? – він погладив мене по щоці. – Ти чого перелякалася?

– Я не перелякалася.

–Тоді поцілуй мене. Я тверезий, добре пахну, у гарному костюмі та від тебе сьогодні просто божеволію. Поцілуй, і я тебе відпущу. Чи тобі вже не подобається зі мною цілуватися?

Ні, ну безсовісний! Знає ж, що я теж випила цього приголомшливо дорогого вина. Ще й підливав! Знає, що я тану у його обіймах і млію від його поцілунків, мріючи про більше. Коли я вже порозумнішаю? А він настільки близько. І посміхається.

– З тобою наодинці залишитися – майже нереальне завдання, – шепотів Дан мені на вухо трохи пізніше. Його краватка валялася на підлозі, сорочка була розхристана. Я стояла без шпильок і болеро. Десь там загубилася й кобура з пістолетом Дана, і мій чохол з ножами. Наполовину розстібнута сукня вже нічого не приховувала. – А сьогодні вдалося, нарешті, заманити. Вродлива, дух захоплює. І сексуальна, вилиці зводить. Ще й піаністи ці зі своїм божевільним танго. Я весь вечір тримався. Я весь вечір намагався думати про наше бісове завдання. Чому я сам тебе раніше на концерт не повів? Або на танці?

– Часу не мав. І сукню цю я тільки вчора придбала.

– Біс із нею, з сукнею. Давай її зовсім знімемо?

– Ти що робиш? Порвеш!

– Тс-с-с. Я тобі іншу куплю. Таку ж сексуальну. Йди-но сюди…

Через деякий час я наважилася вголос визнати очевидне:

– Це було неймовірно.

– Так, – посміхнувся Дан якоюсь самовдоволеною посмішкою. – Я чув.

Я зніяковіла та почала вивільнятися з його обіймів.

– Ти куди?

– Мені додому вже час. Де в тебе ванна?

– Я щось не те сказав?

– Ні. Просто мені час додому, а тобі треба відзвітувати у Відділок і виспатися перед нічною зміною.

– Я тебе проведу.

– Я сама дістанусь.

– У цьому? – Дан кивнув на обривки сукні, що валялися на підлозі. Еге ж, у цьому не дістанусь. – Давай хоч таксі викличу, коли ти проти того, щоб я тебе проводжав. Я тобі дам свою футболку та шорти. Виглядатимеш забавно, але пристойно. Душ там.

Мені здалося, чи він образився? То й нехай, мені треба побути наодинці з собою.

Вимкнувши душ після водних процедур, я загорнулася в рушник і вийшла з кабінки. У спальні Дана я його не знайшла, почувши голос звідкись з іншої частини квартири. Мабуть, Професор викликав для мене таксі. На ліжку лежали шорти та безрукавка. Я швиденько одяглася, відшукавши в клаптиках сукні випадково вцілілу нижню білизну, і вийшла в коридор, мигцем глянувши на себе у дзеркало шафи в передпокої. Дан помилявся. Я виглядала геть не забавно, хоч і дійсно пристойно. Його одяг мені личив, не дивлячись на те, що безрукавка сиділа трохи мішкувато через завеликий для мене розмір.

Професор з'явився в дверях кухні з телефоном у руці, одягнений у просторе темне кімоно. У цей момент я заплітала собі косу та перетягувала її смужкою тканини, по-варварськи відірваної від залишків мого вечірнього вбрання. Чесно кажучи, мені дуже хотілося тихесенько відчинити двері та втекти, але я розуміла, що така поведінка буде верхом ідіотизму й інфантилізму. Я підняла очі на Дана, дивлячись у відображення дзеркала. Так якось простіше – немов між нами стояла незрима перешкода чи якийсь посередник.

– А тобі личить, – Професор посміхнувся.

– Дякую! – за той час, доки я приймала душ, я постаралася заспокоїтися, і тепер змогла безтурботно посміхнутися у відповідь. Зрештою, нічого особливого не сталося, чого психувати? Мало того, й його теж хотіла до дрижаків по тілі. – Ти не знаєш, де мої туфлі?

– Он, в пакеті, разом із сумочкою та ножами. Взуєш?

– Ні, я босоніж до таксі дійду, – я уявила собі свій комічний вигляд у чоловічих шортах, безрукавці та в Зелених замшевих туфлях на шпильці.

– Давай я тебе донесу, га? – цікаво, чого це він раптом почав мене питати? Раніше просто хапав на руки та ніс.

– Дане, не треба. Я полюбляю ходити босоніж. У тебе в домі чистий під'їзд, нормальні сходи. Іноді навіть хочеться відчути під босими п'ятами прохолоду.

– Не застудишся?

– Уже травень, і йти тут не далеко. Дякую, що непокоїшся.

Професор тільки мовчки махнув рукою, мовляв, як тобі завгодно. Він взяв мій пакет, відчинив переді мною двері та провів до таксі.

– Тільки, будь ласка, не надумуй собі дурниць, – попросив він мене, дивлячись просто в очі. Потім торкнувся моїх губ легким поцілунком і посадив у таксі. – Відпочивай.

Дверцята машини зачинилися, і таксі рушило з місця. Дочекавшись, коли ми завернемо за будівлю, і Професор залишиться позаду, я зі стогоном опустила голову на руки.

– Невже все настільки погано? – пролунав від водійського сидіння жіночий голос. Я підняла голову та побачила у дзеркалі заднього виду нафарбовані очі. Незважаючи на дуже ранній час, і та те, що на вулицях ще не розвиднілося, штучного освітлення цілком вистачало, щоб зробити відповідні висновки – мені пощастило їхати з таксистом-жінкою. Швидке сканування дозволило побачити, що водійка мала слабкий дар менталіста. Зрозуміло – зчитала відголоски емоцій на додаток до мого екзотичного вигляду та побачила сцену, що сталася між мною та Даном.

– Та не те, щоб дуже погано, – зважилася я на відвертість. Автівка мчала через порожні вулиці міста, я шукала слова для відповіді. З ким же ще бути відвертою, як не з незнайомою таксисткою, яка більше мене ніколи не побачить? – Просто якось надто невчасно, і, здається, я вдіяла дуже неправильно.

– Що неправильного може бути в коханні? – з цікавістю запитала співрозмовниця.

Я помовчала. Чесно кажучи, цього запитання я не очікувала.

– У коханні все правильно, але я не впевнена, що це – саме воно, – нарешті озвучила я. – Кінець кінцем, коли це секс автоматом означав любов? Ви ж чули, що він мені сказав?

– А що він сказав?

– Щоб не надумувала собі дурниць. "Годі мріяти та губу

розкочувати", мабуть, – іноді так хочеться почути від когось спростування твоїх страхів і розчарувань! І таксистка мене не підвела:

– А може: "Годі сумніватися та мучитися"?

Я задумалась. У словах моєї нічної співрозмовниці був, звісно, сенс. Обнадійливий і навіть заспокійливий. Але сумніви все одно не відпускали до кінця. Одним словом, знову все не зрозуміло та двозначно. Навіть тепер, навіть після цієї спекотної ночі.

– Якщо ви й маєте рацію, зараз для кохання невдалий час.

– Для кохання не буває невдалого часу. Приїхали.

Я озирнулася навколо та побачила, що ми дійсно зупинилися біля будинку батьків. Виявилося, що Дан вже сплатив послуги таксі, і я вийшла з машини, не забувши прихопити пакет зі своїм майном. Прикро було б залишити речі, якими я настільки дорожила. Мої перші туфлі на шпильці здавалися мені зараз не меншою цінністю, ніж чохол з метальними ножами.

Я сподівалася на те, що мама спить, і мені не доведеться червоніти перед нею, але, опускаючи на тумбочку в коридорі пакет, я почула, як у спальні батьків відчинилися двері.

– Тобі личить, – сказала мама, окинувши мене уважним поглядом. Я відчула, як моє обличчя, шию та вуха заливає спекотна хвиля збентеження. – Давай якось сходимо разом у спортивний магазин і виберемо тобі схоже вбрання? Тільки жіноче. Сукня де?

– Вмерла смертю хоробрих у нерівній сутичці з почуттями, – я дивилася мамі просто в очі. Дідько, мені двадцять п'ять, і я вже доросла!

– Гідна смерть, – гмикнула мама. – Не вона перша і не вона буде останньою. Їсти хочеш?

– Спати хочу, – чесно зізналася я.

– Тоді йди, відсипайся.

Це була найбільш дивна розмова з тих, що хоч колись відбувалися в мене з моєю мамою.

Глава 25

Через шість годин задзвонив телефон. Мене, незважаючи на обіцяний вихідний, терміново викликав на роботу директор Відділку. Я примчала, вперше проїхавши весь шлях самостійно. Встигла захопити з дому тільки термос з відновлювальним напоєм від Матінки Ізумі та пакет з маминими рогаликами, який вона вклала мені в руки в останню мить. Компоненти для чаю я готувала вчора, намагаючись відволіктися від думок про майбутній концерт. А от заливати їх окропом довелося просто в процесі гарячкових зборів. Біля входу до директорського кабінету я зустріла такого ж стурбованого та розхристаного після короткого сну Дана.

– Надійшла інформація про те, що на одному з полюсів у вічних снігах полярники бачили щось дивне, за описами схоже на замерзлого малюка клеврів, – від дверей ввів нас у курс справи директор. – Дане, ти в нас бойовик по воді, бери Хельгу, у неї вогонь. Перевірите. Нам пощастило – там зараз полярний день – легше працювати. Якщо дійсно клевр, акуратно розтопите, щоб парою не зачепити, і доставите до Відділку. Виділяю вам безпечника, він теж з вогнем, і транспорт.

– Я можу взяти іншого фахівця-вогневика, не медика, – сказав Професор, а я глянула на нього з докором. – Навіщо ризикувати двома бойовими лікарями одночасно?

– Аргумент зрозумілий, але не приймається. Дане, не кажи дурниць. Я розумію, що після минулого розшуку підопічних у тебе є цілком обґрунтовані побоювання, але ситуація зараз зовсім інша. Крім того, Хельзі треба тренуватися та отримувати досвід у нашій діяльності. А ці пошуки – теж частина роботи бойових лікарів. Подібні повідомлення періодично надходять з різних куточків планети, і не мені тобі розповідати, який відсоток з них виявляється правдою. І ще одне: якщо то клевр, то треба підчистити пам'ять полярникам.

– Селфі в мережі вже є? – запитала я.

– Поки що немає. У них там суворі інструкції на цей випадок. Вони за протоколом одразу зателефонували нам. Рушайте, доки дійсно селфі не з'явились. Пів години на збори. Закинете заодно полярникам позапланову передачу припасів, саме доставили до літака. На складі отримаєте необхідну екіпіровку. Хельго, зателефонуй батькам. Безпечник вже чекає. Якщо чогось додаткового потребуватимете, звертайтеся до тих же полярників, вони дадуть. Все, пішли!

Ми вискочили з кабінету, і я дорогою набрала маму:

– Хельго, що трапилося? – почула я у слухавці її стривожений голос.

– Мамо, не хвилюйся. У нас просто складні пологи. На світ з'являється дуже великий малюк, – промовила я в слухавку. І майже ж не брехала. – Я не знаю, скільки часу це потребуватиме. Раптом що, заночую в пологовому будинку.

– Хельго, мені тривожно! – мама хвилювалася та торохтіла.

– Мамо! Ну що зі мною може трапитися в пологовому будинку? Я вимкну телефон, щоб не заважав під час пологів.

– Дан поруч?

– Так, мам, все, бувай, – я завершила виклик.

Чи поруч Дан? Поруч! Та от тільки він, мабуть, надумав мене уникати. Ти подивися, вирішив замість мене іншого колегу взяти. А може, не колегу, а колежанку? Отримав бажане і все? У кущі? Паршивець!

Я кипіла та злилася, поки співробітниця складу видавала мені екіпіровку та одяг для холодної зими. Разом зі стандартним спорядженням для морозної погоди мені видали зброю.

– Це навіщо?

– За протоколом належить. Магія – не безмежна, а ситуації бувають різні. Зброя обов'язкова. Ти ж бойовчиня?

– Так.

– Значить, користуватися вмієш. Хто ще летить?

– Дан і якийсь безпечник.

– У цьому випадку, швидше за все, не знадобиться. Але тримай напоготові для спокою.

– А ножі метальні є?

– Є, під тебе спеціально замовили, але в зимовому одязі користуватися ними незручно. Хапай куртку, рюкзак і в літак. Там одягнешся, бо інакше спітнієш.

Еге ж, черевики і без того парили ноги. Я збирала зайве тепло та потихеньку розсіювала його в просторі, щоб не створювати пульсар і не перегрітися одночасно. Дан вже чекав у літаку. Він допоміг мені з речами та поступився місцем біля вікна.

– Жаркувато, – поскаржився він.

– Нічого, скоро стане холодно, – розвеселився безпечник, який сидів навпроти нас. – Я – Курт, до речі.

– Я вас пам'ятаю. Ми на полігон разом літали, – кивнула я йому та звернулася до Дана. – Давай заберу надлишок.

Професор простягнув руку, я наклала свою долоню зверху на його пальці та витягла зайве тепло, випустивши в хвіст літака. Я прибрала руку й одягла на обличчя маску, активувавши захисний кокон.

Через декілька хвилин ми всі зітхнули з полегшенням, звільнившись від вантажу стисненого повітря.

– Наступного разу стане жарко, повідомиш, я повторю, – сказала я Данові. Разом із надлишковим теплом якось розчинилася в повітрі і моя злість. Дан поводився не так, як поводяться ті, хто намагається уникнути поглядів та зустрічей. Він дивився мені в очі з якоюсь стурбованістю, ніби оцінюючи мій стан, чи встигла я відпочити, чи в доброму я гуморі.

– Як ти це робиш? – зацікавився безпечник.

– А ти не вмієш? Всі вогневики так вміють.

– Нас вчили тільки пульсари створювати, тобто збирати та концентрувати. А розсіювати – ні.

– Давай долоню та відстежуй магічні потоки.

Курт із цікавістю вдивлявся в мої дії та наприкінці поцілував мені руку на знак вдячності за навчання. Я глянула на Дана, але він спав, скорчившись у кріслі. Я акуратно відкинула спинку, щоб Професорові було зручніше. Мабуть, заснув миттєво, не встигнувши навіть створити собі комфортабельніші умови. Дуже хотілося погладити його по щоці, але під поглядом безпечника я на це не наважилася.

– Нехай спить. Я сьогодні теж вночі втомився. Стояв на охороні у гренонів, вони пустували сильно. Підопічні неспокійні якісь останнім часом. Нам летіти декілька годин, – сказав Курт. – Мені дружина по телефону наказала не втрачати часу в літаку та відновитися, доки є можливість. Тут дуже зручні крісла, можна перетворити на ліжко. Ти поспати не хочеш?

– Я трохи встигла відпочити, не знаю, чи зможу заснути зараз. Посиджу деякий час, потім, може, теж подрімаю про запас.

– Тоді стеж за обстановкою. Раптом щось не так, розбудиш, я візьму керування літаком на себе.

Через шість годин ми приземлилися на континентальній військовій авіабазі. Звідси на полюс добратися можна вже тільки гелікоптером. На підльоті я розбудила супутників, ми одяглися в зимовий одяг з магічною прошивкою на тепло. Чоловіки взяли рюкзаки. Мій потягнув Дан. Політ у гелікоптері зайняв близько години. Професор знову спав. Я так зрозуміла, що він і не прокидався до кінця, коли ми передислокувались з літака в інший літальний апарат. Мабуть, після мого від'їзду сьогодні на світанку, йому не одразу вдалося заснути. Напевно, звітував перед керівництвом про підсумки нашого спільного розслідування. Поки Дан відпочивав, ми з Куртом тихенько перешіптувалися. В основному, безпечник розповідав про дивні випадки, які траплялися в його практиці під час роботи у Відділку. І ще про своїх дітей. Про них він говорив багато й охоче. Дві доньки-погодки, дуже вродливі та талановиті. Одна – вогневик, як тато. Збирається йти в кулінарію. Друга – фахівець з клімату. Хоче працювати в туризмі.

– Ти мені мою молодшу нагадуєш, – говорив мені Курт. Така ж розумниця, але тихоня.

– Дякую! Я теж довго була тихонею. Та й зараз не особливо гучна, – я несміливо посміхнулася.

– А ще у нас був хлопчик, – очі Курта наповнилися болем, а голос просів. – Але він загинув під час пологів. Якось не так магічні поля моєї дружини та нашого малюка розійшлися.

Я накрила його долоню своєю та стиснула зі співчуттям. Я знаю, що подібні випадки ставалися під час пологів, і тут ніхто нічого зробити не міг, навіть магія не допомагала. Я поки що ще не мати, але горе уявити можу. Продовжувати тему ми не стали. Щоб якось відволікти співрозмовника, я дістала з рюкзака термос і мамині рогалики. Ми вже скоро повинні були прилетіти, тому я торкнулася плеча Професора.

– Чаю хочеш? – запитала я його. – Якщо так, то діставай кухоль з рюкзака.

Дан пожвавився та швиденько витягнув необхідне з бокової кишені.

– Невже я, нарешті, отримаю з твоїх рук щось приготоване тобою? – здається, з нього навіть сон миттєво злетів. Дійсно, настільки зрадів?

– Поки що тільки чай. Рогалики мамині.

Професор з готовністю підставив кухоль. Наливати напій так плавно та красиво, як у Матінки Ізумі, у мене, звісно ж, не вийшло. Але я чомусь впевнена, що в гелікоптері, який летить над північним океаном, і в неї все пройшло б не настільки гладко. Дан вдихнув пару, що йшла від чаю, та з подивом глянув на мене.

– Наш відновлювальний напій?

– Не зовсім. Я дещо додала від себе.

– Мама рецепт видала?

– Вона мене ганяє кожен день на тренуваннях, – поскаржилася я Професорові. – А потім ось цією сумішшю відпоює. Я додала ще дещо для магічного резерву, і через те смак трохи змінився.

Дан зробив перший ковток, потім другий. Я простягла рогалик.

– Смачно та незвично, – похвалив Професор. – Магічний огірок додала? З'явилася пікантна гірчинка.

– Ні, – похитала я головою. – Дещо інше. Магічний огірок не можна ж в окріп – одразу вся користь пропаде. Я тобі потім розповім, бо там у підготовці компонентів є нюанси. Підкріплюйся, бо часу в польоті минуло дуже багато, а ти, напевно, так нічого і не їв зі вчорашнього вечора.

– Дійсно, дуже смачно, Хельго! – похвалив Курт, відволікаючи нашу увагу від, власне, вчорашнього вечора. – І рогалики смачні. Мамі переказуй мої компліменти.

– Сама теж їж давай, – втрутився Дан. – Ми вже майже на місці.

На полюсі нас зустрів один із полярників, прийнявши під розписку доставлений нами вантаж. Він же відправився супроводжувати нас до місця, де бачили дивне.

– Он там шукайте, – махнув він рукою в напрямку одного з маленьких півостровів, що складався зі скель та криги. – Там печера в скелях, а далі вічні сніги йдуть. І в них і знайдете ваш об'єкт. Мені повертатися вже час. Розповісте потім, що ж воно таке?

– Дякуємо! – сказав Курт. – Обов'язково.

Ми пішли в зазначеному напрямку. Рухалися досить довго. Летіти було швидше, але з рюкзаками це важко, та й магію розпорошувати не хотілося. Печеру в скелях знайшли досить оперативно. Щоправда, витратили ще якийсь час на те, щоб переконатися, що вона тут одна. У ній же зробили тимчасовий табір. Мої супутники удвох створили крижану стіну з розтопленого та знову замороженого снігу. Я побачила, як працюють у парі вогневик і водник, уважно придивляючись до злагодженості дій. Зараз нам так само належить діяти в парі з Професором, і це здавалося дуже цікавим. Раніше ми з ним ніколи не практикували спільну роботу, як бойовики. Тільки як лікарі в пологовому будинку. Стіна у колег вийшла з маленькою щілиною, через яку ми протискалися до печери. Щілину завісили спеціальним матеріалом. Всередині печери Курт розвів багаття.

– Йдіть, – кивнув він нам з Даном. – Тренуйся, Хельго. Втомишся, я тебе заміню. Я поки що поїсти приготую.

Глава 26

Я топила кригу вже декілька годин. Дан старанно відводив воду в океан, щоб вона не намерзала поруч, не мочила мене та не заважала працювати. Ми не розмовляли, боячись порушити концентрацію. Криги навколо сильно поменшало, але нічого, крім неї та дрібного сміття, на поверхні не з'являлося.

– Дивно, – періодично бурчав собі під ніс Професор. Через якийсь час я здалася.

– Йдемо, попросимо Курта, щоб сходив за полярником. Може, ми не там шукаємо?

Ми дошкандибали до печери, бо сил не залишилося ані в мене, ані в нього, і виявили абсолютно порожнє приміщення. Ані слідів Курта, ані наших речей, ані припасів у печері не знайшлося. Чи варто говорити про те, що й багаття не горіло?

– Дідько! – вилаявся Дан. – Почекай тут, я зараз повернуся. Тільки не сідай на каміння, воно холодне.

– Я підігрію.

– Почекай трохи, зараз принесу дрова, розведеш багаття, потім підігрієш і сядеш.

Через десять хвилин Дан приволік деревину, яку ми з ним пів години тому витопили з вічної криги.

– Запалити зможеш? – запитав він мене.

– Спочатку треба її від зайвої вогкості позбавити, інакше тепла не дасть.

– Підігрій, а я виведу воду.

На залишках магії ми зуміли розвести вогонь, і ситуація перестала настільки лякати. Хоч їсти хотілося так само сильно, як і раніше, а припасів нам Курт не залишив. Все, що відбувалося, наштовхувало на негарні думки.

Коли в печері потеплішало, Дан дістав звідкись із надр своєї куртки сухий пайок.

– Де ти його взяв? – здивувалася я.

– Перед виходом з гелікоптера розклав дещо по кишенях. Я завжди так роблю, щоб полегшити наплічник. Ми з Куртом взяли на себе частину твого вантажу, тому тобі я вирішив не говорити. Тримай, – він простягнув мені половину пайка. – Втомилася?

– Дуже, – у мене від слабкості тремтіли ноги та руки, а від голоду паморочилося в голові. Я вчепилася зубами у виділену мені галету.

– Відпочивай та їж. Я піду на станцію за допомогою.

– Тільки не кидай мене тут саму! – занепокоїлася я.

– Е-е-ех, а ще бойовчиня, – пожартував Дан.

– Я – лікарка! Мене ніхто не питав, чи хочу я бути бойовчинею! – обурилася я. І вже благально продовжила: – Дане, будь ласка, я боюся.

– Хельго, треба поспішати, у нас можуть виникнути проблеми.

– Тоді пішли разом.

– Не божеволій. Ти ледве на ногах тримаєшся, а до бази йти досить довго. Дістань зброю та приготуй. Я повернуся щойно зможу.

Дан вийшов з печери, і я, перемагаючи слабкість, поплենталася слідом за ним. Саме встигла побачити яскравий спалах на місці полярної станції. Від неймовірно потужного вибуху нас кинуло на скелі. Дан затулив мене своїм тілом, і я нічого не бачила. Тільки чула гуркіт, відчувала тремтіння.

– Ти живий? – у паніці запитала я, коли все скінчилося, і сіпнулася від моторошної думки, що прийшла мені в голову.

– Живий, – прохрипів Професор, і я мало не розплакалася від полегшення. – Тільки, здається, мені руку сильно пошкодило. Я її не відчуваю. І нога нестерпно болить.

Я постаралася дуже обережно вибратися з-під нього. На жаль, через об'ємність зимового одягу зовсім не смикати супутника в мене при цьому не вийшло, і Дан постійно сичав крізь зуби від болю. Навколо нас валялися шматки криги та брили каміння. Одну руку Професора придавило такою крижаною брилою, а друга зламала йому ногу поруч із коліном.

– Почекай, я зараз розтоплю кригу та звільню тебе. Потім зроблю сканування стану та спробую зростити ногу. Тримайся та не смикайся.

Я акуратно розтопила брилу, яка причавила руку Професора, і відкинула залишки цієї перешкоди в сторону. Друга брила, що зламала Данові ногу, зробивши свою чорну справу, відскочила в бік, тому витрачати на неї час мені не довелося. Професор з криком ривком перекинувся на спину.

– Не смикайся! – сполошилася я.

– А ти не волай. Дістань у мене з внутрішньої кишені куртки аптечку. Там є складена шина на подібні випадки. І декілька шприців зі стимулятором. Один вколи собі, якщо зібралася мене зрощувати. Їжі з пайка та стимулятора саме має вистачити хоча б на часткове відновлення сил.

– От жук запасливий! – захоплено вигукнула я та почала розпаковувати портативної аптечки. – Моє все в рюкзаку зниклому. Тут ще є, тобі вколю зараз.

– Не варто. Краще потім, коли вибиратимемося звідси. Там у третій кишені маленька фляга зі спиртним. Дай мені, хильну, щоб легше біль витримувати, коли ти мені ногу вправлятимеш.

Ну це ж треба! Що там у нього ще в кишенях? Не здивуюся, якщо він з четвертої гелікоптер дістане. Я відкрутила пробку з фляги, сьорбнула сама для хоробрості, решту дала йому в здорову руку.

– Може, краще тобі знеболювання зробити?

– Не треба. Спочатку сканування, потім вправ ногу, і, якщо щось залишиться, хоч трохи зрости. У мене теж магічного резерву мало, але я постараюся в міру сил запустити прискорену регенерацію. Тільки для цього треба хоч якісь зв'язки зробити, нехай і слабкі. Не витрачай сил на знеболювання, одним словом.

– Тримайся! Намагатимусь швидко, – пообіцяла я, а потім вряди-годи пожартувала. – Та ніжно.

Дан засміявся, роблячи черговий ковток, закашлявся. У цей момент я ривком вправила ногу, і кашель перейшов у стогін, потім у хрип. Я наклала шину, зібравши розламані кістки та пошкоджені тканини магією. Зафіксувала розриви, додала точкове знеболювання. Сил на більше в мене не вистачило.

– Треба ж таке! Минулого разу ти мою ногу рятував, а тепер настала моя черга твою збирати.

– Я тобі давно казав, що ти вродлива? – ледве ворушачи язиком, пробурмотів Дан. У- у, зрозуміло. Ми п'яні.

– Сьогодні вночі, – буркнула, додатково закріплюючи шину звичайним бинтом. – Пам'ять відбило камінням?

– Н-н-ні, я пам'ята-а-аю, – здається, він розплився в посмішці. От капосник! Нічні події згадав, мабуть. – Проштрафився. Частіше потрібно говорити. Але ти не просто вродлива, ти... – Дан замовк. Я підняла очі від його ноги. Він спав. Це ж треба, як швидко вимкнувся. Мабуть, регенераційна магія так подіяла.

– Та що ж це таке! Як же тебе в печеру-то транспортувати? Добре хоч недалеко.

Я бубоніла собі під ніс і ривками тягла пацієнта до печери, намагаючись не волочити по камінню його зламану ногу. Після кожного ривка доводилося відпочивати та збиратися на силі. Мене не можна назвати слабкою та не тренованою, але після напруженої роботи втома перекривала все. Багаття в приміщенні все ще горіло, і було відносно тепло. Я відгребла вогонь і вугілля вбік, оголивши гаряче каміння. На останніх іскрах магії розігнала тепло рівномірно по підлозі, щоб вистачило на двох осіб, прилаштувала Дана та вляглася з ним поруч. Добре, що тут каміння прогрілося, тому що поки йшов процес вправляння Професорової ноги, я весь час переживала за його спину, що розташувалася на крижаній поверхні. Радувало, що хоч куртки обладнані системою магічного підігріву. Сон прийшов миттєво, хоча спати не варто було. Треба б охороняти нас зі зброєю, але втомлений організм просто вимкнув свідомість сам. І жодні стимулятори не допомогли.

***

Прокинулася я від того, що Дан сіпнувся та відштовхнув мене вбік. Виявилося, що уві сні моє тіло саме притулилося до нього в пошуках тепла, і його різкий рух відкинув мене від нього. Годинник на зап’ясті підказував, що минуло не більше як тридцять хвилин. Цей факт підтверджувало і багаття, що все ще досить активно горіло поруч, забезпечуючи нас теплом та світлом. Я здригнулася, побачивши за вогнищем незнайомого чоловіка. Професор цілився в нього з пістолета здоровою рукою.

– Спокійно, – піднявши обидві долоні вгору, промовив незнайомець. – Я не бажаю вам зла.

– Хто ви? – напружено запитав Дан. Ствол у його руках злегка танцював. Мабуть, не весь хміль ще вивітрився з крові.

– Один з членів експедиції. Атомник. Ми виявили тут джерело радіоактивного випромінювання та проводимо дослідження цього місця. Я працював досить далеко від станції, коли побачив ваш гелікоптер і вас трьох. Вирішив не переривати роботу на обід, як мої колеги, тому бачив одного з ваших, що повертався з речами. Запідозрив недобре, але не встиг – рвонуло так, що мене мало не скинуло в океан. На місці станції нічого не залишилося, – він згорбився.

– Що з рештою? – запитала я, а Дан опустив пістолет.

– Там немає нікого, місіс. Всі знаходилися всередині на обіді. Щоправда, перед вибухом відлетів ваш гелікоптер. А на місці станції залишилися одні руїни.

Я зіщулилася, а Дан прикрив повіки.

– Хельго, де стимулятори? Саме час мені вколоти.

– Не можна на алкоголь!

– Я ж водник. Зараз виведу через пори шкіри залишки. Не треба було давати мені спати.

– Вона правильно зробила, – втрутився полярник. – За пів години ви б все одно нічого не встигли в такому стані, а тут я підійшов. Знаю, де захований гелікоптер станції.

Дан пожвавився, я зітхнула з полегшенням. Не з кишені дістанемо, але все ж матимемо транспорт. Професор ледве зняв з хворої розпухлої руки рукавицю, здорову простягнув мені.

– Хельго, допоможи, будь ласка. Пальці не гнуться, – попросив він. Дочекавшись моєї допомоги, Дан розвернув розкриті долоні вгору.

В повітрі виразно запахло спиртом. Я дістала з аптечки серветки та обережно витерла залишки вологи з долонь супутника. Магія у Професора все ще збиралася крихтами, тому регенерація йшла повільно, але рани на руці вже не кровоточили, вкрившись досить міцними корочками. Здається, зараз саме час вколоти стимулятор. Там у складі є вітаміни та мікроелементи – те, що потрібно для прискореного загоєння.

– Ти як? Йти зможеш? – запитав мене Дан.

– Якщо тебе тягти не доведеться, то зможу.

– Не доведеться, місіс, – знову втрутився полярник. – Я вашого чоловіка, раптом що, повітрям переправлю. А в гелікоптері є трохи їжі. Тут не дуже далеко.

– Він мені не чоловік, – буркнула роздратовано. – А я – не місіс. Але за допомогу дякую, сама б не впоралася.

– Вибачте, міс.

– Не смій щось бовкнути! – вигукнула я, побачивши, що Дан розтулив рота. – Збирайся з силами та мовчи!

– Як скажеш, – ображено пробурмотів Професор. – Пішли.

Не варто було обурюватись, звісно. Краще б послухати, що на моє зауваження скаже Дан. Можливо, чогось нового дізналася б. Але я просто не мала сил ще й на це. Емоційна скринька спорожніла, фізично я теж ледве трималася на ногах, тому я вирішила залишити з'ясування відносин на потім.

Гелікоптер знайшовся зовсім недалеко від печери, і ним ми дісталися до військової авіабази. Диспетчер підтвердив, що близько години тому наш літак з безпечником на борту вилетів назад до столиці. Дан пред'явив диспетчерові якийсь документ зі свого безмежного запасу, нас відвели до керівництва авіабазою, де ми відзвітували про те, що сталося на станції, і Професор попросив надати нам транспорт до Відділку. Я мовчала, тільки здивовано кліпала очима, коли нам виділили надшвидкий військовий літак. Ним у нас, безумовно, були шанси дістатися до Відділку раніше або одночасно з Куртом.

– От біда з цим переломом, – бурчав собі під ніс Професор, влаштовуючись зручніше у кріслі. – Навіть з урахуванням прискореної регенерації та твого лікування знадобиться годин п'ятнадцять на відновлення. І багато їжі.

– Нічого, зараз прилетимо, і одразу тебе до регенераційного боксу відправимо. Через двадцять хвилин будеш у нормі, – вмовляла я його, немов маленького.

– Хельго, які двадцять хвилин?! Нас безпечник кинув, підірвавши при цьому полярну станцію з тринадцятьма живими людьми! Хоч би встигнути застати Відділок цілим, а колег живими, – таким схвильованим і навіть роздратованим я Дана ще не бачила ніколи.

– Дане, пробач мені, будь ласка, за цей спалах у печері, – зважилася я, нарешті, бо моя власна поведінка не давала мені спокою навіть у цих обставинах. Професор глянув на мене. Очі його були холодними. Точно образився не на жарт.

– Урешті-решт, ти правду сказала. Поки що ти – не місіс, – він відвернувся. Треба терміново щось робити.

Я підлізла своєму супутникові під хвору руку, акуратно обійняла його та поцілувала в щоку.

– Ну, пробач, ну, будь ласочка! Просто день моторошний видався. Не знаю, що на мене найшло, – зашепотіла я йому у вухо.

Дан обійняв мене здоровою рукою та поцілував у відповідь. Погляд його потеплішав, і він рішуче сказав:

– День і справді моторошний. Спи, крихітко. Відновлюй кожну частинку сил. І, будь ласка, не лізь у героїні.

А ось цього я йому, на жаль, пообіцяти не могла.

Поки виділений нам транспорт летів до Відділку, ми спали, набираючись сил. Я прокинулася, наче від поштовху, за пів години до прильоту, і стала думати.

Дана не можна випускати з літака в бій. Нога була зламана вельми серйозно, під час діагностування я відчувала багато дрібних уламків кістки. Жодна шина та жодна лікарська магія це не зафіксує настільки добре, щоб пацієнт міг пересуватися, немов у нього обидві ноги цілі. Крім того, поки що не зовсім зрозуміло, що у Професора з рукою, яка сильно набрякла та не згиналася. Дан сказав, що просканував свій стан – рука просто отримала сильний удар, і через це виник такий набряк. У будь-якому випадку, найкраще – це засунути його до регенераційного боксу, щоб магія у співпраці з наукою зробили свою справу – доправили до хворого місця необхідні мікроелементи та зростили пошкоджені ділянки. Але ж цей упертюх не дасть мені розбиратися з бомбістом наодинці. Тому треба його якось залишити в сонному стані та здати одразу до рук медиків.

Я тихенько встала з крісла, щоб не розбудити Дана, та пройшла до кабінки пілота, де політ контролював військовий, відправлений з нами керівництвом авіабази. Я намагалася не думати про прочуханку, яку влаштує мені Професор за те, що я збиралася зараз зробити.

– Підкажіть, будь ласка, де тут аптечка?

– Що, стало зле хлопцю? – занепокоївся пілот. – Ось, діставай.

– Ні-ні, все не настільки страшно. Треба додати трохи бинта на ногу, у нас не вистачило на повноцінну допомогу, – я дістала з відчиненої шафки на стіні сумку зі стандартною аптечкою та пішла назад у салон. Тихенько розкрила блискавку та зітхнула з полегшенням, знайшовши в сумці шприц зі снодійним короткої дії. Двадцяти хвилин цілком вистачить, щоб Дан прокинувся в регенераційному боксі та не поліз у бійку зі зламаною ногою. Безпечніше, звісно, було приспати його магією, але цей вплив він міг би відчути до того, як я закінчила б, і я боялася, що мій супутник прокинеться. Вирішила не ризикувати.

Перед самим приземленням я акуратно відкотила рукав светра Професора. Добре, що в літаку було тепло, і зимові полярні куртки ми зняли одразу після посадки. Дан застогнав уві сні, але я погладила його по голові, і він знову затих. Дуже акуратно зробила точкове знеболення в місці майбутньої ін'єкції, щоб не розбудити пацієнта маніпуляцією, і вколола снодійне. Проконтролювала стан Професора, зняла з нього черевики, а потім зафіксувала в коконі захисту від перевантажень, і сховалася в аналогічний сама.

Літак сів просто в ангарі нашої власної бази. До нас вже бігли медики. Я здала Дана на руки лікареві з лабораторії регенерації, коротко пояснивши, що сталося, що було зроблено та що ще потрібно зробити. Той обіцяв негайно помістити пораненого на відновлення. Літак піднявся в повітря та відправився назад до військової авіабази. Тепер потрібно терміново з'ясувати, що зараз діється у Відділку, де Курт, і що все це взагалі означає. Хороших думок у мене не виникало.

Назустріч поспішала Ліна. Ми прилетіли назад саме в розпал нічної зміни.

– Елль, ти жива! Слава Богу! А Дан?

– Роздроблена нога, сильно забита рука. Сподіваюся, що він уже в регенераційному боксі або хоча б на шляху до нього. Що тут у вас?

– Примчав безпечник. Один. Ніс тут якусь нісенітницю про те, що на вас напали, підірвали станцію на полюсі, і ви пропали, а він уцілів дивом і ледве встиг заскочити в літак, буквально в останній момент. Керівництво похапцем збирає експедицію задля пошуку ваших із Даном тіл. Елль, що сталося?

– Пізніше, Ліно. Де цей безпечник?

– Начебто в конференц-залі був.

– Так, біжи до охорони та веди їх туди. Скажи, що станцію підірвав Курт і нас там кинув замерзати. Якщо не знайдуть нас в конференц-залі, то нехай шукають, хоч землю носом риють, але знайдуть. І ще, мені б трохи магії додати, я не встигла резерв відновити повністю.

– Елль, ти що, сама йдеш туди? – занепокоїлася подруга, переливаючи в мене свою силу.

– Ліно, давай швиденько до охорони! Я – бойовчиня з вогнем і пістолетом. Впораюся.

Ліна рвонула в бік служби безпеки, а я поспішила до конференц-зали. Вона розташовувалася поруч із сектором лонкіїв, звідки мені ввижалася тривога, що наростала з кожною секундою. Як я і очікувала, Курта в конференц-залі не виявилося. На стільці лежав непритомний Рон. До сектору драконів-менталістів були прочинені двері.

Я навшпиньки прокралася до них і заглянула у вузьку щілину. Курт у мою сторону не дивився, зайнятий прив'язуванням до стільця літнього бойового лікаря, який зараз працював із лонкіями. На голові безпечник мав звичний шолом захисту проти впливу ментальної магії. Лонкії неспокійно пурхали за склом на своїх маленьких крильцях і намагалися не "шуміти", щоб не заважати мені. На підлозі біля шафи з шоломами лежала мама Дана. Я швидко просканувала її на відстані та зрозуміла, що вона жива, але непритомна, так само, як і Рон. Доки вона в такому положенні, її стан – не дуже небезпечний. Як це вони примудрилися пропустити напад?

Я постаралася максимально тихо протиснутися в щілину дверей та зачинити їх за собою, щоб не привертати увагу безпечника. Коли я обернулася, Курт цілився в мене з пістолета.

– Стій на місці, Хельго! Це не пульсар, ти постріл не спіймаєш. Куля – не пульсар, на неї магія майже не діє. Навіть щит до кінця не закриє.

Я завмерла. Безпечник пройшов до мене за спину, як і раніше утримуючи мене на прицілі, та заблокував двері зсередини.

– Курте, що ти робиш?

– Позбавляю людство від цих маленьких вампірів!

– Ти з глузду з'їхав?

– Не підходь, Хельго! Цих тварюк потрібно знищити! Через них загинув мій син! Через них та ось цього ідіота, який передавав тоді дітям здібності!

– Курте, так не буває, – якомога м'якіше постаралася сказати я. – Передача технології є абсолютно безпечною. Це я як лікарка тобі кажу. Вливання магії в загальний потік дитини може тільки дати їй додаткові сили під час появи на світ, як підживлення. Цим неможливо вбити.

– Замовкни! – істерично закричав божевільний. – Ментальна магія не може бути безпечною! Я бачив, що ці тварюки зробили з репортером. Магічне поле мого хлопчика просто не прийняло цей різновид енергії, і він помер. А зараз помруть і всі причетні до його смерті, включаючи цього...

Курт вказав підборіддям на прив'язаного до стільця бойового лікаря. Цікаво, це він асистував тоді при пологах, чи безпечник, як всі божевільні, навіть розбиратися не став, а просто вирішив стратити першого-ліпшого? Втім, не цікаво.

– Мені і дружина каже, що я здурів, – зло продовжував між тим Курт. – А як же! Їй і дочок вистачає. Ви ж, баби, любите, коли вашого племені багато. А мені син потрібен!

За спиною в бомбіста беззвучно плакали лонкії. Плакали, шкодуючи про загиблу дитину, розділяючи горе батька. Плакали, через те, що чоловіка полишив розум. Для цих магічних істот розум – найголовніше. Вони настільки чудові! Як можна вважати мудрих драконів-менталістів тварюками чи вампірами? Лонкії набагато кращі та духовніші за людей. Утім, якщо він думає, що його дружину не гнітить загибель власної дитини, то навряд чи тут можна вже щось вдіяти.

– Курте, зніми шолом. Лонкії плачуть, шкодуючи про твого сина. Вони кажуть, що дитина скоро повернеться твоїм онуком. Ти зможеш виховати його справжнім чоловіком, таким, як захочеш. Подивися на свого заручника, він це теж відчуває.

По обличчю немолодого лікаря дійсно текла сльоза. Я знала, що в нього є вже дорослий син, і росте онучка.

– Чого тільки не скажеш, заради виживання, – безпечник засміявся. – А цей просто злякався за своє життя. Ні, Хельго, шолом – мій захист.

Еге ж, мій супротивник хоч і божевільний, але ж не дурний. Та я мала спробувати.

– Курте, відпусти людину, давай поговоримо, – зробила ще один захід я. Ех, шкода, що у мене немає навичок переговірниці. Та й взагалі з життєвим досвідом слабенько. Може, хоч час потягну, та хтось встигне зламати замок? – Навіщо ти вбив Ентона? Адже це ти його вбив, чи не так?

– Намагався звільнити місце та підібратися ближче до цих потвор. Я потребував часу на те, щоб дістати всі необхідні компоненти для бомби. А потім спокійно знищити їх. Але ця зміюка Джулі вирішила, що я не годжуся на роль охоронця для них. Даремно тільки підставився.

І жодної провини щодо відібраного життя. Жодних сумнівів, нічого, крім злості та ненависті.

– Довелося влаштовувати додаткове інсценування нападу на охорону, щоб відвести від себе підозри, – говорив тим часом Курт. – Неприємно, звісно, дротик собі в плече встромляти, але після цього на мене одразу перестали підозріло поглядати.

– А що сталося на полюсі?

– Ти думаєш, я не бачив твоїх здібностей? – насупився безпечник. – Ми ж разом мою першу бомбу на полігоні підривали. Ех, шкода, не врахував я тоді, що ці тварюки можуть маніпулювати свідомістю відвідувачів ботанічного саду. Наче так добре все розрахував. Вибрав час, коли люди пішли з їхнього сектору, дочекався перерви в патрулюванні території. Але вони притягли тупого роззяву та змусили його повідомити охороні ботсаду. Я просто не встиг її підірвати. Але цю вже підірву.

– А клеврів теж ти випустив?

– Звісно! Хто ж ще? І до редакції зателефонував. Сподівався, що вдасться викрити діяльність Відділку та забезпечити розголос, і вас просто знесуть розлючені батьки. Ще й увагу волів відвернути від себе, щоб нову бомбу продумати та зібрати. Особливо добре все пішло, коли ці громадини хлопчика затоптали. Я думав, що тепер-то вже точно гнила діяльність Відділку розкриється.

– Курте, ти себе чуєш взагалі? Дитина загинула, а ти радієш?

Але безпечник мене не почув. Він продовжував бурмотіти, все більше стаючи схожим на божевільного.

– Тільки цей ідіот-репортер не додумався поставити камеру на беззвучний режим. Я для нього навіть клевра отруїв, щоб часу на зйомки побільше забезпечити. А він так облажався. Все треба робити самому! От я і підірву цю красуню.

– Курте, почекай! – закричала я. – Ти так і не відповів на запитання про полюс.

– Я бачив, що ти можеш ловити вогонь і гасити його. Хотів цього разу нейтралізувати всі фактори. Розмірковував, як тебе з Відділку прибрати? І тут мені просто вищі сили допомогли – знайшли гренона. Ви одразу помчали. Я подумав, що це є відмінним варіантом вивести тебе з гри. Поговорив зі своїм другом дитинства, який на полярній станції працював, і в потрібний момент вивіз тебе з Відділку. Тільки чому ти тут? А, байдуже! Нову бомбу я зробив набагато потужнішою за першу. Щоб і клаптика від цих дрібних сволот не залишилося.

– Друга свого теж убив? Підірвав разом з іншими на полюсі?

– Ні. Я його з літака скинув. З парашутом. Навіть бачив, що парашут розкрився.

– Чому ти нас просто не пристрелив, Курте? – запитала я божевільного безпечника.

– Ти дуже схожа на мою молодшу дочку. Я тобі про це одразу сказав. Я не хотів тебе вбивати. Тільки тримати подалі від Відділку, поки я не знищу цих тварюк. Навіть поручителя твого пожалів, щоб він тобі допомагав, і ви вдвох дотягли до прильоту рятувальників. Іди звідси, Хельго!

– Ні, Курте!

– Тоді ти загинеш разом з нами.

Щось клацнуло, і час ніби зупинився. Дуже повільно на місці тіла Курта почала розгортатися квітка вогню. Я здивовано зрозуміла, що все навколо сильно загальмувалося, і що я встигаю. Встигаю випустити свій вогонь і зловити вибух у пастку. Напевно, просто в екстремальних умовах всі мої здібності загострилися, і я, нарешті, подужала науку гренонів з управління часом. Тільки бомба виявилася занадто потужною. Мого магічного потенціалу не вистачало, щоб утримати вибух у коконі вогняного дару. Але я розуміла, що здаватися не можна. Нехай краще від виснаження загину я, ніж зникнуть назавжди чудові, мудрі та дивовижно добрі лонкії. Я думала про Дана, і це немов надавало мені сил. Я чула, як клацнув замок на дверях у сектор, мабуть, охорона нарешті його зламала. Мені вдалося закапсулювати вогонь у часову пастку, і настала темрява. Останньою думкою в моїй свідомості була: "А я ж так і не сказала Професорові, що...".

Глава 27

Я сиділа на залитій неймовірно яскравим світлом галявині. Чому всі в нас кажуть, що там померлих зустрічають річка та туман? Нічого схожого. Там галявина. Нестерпно зелена, блискуча та сповнена життя. Густа смарагдова трава перемежовувалася польовими квітами дивовижної краси. Магічні рослини коливалися під вітерцем упереміш зі звичайними, створюючи чудовий візерунок. По траві повзали ненависні мені комахи, навколо носилися метелики та бабки, і це було зовсім не страшно, а дуже красиво та радісно. По нозі побіг смугастий павучок, і я вперше в житті не зазнала бажання прибити його ножем. А все тому, що галявина була сповнена Любові, і ця Любов сяяла в кожній травинці, у кожному павучкові. Як боятися? Енергія відчувалася настільки густою, що я захотіла набрати її в жменю. Це – дуже цікаве відчуття для лікаря. Думаю, що саме звідси всі мої колеги і черпали свій дар.

Але щось мене турбувало, не даючи сповна насолоджуватися повнотою магії та радості. Я уважно оглянула себе та побачила, що з моїх грудей немов йде червона нитка. Виходить з того місця, де колись билося серце, та губиться десь у траві. І якщо все навколо заливала Любов, то ця нитка втілювала в собі найчистішу смертельну Тугу.

– Наполегливий, – пролунав звідкись захоплений голос. – Ти подивися, який наполегливий! Навіть очі жодного разу не заплющив. Поступитися, чи що?

Я закрутила головою та побачила дівчинку років п'яти з величезними ножицями в руках. Гладка шкіра кольору ебенового дерева різко контрастувала з золотими косами та зеленими-презеленими очиськами. І їй дуже лічила проста шовкова сорочка. Босі ноги ступали по траві й одночасно не торкалися її. Дівчинка повільно наближалася до мене.

– Ти хто? – запитала я.

– От вже ці воїни. Все їм знати треба, – роздратовано махнула дівчинка ножицями в небезпечній близькості від мене. – А войовниці й того гірші.

– Я лікарка! – я відсахнулася, щоб ненароком мене, а особливо червону нитку, не зачепило. Доки не розберуся, що відбувається, різати нічого не дозволю.

– Та годі. Це ти внизу своїм розповідатимеш. Мені не треба, – розвеселилася дівчинка. – Хто тебе тримає там?

– Не знаю, – подумавши, сказала я. – Не пам'ятаю. Хто мене може тримати? І де це "Там"?

– Слухай, – довірчим тоном сказала дівчинка. – Ми тут взагалі-то зазвичай нікого не відпускаємо. Якщо вже потрапив до нас, значить – тільки на перевтілення. Клони ваші – це все дитячі забавки. Грайтеся собі у клонування для трансплантації органів, але в нашу єпархію не лізьте. Якщо ми не дозволимо, то не станеться нічого, жодних повернень. А ми, зазвичай, не дозволяємо, тому що життя треба берегти, бо воно – найбільший Дар. Дозволь вам зараз клонування і почнеться.

Я розгубилася, а дівчинка продовжила.

– Але тут три фактори зійшлися. По-перше, нам треба, щоб хтось передав туди вниз нашу вказівку з приводу клонів. По-друге, за тебе попросили лонкії. Вони ніколи ні за кого не просять, а тут – надзвичайний випадок. Рятівниця, цілу популяцію вберегла від загибелі. І, по-третє, Він, – дівчинка вказала пальцем вгору, у залите сонцем небо, – любить, коли Кохання, розумієш?

Я замотала головою. Нічого не зрозуміла. Хто це "Він", і до чого тут кохання? За якоїсь незрозумілої причини у цей момент у пам'яті спливли чиїсь слова: "Для кохання не буває невдалого часу". Хто це сказав? Коли? Де? Дівчинка, побачивши мій негативний жест і розсердилася.

– Та що тут незрозумілого?! Думай, чи хочеш повертатися? Чи є до кого? Відпустимо, якщо ти захочеш і якщо пообіцяєш донести наші слова про клонування.

Дівчинка простягнула руку, і в ній з'явився пісковий годинник. Час витікав, я зосередилася на собі.

Тут було настільки добре! Тут плескала Любов. Я навіть не мала з чим це відчуття порівняти на землі. Немов всі позитивні емоції разом загострилися, і я в них купалася. Я не хотіла назад. Тут я нічого не боялася та ні про що не турбувалася...

Дівчинка підняла ножиці, приготувалася обрізати нитку, і тут мене немов в ополонку занурили.

– Дан! – вигукнула я, і дівчинка в прямому розумінні цього слова дала мені стусана. Клянуся, вона справді дала мені стусана! І я кулею вилетіла з галявини у власне тіло.

***

Я розплющила очі та зрозуміла, що лежу в боксі для клонування. Спробувала підняти руку до обличчя та виявила, що мені це дуже важко.

– Лежи-лежи, не поспішай, – пролунав з динаміків голос Пола. – Тіло не твоє, душі треба до нього звикнути.

– Що ти її лякаєш, некроманте! – засичала поруч Ліна. Не посоромилася навіть нареченого цим словом назвати, настільки сильно на нього розсердилася. – Не слухай його, Елль. Це твоє тіло. Клоноване, але твоє.

– Ліно, стукни його за мене, – насилу рухаючи язиком, сказала я. – Я потім додам.

– Мовні функції в нормі. Слух у нормі. Пам'ять на місці, – пролунав радісний голос Пола. – Хельго, можеш мене хоч покусати тепер. Жива!

– Скільки мені тут лежати? – запитала я. – Я їсти хочу. І де Дан?

– Дане, вона про тебе згадала, – засміявся Пол. – Але спочатку про їжу. Функції шлунково-кишкового тракту в нормі.

– Я тут, – прошелестів у динаміках Дан. Його голос я ледве впізнала. Що з ним?

– Поле, випусти мене! – не на жарт стривожилася я. Чорт з нею, з гордістю та незалежністю. Що з моїм Професором?

– Угомонись, Хельго. Лежи, доки всі функції не ввімкнуться. Потихеньку воруши кінцівками. І той... магія відгукується?

– Відгукується! Поле, я тебе не просто покусаю, я тебе буду довго катувати, якщо не скажеш мені, скільки мені тут лежати!

– Від тебе залежить, але я думаю, що десь з пів години. Швидкість відновлення просто приголомшлива! І акуратніше там з руками-ногами. Трубки живлення ще не від'єднали від вен. Опановуй тіло, а ми поки що тобі бульйон зваримо.

Дана на блюдечку мені подайте, нелюди! Але довелося терпіти та працювати над своїм тілом. Пальці рук, потім пальці ніг, потім зап'ясті, стопи, лікті, коліна, ніс почухати, на бік повернутися, гикнути, поворушити шиєю, закинути голову, облизнути губи, вимовити по черзі всі відомі мені звуки, дочекатися, коли від'єднаються трубки живлення. І все це під коментарі Пола про те, що функції в нормі. Тіло відгукувалося досить легко та швидко. Але я в цьому не сумнівалася, враховуючи все те, що трапилося на галявині. Кришка боксу відчинилася через двадцять п'ять хвилин. Першою я побачила Ліну, яка миттєво накинула на мене лікарський халат. Наді мною стояв цілий і неушкоджений Дан. Дуже худий, неголений, з синцями під очима та з волоссям, немов пересипаним сіллю.

– Що трапилося? – з жахом запитала я.

– Що трапилося? Що трапилося?! Ти померла! Ти померла, ось що трапилося! Всю магію віддала, вона потягла за собою внутрішні органи. Я бачив те, що від тебе залишилося! Я мало не збожеволів від цього видовища! А зверху ця чортова плазма ширяє...

Еге ж, уявляю собі. Але вони тут і не такі страшні острахи бачили.

– Ти посивів? Чому?

– Та тому що я тебе кохаю, безсовісна! Як ти могла мене тут кинути? У якийсь відчайдушний момент я думав, що якщо нитка порветься, то я ляжу поруч із твоїм боксом, засну та ніколи більше не прокинуся, – він згорбився. Здавалося, що на останній вигук у нього пішли всі сили. Можливо, що так і було, я ж не знаю, скільки минуло часу, та чим він тут займався, поки я сперечалася з дівчинкою на галявині.

Дуже повільно я сіла в боксі, акуратно повернулася до Професора та так само, не поспішаючи, спустила ноги на підлогу. Швидше просто не виходило.

– Знаєш, чому вам вдалося мене воскресити? – запитала я в Дана, піднімаючи на нього погляд.

– Чому? – втомлено та навіть якось байдуже прошелестів він, втупившись у підлогу.

– Тому що я теж тебе кохаю, Професоре, – сказала я, обіймаючи його плечі. – Кохаю багато років. Кохаю настільки сильно, що навіть Боги зглянулися та вирішили відпустити.

Ми знову цілувалися як тоді, у пологовому будинку. Навколо радісно стрибав Пол, смикаючи за спідницю настільки ж радісну Ліну. Лабораторія не могла вмістити більше людей, але у віконечка дверей постійно хтось зазирав, зовні долунав шум і чиїсь вигуки. Підозрюю, що дивитися на нас збігся весь Відділок. І знову я першою перервала поцілунок, шепнувши в напіврозкриті губи коханого:

– Спи, – і вже Полові. – Допоможи, я його не втримаю!

Хлопець підхопив обм'якле тіло Професора, акуратно поклав у

бокс на моє місце.

– От і правильно, – сказав реінкарнолог. – Він не спав майже тиждень, поки ми над тобою працювали. Тримався на нашому магічному підживленні та стимуляторах. Їсти не хотів, щоб ще сильніше в сон не хилило. Боявся, що зв'язок з душею порветься, і ти помреш остаточно, якщо він заплющить очі. Я зараз Алекса покличу, він Дана перенесе в регенераційний бокс на відновлення. Але як тобі вдалося настільки швидко його укласти?

– Всі питання потім. Спочатку бульйон.

Глава 28

Я сито відкинулася на спинку стільця та прихильно слухала тріскотню Ліни.

– Директор розблокував замок своїм ключем саме в той момент, коли ти бомбу зловила та впала. Від тебе реально тільки голова та кінцівки залишилися. Моторошне видовище, Дан ледь не знепритомнів, коли ми його з регенераційного боксу випустили. Його Пол відволік, наказав нитку тримати.

– Ще б пак! – встряв реінкарнолог. – Я зрозумів, що якщо не дам мету, ми тут вас обох будемо клонувати. А хто його нитку триматиме?

– А плазма від бомби й досі біля сектору лонкіїв висить у повітрі. Часовий кокон її закапсулював, і вона – в стазисі, – продовжувала Ліна. – Наші все ще думають, що з нею тепер робити. Не дай бог зачепити та часовий кокон зруйнувати. Маленьких драконів поки що терміново евакуювали.

– Гренонів покликати та попросити відлевітувати кудись у безпечне місце, – знизала плечима я. – Як же Джулі Курта прогавила?

– Вона каже, що він прийшов на роботу ще неодруженим, родини не мав, – відповів Пол. – Жодних підозр у його нелояльності ніколи не виникало. Він обожнював проводити час з гренонами та пару разів навіть підказував бойовим лікарям якісь ідеї, засновані на простих спостереженнях. Син Курта загинув всього пару років тому. Мабуть, саме тоді, коли ти тільки прийшла в пологовий будинок працювати, і Дан передавав дітям навички.

Тобто я в своїх припущеннях мала рацію. Літній бойовий лікар став для Курта всього лише об'єктом помсти. З іншого боку, виходить, що нам неймовірно пощастило, – бомбіст Дана не впізнав, інакше вбив би, напевно, під час перельоту на полюс. Пол тим часом продовжував розповідати:

– Для Курта та його дружини це була пізня дитина, довгоочікуваний хлопчик. З того моменту, як він загинув, і почалися зміни. Але найближче оточення завжди розглядаєш в останню чергу, а Курт рідко віддалявся далеко від поста охорони, його зміни проходили, в основному, при вході. Тобто до лонкіїв, що викликали в нього настільки бурхливі напади ненависті, він не наближався. Навіть під час цілодобових чергувань у підопічних його відправили до гренонів. Коли ти всю магію віддала, Джулі злягла з серцевим нападом. Ліна їй другій зателефонувала після того, як ти очі розплющила та нас згадала.

– А першому кому? – глянула я на подругу.

– Твоєму братові, – відповіла мені вона. Я похолола.

– Батьки?

– Пол одразу відправив до них пару наших медиків. У твого батька стався інсульт, але мама – молодець – взяла себе в руки та надала йому першу допомогу. Наші хлопці їх приспали та помістили до регенераційних боксів до з'ясування ситуації. Там твоєму татові усунули всі наслідки інсульту, ну, і маму трішки підлатали. Брат поривався приїхати, але я сказала, що завтра ви всі троє будете вдома, і попросила потерпіти.

Я видихнула та відчула, як у мене тремтять руки.

– Поле, звідки ти знав, що треба Данові доручити тримати нитку? Чому не батькам? – запитала я реінкарнолога.

– То по ньому ж видно! Погляди та їх відсутність, вираз обличчя – все вказує на очевидне. Ви, звісно, міцні горішки обидва, але в нас у штаті три фахівці з аури, не враховуючи двох реінкарнологів, – терпляче пояснив мені Пол. – Ми не в свою справу не лíземо, етика. Але видно ж усе одразу. Ясна річ, що аура не вказує на об'єкт закоханості. Коли Ліна раптом засвітилася, я три дні не міг собі місця знайти. Думав, зустрівся хтось на стороні, доки в денні зміни ходила. Але коли в одній будівлі з'являється одразу двоє людей з настільки яскравими маяками, та ще й дивляться одне на одного так, як ви з Даном, тут все очевидно без жодних сумнівів. Зараз, я так розумію, вже можна здати тобі твого Професора. Ти думаєш, що тебе хвилею тоді в спортзалі облило? Дана кожного разу цунамі накривало при погляді на тебе. Добре, що ви рідко перетиналися на роботі, інакше я б, напевно, осліп від ваших емоцій.

"Не відблискуй мені тут, Дане!" – сказала в найперший день Джулі. Чому я не звернула на це уваги? Слухаючи Пола, я згадувала всі свої сумніви, всі різкості та недомовки, які дозволяла собі від власної нервозності. Дан же одразу сказав: "Я замучився!". І беріг, і на руках носив, і рятував, і радів будь-якому знаку уваги з мого боку, і цілував кожен раз так солодко. А я, замість того щоб повірити, шукала подвійне дно. Згадалися всі мої вчинки, включаючи ранкову втечу з його квартири. Яке щастя, що мені тоді вистачило дорослості в прямому розумінні не втекти тихенько! Я на секунду уявила себе на місці Професора та вжахнулася. Якщо я потопала в сумнівах щодо його почуттів, то уявляю собі, як було йому. Стало соромно та гірко.

– Я постійно думала, чи не заради моєї лояльності це все? – похмуро зізналася я реінкарнологові.

Ліна захихотіла, тицьнувши хлопця ліктем у бік.

– Виявляється, не тільки я сліпа, Поле. Вона теж, той, не той, – дивна річ, але ці слова подруги якось одразу розрядили обстановку та поліпшили настрій.

– Що я витворяла! Бідний мій Професор! – вголос покаялася я.

– Я йому сказав: "Тримай! Її ти витягнеш обов'язково. Я бачу". Довелося скористатися лазівкою для натяку, інакше Дан не впорався б. І він якось одразу заспокоївся. Видно стало, що сумніви всі пішли з аури. Й утримав же, дійсно зміг, – сказав мені реінкарнолог, притискаючи до себе Ліну, а я заперечила:

– Софі ж не витягнув.

– То Софі його не кохала, – гмикнув Пол. – Це тобі Ліна про них із Даном розпатякала? Ти її слухай більше, вона розповість. Її тут не було, коли вся ця історія сталася.

– А ти був? – надулася подружка.

– Уяви собі. "Дан краси-и-и-вий", – передражнив реінкарнолог наречену, і я зрозуміла, що думка Ліни про Професора відома всьому Відділку. – Це він настільки для протилежної статі привабливий став після трагедії з Софі. Ви ж любите страждальців. Я коли прийшов, він вважався ще зовсім салагою. Дан усього на три роки старший за мене. І за зовнішністю звичайний. Хіба що трохи більш симпатичний, напевно, я там знаю? Я не фахівець у цих справах. Точно пам'ятаю, що в штабелі красуні перед ним не вкладалися. Ось так і Софі. Він її кохав, а вона його – ні. Дозволяла прихильно до себе залицятися та й усе. Тріпалася ще подругам, особливо не ховаючись, що він в ліжку – посередність.

Сказати, що я здивувалася – це нічого не сказати. Ліна зацікавилась:

– Ти що, таки перевірила? Коли встигла?

– Після концерту, – промимрила я, червоніючи.

– А, то значить, сукню я не дарма вибирала. І як?

Здається, я почервоніла ще сильніше.

– Зрозуміло, не посередність, – захихотіла Ліна.

– Не заздри, – смикнув її реінкарнолог і продовжив: – А потім він через пів року повернувся, і всі як збожеволіли. Дан те, Дан се.

Тьху!

– Не заздри, – знову розвеселилася Ліна, повернувши нареченому шпильку. І продовжила розповідати про події після моєї загибелі. – Одним словом, Елль, ми з медиками тебе під руки та давай трепанацію черепа проводити…

– Навіщо? – зробила я великі очі.

– Щоб особистість і пам'ять зберегти, навіщо ж ще? Це Полові напередодні лонкій один підказав. Передчував, мабуть. Та й Пол після того випадку з хлопчиком про це теж одразу подумав. Дана посадили на підлогу під операційним столом і наказали не відволікатися від нитки. Я не знаю, про що він тоді думав, але добре, що не дивився. Видовище, знаєш, не для закоханого чоловіка. Далі мозок під'єднали до систем життєзабезпечення, а решту тіла навколо нього наростили. Кожного разу смикалися, коли доводилося чергову систему органів на автономію переводити. Але все добре проходило – серце забилося, легені задихали, гормональна система запустилася. За тебе ще мама Дана сильно переживала.

– Як вона?

– Відлежалася в регенераційному боксі. Видно було, що серце за вас рветься, але пересилила себе, поїхала додому. Їй я теж вже зателефонувала.

– А потім ми з Даном тебе назад потягли, – вступив знову Пол. – А ти не йдеш. Дан зовсім із сил вибився, на одній упертості тримався. Я дивлюся, у нього вже очі заходити почали, а тут бац! ти на місці. І настільки плавно вписалася, просто душа радіє!

– А Дан таки знепритомнів, – поскаржилася мені на Професора Ліна. – Секунд п'ять лежав у відключці, я навіть не встигла зреагувати. А потім отямився, і Пол йому одразу: "Є!", і він ще хвилин на п'ять вимкнувся. Я не стала чіпати. Тільки пульс перевірила та залишила відлежуватися. Коли знову отямився, ти саме очі розплющила.

Я зіщулилася. Пережити подібне нікому не побажаєш. Бідний мій Професор! Це ж треба! Незважаючи ні на що, ані на секунду не дозволив собі й краплі сумнівів. Йому вистачило одного прозорого натяку друга. Правильно його ебенова дівчинка наполегливим назвала. Треба піти, тепер мені з ним поруч посидіти, по голові погладити, щоб побачив мене одразу ж, як очі розплющить.

– Друзі, допоможіть мені назад до лабораторії дістатися, – попросила я Пола та Ліну, тому що мозок-то залишили мій, а м'язи в новому тілі доведеться тепер довго до потрібної форми натреновувати. – Я Данові цей місяць таке влаштовувала через свої дурні сумніви, що треба терміново виправлятися.

– Стій! Куди зібралася? – обурився Пол. – Він прокинеться не раніше, ніж через три години, встигнеш ще виправитися. Та й твого зізнання йому з головою вистачило, я бачив. Ти обіцяла на запитання відповісти. Як тобі вдалося настільки швидко його приспати? Це дуже складний процес самий по собі, а він ще й в ейфорію впав.

– Друзі, я в такому місці побувала! Там все заповнено найчистішою енергією Любові. Ти немов постійно в обіймах дбайливих батьків, де немає тривог, страхів і болю. Я тепер можу цю енергію звідти черпати та лікувати майже всі хвороби. А вже Дана приспати взагалі сил не потрібно, тим більше, що йому в його стані повного виснаження вистачило тільки крихітного поштовху, – і я розповіла друзям про все, що сталося на галявині.

– І ти з цього місця повернулася сюди? – здивовано вигукнула Ліна.

– Там Любов, а тут – Кохання...

У коридорі лабораторного сектору Пол сказав Ліні:

– Сходи поки що назад у їдальню, мені треба з Хельгою поговорити сам на сам.

Ліна повернулася, а реінкарнолог відчинив двері в порожню лабораторію. До цього моменту друзі підтримували мене з двох боків, допомагаючи повільно, але впевнено, пересуватися в напрямку потрібного сектору. Назустріч траплялися колеги, вітаючи мене, радіючи моєму живому вигляду. Я тренувалася посміхатися, і з кожним разом виходило все краще. Коли Ліна пішла, Пол довів мене до стільця, посадив на нього та раптом гепнувся переді мною навколішки.

– Поле, ти що?

– Хельго, пробач! Я зміг витягти тільки тебе. Її не зміг.

– Кого? – я не на жарт переполошилася. Хто ще міг загинути, якщо з батьками все нормально?

– Її нитка одразу порвалася, вона пішла першою та миттєво, я встиг побачити тільки слід душі, що злетіла. Але це й зрозуміло, вона просто не мала куди повертатися.

– Поле, ти мене лякаєш! Про кого йдеться?

– Про вашу з Даном доньку, – промовив реінкарнолог глухо.

– Це неможливо, – ошелешено сказала я. – У нас не стається

небажаних вагітностей.

– Значить, ви обидва цього хотіли, – простогнав хлопець. Здавалося, що його провину та самобиття можна було різати ножем.

Перед очима промайнули події того самого вечора – танго, колискова... Дан вже в такому віці, коли чоловік хоче мати родину та дітей... А Пол у цей час торочив.

– Розумієш, ми мали твій мозок, твою ДНК, зліпок аури й унікальний візерунок магічного поля. А для відтворення дитини не мали нічого. Вона сама ще була маленькою краплинкою в момент вашої смерті. Я просто нічого не міг зробити.

Я закрила обличчя руками.

– Дан знає?

– Ні. Я не став йому казати. Для нього ці дні і без того видалися нелегкими. Хельго, пробач!

– За що? Ти тут зовсім не винен. Твої сили та знання не безмежні, – я не витримала та заплакала. Куртові все ж таки вдалося помститися, забравши за свого сина мою дитину.

– Хельго, не плач, будь ласка! Вона повернеться. Я бачу. І лонкії теж підтвердили. Ти жива та здорова, Дан через пару тижнів прийде в повну норму. І коли ви будете готові, вона обов'язково повернеться.

Епілог

Пол з Ліною одружилися через шість днів після того, як ми з Даном підступно подарували їм квитки на концерт тих самих піаністів. Подруга зводила очі догори і говорила, що дала згоду ще в концерт-холі. Щоправда, згадувала не танго, а бачату, але результат був один. На весілля Віктор презентував Ліні величезного іграшкового тигра, чим неймовірно потішив нас із Професором і знову збентежив нареченого.

Ми з Даном поспішати реєструвати стосунки не стали. Після подій, що сталися раніше, ми обидва зовсім не потребували якихось доказів нашого ставлення одне до одного. Я просто переїхала до Професора, і ми раділи кожній проведеній разом хвилині. Я не могла надихатися річним вітром, надивитися на зіркове небо, натішитися спілкуванням з друзями. Моя смерть і дивовижне воскресіння призвели до того, що мені довелося довго відновлювати тілесні навички, практично весь робочий час проводячи з Інгою в тренувальній залі. Залишок зміни я зазвичай чи то плавала з гренонами, що теж допомагало відновленню колишньої форми, чи то сиділа за склом у лонкіїв, жартуючи з ними з ебенової дівчинки з ножицями. Лонкії виявилися майстрами на посміятися, чого я від них теж зовсім не очікувала. Спроби підтягнути бойові мистецтва з Даном до успіху не призвели. Професор весь час починав веселитися при погляді на мій зосереджений вираз обличчя. Я ображалася, і тренування не виходило. Щоправда якось мені вдалося підловити Дана саме під час цих веселощів і стукнути його. Але після цього подібної удачі більше не траплялося. Тоді я зважилася попросити про наставництво маму мого нареченого, і справа нарешті пішла.

Лонкії, до речі, втратили наді мною свою надлишкову ментальну владу. Після відвідин чудової галявини я могла черпати звідти дар і формувати частковий ментальний щит у будь-який момент. Буквально за пару днів навчилася робити захист, який дозволяв блокувати емоції, але залишав можливість спілкування в думках. За бажання маленькі дракони, як і раніше, могли мене налякати або вселити якусь галюцинацію, але вони не збиралися цього робити з друзями. А от небезпека, яка змушувала нас раніше постійно носити захисні шоломи, пішла. Першим, кого я цього навчила, був Пол. Після нього нове освоїли й інші бойові лікарі.

Тепер шоломів потребували винятково сторонні. Робота з лонкіями одразу дуже прискорилася. Тож я не тільки нарощувала м'язову масу, але й приносила Відділку користь. А от фокус з капсулюванням вогню часом мені повторити більше жодного разу не вдалося. Безпечники мене вже як тільки не тренували, навіть на полігон пару разів возили, доки Професор не обурився. Вогонь часом не капсулювався. Мабуть, стан афекту в минулий раз зіграв вирішальну роль.

Передавати нове знання дітям відправили Пола. Він полетів до рідної країни. Слідом за ним поїхала і Ліна. Директор спокійно відпустив дівчину в безстрокову (щоправда, неоплачувану) відпустку, пожартувавши, що чекає молодят назад із поповненням. Ліна збентежилася. Я знала, що поповнення вже на підході. Тому Пол сам передав вміння своєму первістку при пологах. Я дуже скучала за друзями, але розуміла, що розлука ця є необхідною, і вона – не вічна.

Напрямок клонування та воскресіння людей офіційно закрили після моєї доповіді, більше схожої на марення божевільної. Щоправда, поруч у той день стояв Пол, який в особливо цікаві моменти кивав із підтвердженням. Директор уважно вислухав мене та вирішив зробити так, як наказувала ебенова дівчинка.

– Якщо ви маєте рацію, то, продовжуючи розробки, ми тільки даремно витратимо ресурси, – у керівництві заговорив раціональний і розважливий менеджер. – Цей напрямок у нас дуже перспективний, але він є досить дискусійним через етичні норми, тому ми не стали поки що доповідати про нього наверх до отримання скільки-небудь зрозумілих позитивних результатів. Заморозимо.

А репортер, до речі, тоді не постраждав. Не знаю, що там примарилося запаленій уяві Курта, але лонкії просто запевнили журналіста, що той розмовляє зі своїм безпосереднім керівництвом, і репортер одразу здався. Сказав: "Чого ви питаєте? Ви ж самі туди мене послали". З цього наші співробітники швиденько зробили відповідні висновки. Кажуть, що дракони-менталісти не тільки акуратно та дбайливо підчистили хлопцеві пам'ять, але й щось подарували. Тепер репортер дійсно робить запаморочливу кар'єру, як дуже дорогий фотограф з особливим поглядом на світ.

Ми відсвяткували весілля через два з половиною роки від мого нового народження. Дочекалися повернення друзів, без поспіху все спланували, зі смаком обговорюючи деталі. Напередодні я зважилася, нарешті, розповісти Данові про нашу з ним донечку. Він відреагував на диво спокійно. Сказав тільки: "Покличемо!" й обійняв мене. На захід запросили виступити піаністів-менталістів з їхньою "Колисковою". Мама плакала, батько притискав її до себе. Поруч так само схлипувала братова, притягнувши до грудей голову мого племінника. Матінка Ізумі до чоловіка підлещуватися не стала, замість цього уважно роздивляючись мене. А от Ліні було не до переживань. Вона постійно ловила свого малюка то в кущах, то під столом, то на моїх колінах. Утім, я впевнена, що подружці вистачало власних емоцій – вони з Полом чекали на доньку.

А наша прийшла, щойно ми її покликали.

Серпень 2019

Подяка

Коли я тільки написала перший варіант цього твору, я уявляла, як готуватиму його до друку. І саме тоді я пообіцяла собі, що в готовій книжці обов'язково буде сторінка подяки тим людям, без яких роман ніколи б не побачив світ. Найперше я хочу подякувати моєму чоловікові Мантуляку Володимиру за те, що він вірить в якість моїх текстів, навіть ще не читавши їх. А також за повну підтримку всіх моїх божевільних творчих забаганок.

Дякую моїм найвідданішим бета-рідерам – моїй родині: Молодцовій Наталії, Йолкіній Ользі, Йолкіну Євгенію, Йолкіну Антону, Худолєєву Олексію та Худолєєвій Анастасії. Не всім творчим людям пощастило мати настільки чуйну та підтримуючу сім'ю.

Дякую Петрович Марині за всю ту турботу та все те терпіння, яке вона проявила під час роботи зі мною. Марино, без тебе я б ніколи не наважилася почати писати свої історії.

Також дуже хочу подякувати всім моїм реальним та віртуальним друзям, які підтримали мене під час моїх перших творчих кроків. Ваші слова та побажання, ваша реальна допомога в моїй роботі, ваша моральна та матеріальна підтримка є просто безцінними. Я завжди пам'ятатиму кожен її прояв.

Знайти мене в соцмережах можна за допомогою сканеру QR-кодів:

ЗМІСТ

www.ingramcontent.com/pod-product-compliance
Lightning Source LLC
LaVergne TN
LVHW091201150826
845672LV00005B/1203

* 9 7 8 6 1 7 9 5 1 6 3 0 6 *